KAIS AFFENHIRN
bum bum
FEUER
yes!
Ella
DAS KÜKEN
Mc Lennon (15)
DANCING
HOT-DOG
yes!
Mein FLÜGELMÄDCHEN
FEE
FONTANA
DOOFI MÜTZE
OLLER PARKA
ANTI STRESS AG
TSCHING
WURST WARRIOR

Arena

Mit Vignetten von

Eva Schöffmann-Davidov

Ein Verlag in der *westermann* GRUPPE

MIX
Papier aus verantwortungsvollen Quellen
FSC® C110508
www.fsc.org

1. Auflage 2021

Rottendorfer Str. 16, 97074 Würzburg

Cover und Innenillustrationen:
Eva Schöffmann-Davidov
Lektorat: Antonia Thiel

Gesamtherstellung: Westermann Druck Zwickau GmbH
Printed in Germany

ISBN 978-3-401-60584-5

Besuche den Arena Verlag im Netz:
www.arena-verlag.de

Freitag, 1. Januar, 13.27 Uhr

Feuerwerk und Wunderkerzen!!!

Heute fängt ein neues Jahr an – und ein neues Tagebuch! Es hat einen Regenbogenglitzereinband und ich hab es gestern von meinem Bruder Kai zum 13. Geburtstag geschenkt bekommen.

Ich bin nämlich ein Silvesterkind. (Weswegen ich auch so eine Rakete bin, sagt Papa immer. Ich lass das mal so stehen. Besser Rakete als Knallerbse!) Jedenfalls: Das neue Jahr wird total super.

1. Nächste Woche fahren wir auf Klassenfahrt!
   Eine Woche Berlin!!! Das wird megacool!
2. Fee und ich sind in unserer Wunsch-AG gelandet. Fast wie ein Sechser im Lotto! Bisher haben wir immer nur unsere zweite Wahl bekommen (Zirkus. Schulgarten. Kettenreaktions-AG. **Schnarch!)**
   Aber im zweiten Halbjahr: Antistress-AG! Chillen in der Schule und Noten dafür bekommen! Fast so gut wie Gratiseis!!!
3. Nach den Ferien hab ich keinen Schulhofdienst mehr! (Musste im Dezember in jeder Pause mit vergammelten Gummihandschuhen Müll aufsammeln und Kaugummis vom Boden abkratzen. Laut Schulleiterin eine »erzieherische Maßnahme«. Laut Ella Schrader – also mir – reine Schikane, um Schüler der Lächerlichkeit preiszugeben. Da könnte man mich

genauso gut in einem Schandkorb* über den Schuleingang hängen.)

Ein neues Jahr beginnt natürlich mit guten Vorsätzen. Das Beste dabei ist: Ich brauch gar keine neuen guten Vorsätze, ich hab noch welche von letztem Jahr übrig (haha). Hier also Ella Schraders Liste von guten Vorsätzen fürs neue Jahr:

1. Keine Katastrophen mehr produzieren.

Das war's auch schon. (Wird schwer genug.) Man soll sich ja nicht mit total unrealistischen Vorsätzen das Leben schwer machen. Wie zum Beispiel einen Slam-Dunk schaffen (ich bin 1,66 m groß) oder eine Drei in Mathe schaffen (Mathe – ist das das Fach, für das man ein Lineal braucht?) oder Geige lernen und in einem Sinfonieorchester groß rauskommen (wie meine Cousinen Helga und Hannelore, die zu ihrer Geburt nicht nur diese merkwürdigen Namen bekommen haben, sondern auch Wiegen in Violinenform – ehrlich wahr!).

Zurück zu meinen guten Vorsätzen. Kai bezweifelt natürlich, dass ich das schaffe. Als er mir mein Tagebuch gestern überreicht hat, hat er nämlich gesagt: »Hier, Hamsterbacke, da hast du ein neues Buch der schlechten Ideen.« Dann hat er gelacht und ich hab überlegt, ob ich ihm meinen Schokocupcake mit der Schokocreme und den Schokostreuseln ins Gesicht drücken soll. Aber das war mir dann doch zu gemein. Der arme Cupcake kann ja nichts dafür, dass mein Bruder so

* Vogelkäfig, in den man im Mittelalter Leute eingesperrt und auf dem Marktplatz aufgehängt hat. Damit auch jeder mitbekommt, was für ein gemeiner Schurke** man ist!

ein Affenhirn ist!!! Und voll übertreibt, wenn er mein Tagebuch **Book of bad ideas** nennt.

Wirklich, ich habe überwiegend super Ideen! Ich sag nur: **Schleudersockenweitwurf.** (Ein Kniestrumpf wird mit massig nassen Socken ausgestopft, man hält ihn am ausgestreckten Arm fest und dreht sich um die eigene Achse, bis einem schwindelig ist, und dann lässt man die Schleudersocke los und guckt, wo sie reinkracht! Macht voll Spaß! (Sogar Kai, der es ansonsten mit Sport nicht so hat.) Mit meiner **Schleudersockenidee** hab ich sogar unseren Berg aus Einzelsocken abgetragen, die sich bei uns schneller vermehren als Fruchtfliegen, wie Mama immer sagt. Sie war richtig froh über meinen genialen Einfall. Jedenfalls bis wir mit der Schleudersocke ihren Lieblingsblumentopf von der Terrasse gefegt haben.

Dann noch eine weiterer brillanter Einfall: **Zimmerminigolf** (mit dem Golfschläger vom Sperrmüll und einem Parcour aus leeren Pringle-Dosen). Dabei ist sogar nichts kaputt gegangen (die Delle in der Fußleiste war schon lange vorher da, auch wenn Papa das nicht glauben wollte und den Golfschläger einkassiert hat)! Und der **Marshmallow-Contest** war ja wohl auch super. Kai hat hinterher nur gemeckert, weil ich gewonnen hab. (Einundzwanzig große Marshmallows auf einmal im Mund! Kai hat bei lächerlichen sechzehn abgekackt, dabei ist er ein Jahr älter als ich. Ha, nimm das, du Affenhirn!)

Gut, die Sache mit dem Notausgangsschild ist definitiv

....

** Ist Schurke nicht ein tolles Wort? Es ist lustig und reimt sich auf Gurke. Was nicht viele Wörter von sich behaupten können.***

*** Falls ich ein wenig verrückt klinge – keine Sorge. Das ist normal. Muahahahmuahaha.

eine doofe Idee gewesen, aber die hatte Kai ausgeheckt. Er meinte ... Oh, Mama ruft. Mittagessen! Schreibe gleich weiter.

Freitag, 1. Januar, 15.38 Uhr

Bei einem neuen Tagebuch macht es immer besonders Spaß reinzuschreiben, finde ich. Da gibt man sich auch noch voll die Mühe mit *Schönschrift* und so. Am Ende vom Tagebuch wird das bei mir dann gerne mal einsilbiges Krickelkrakel. Aber jetzt am Anfang schreibe ich höchst ausführlich und in bester Handschrift, wie ich mich tatsächlich leider selbst zum Affen gemacht habe.

Und alles nur, weil Kai im November die tolle Idee hatte, dass wir unserem großen Bruder Sascha zu seinem 17. Geburtstag ein Notausgangsschild aus unserer Schule schenken sollten. Weil er ja bald Abi macht und so. Ich wollte erst nicht, aber Kai meinte, das wäre ein super Geschenk, originell und von besonderer Bedeutung und dazu noch umsonst!

Er hatte mich also richtig schön angestiftet und mir dann großzügig die Ausführung überlassen. Weil er meinte, ich könnte so was besser. Was auch stimmte, weil man dafür auf einen Heizkörper steigen musste. (Eine sehr gefährliche Sache für einen Jungen, für den es schon eine Herausforderung ist, auf einem Stuhl zu sitzen, ohne runterzufallen.) Also war ich auf die Heizung gestiegen und hatte mich langgemacht. Ich hatte es gerade geschafft, die grün-weiße Kunststoffabdeckung von der Halterung zu ziehen, sodass nur noch die nackte Glühbirne über der Tür neben den Kunsträumen vor sich hin leuchtete.

»Ha!«, jubelte ich und wollte das Notausgangsschild an

Kai reichen, aber anstatt meines Bruders stand da auf einmal Herr Komarow, unser Hausmeister. Der ist auch unter besten Umständen niemals gut gelaunt, aber diesmal hat er mich angestarrt, als wäre ich eine Kakerlake, die ihm den letzten Krümel Zucker klauen will.

Ich bin vor Schreck von der Heizung runtergesprungen, hab mich im totalen Agentenmodus abgerollt* und dabei das Notausgangsschild hochgehalten. »Ich hab es gerettet!«, rief ich übermütig, aber Herr Komarow fand das leider kein bisschen heldenhaft. Und Frau Sandorff, unsere Schuldirektorin, auch nicht. Meine Eltern mussten antanzen und obwohl ich natürlich gesagt hab, dass ich nur mal den Aufbau eines beleuchteten Notausgangsschilds untersuchen wollte, hieß es, dass das Konsequenzen haben müsste und es eine »erzieherische Maßnahme« für mich geben sollte.

»Das ist nicht nötig«, hab ich schnell gesagt, »ich hab schon eingesehen, dass das blöd war.« Aber es hat nichts genutzt.

Ergebnis: Fünf Wochen lang Schulhofknecht!!!

Danke, Kai, danke! (Als Entschädigung dafür habe ich mit ihm ausgemacht, dass ich ein Jahr lang aus jeder Tüte saure Gummidinos alle blauen und roten bekomme, und er muss die grünen und gelben nehmen. Fee meinte, das wäre lächerlich und Kai voll billig weggekommen, aber davon versteht meine beste Freun-

* Hab ich gelernt, als ich mal eine Zeit lang mit einer Freundin aus der Grundschule Agententraining gemacht hab. Das bestand aus: Beschatten. Von einer Mauer springen und abrollen. Spionage mit dem Fernglas. Haben wir so lange gemacht, bis wir den Opa aus dem Nachbarhaus durchs Fenster in seiner schlabberigen Unterhose gesehen haben. Uargh …

din leider nichts. Sie mag nämlich keine Süßigkeiten – bis auf Schokoerdnüsse und Oreos. Ich hab sie trotzdem sehr lieb!)

Donnerstag, 7. Januar, 18.09 Uhr

Konnte die ganze Woche nicht schreiben wegen der Vorbereitung auf die Klassenfahrt! Die bestand vor allem daraus, dass Mama mir ungefähr acht Millionen Mal gesagt hat, dass ich mich gut benehmen muss, weil ich ja quasi auf Bewährung bin und die Lehrer mich total auf dem Kieker haben. Weswegen sie nicht zögern würden, mich beim kleinsten Vergehen nach Hause zu schicken! **SCHLUCK!** Das darf natürlich nicht passieren. Hm, vielleicht ist mein guter Vorsatz fürs neue Jahr etwas zu ungenau ...

Hiermit verkünde ich hoch und heilig **DIE ZEHN GEBOTE NACH ELLA** für die Klassenfahrt nach Berlin:

1. Ich benehme mich bestens.
2. Ich mache nichts kaputt.
3. Ich flitsche keine Papierkügelchen. Und keine Erbsen. Und keine Gummis. Auch nicht auf Lehrer.
4. Ich halte mich bei nervigen Mitschülern mit Kommentaren zurück, auch wenn sie es voll drauf anlegen.
5. Ich beleidige auch nicht die BlingBlingQueens, selbst wenn sie es noch so verdient haben!
6. Ich quatsche nicht dazwischen, wenn ein Lehrer was sagt.
7. Wenn einer der Jungs mit irgendwas wirft, werfe ich nicht zurück.
8. Ich laufe nicht nachts durch die Jugendherberge und spiele Gespenst.

9. Ich nehme nicht mal den Gummifingerkuli mit, den Sascha mir geschenkt hat, obwohl er in Glitzertürkis schreibt und einfach der weltbeste Tagebuchstift ist. Der hat nämlich nicht nur eine tolle Schreibfarbe, sondern sieht echt aus wie ein abgeschnittener Finger. Sogar mit ein bisschen Blut dran. Und wenn man das nicht weiß, kann man sich schon mal ein bisschen erschrecken! Muahahamuahaha!
10. Ich kotze nicht im Bus. (Was ich eh nicht mache, aber mir fiel nichts Besseres für die Zehn ein. Und »Die neun Gebote nach Ella« hört sich blöd an.)

Bin so aufgeregt! Morgen früh geht's los!

Freitag, 8. Januar, 5.38 Uhr

So früh, dass ich noch nicht denken kann. Und kalt. Kalt auch. Im Auto sind die Scheiben beschlagen. Brrrrr. So, am Parkplatz angekommen. Da steht unser Bus. Mama lässt mich raus.

Freitag, 8. Januar, 6.27 Uhr

Sind losgefahren! Sitzen im Bus! Bisher keine Katastrophen zu vermelden. War aber haarscharf. Beinahe hätte ich direkt hinter Herrn Potthoff sitzen müssen. Sechs Stunden Fahrt mit Aussicht auf die glänzende Halbglatze von unserem Lehrer, von der einzelne Haare wie Antennen abstehen – da können gute Vorsätze schon mal ins Wanken kommen.

Aber der Reihe nach.

Nachdem mich Mama am Parkplatz rausgelassen hat, bin ich sofort zu meinen Freundinnen Jule und Shirin hin, die schon total aufgeregt waren. Na ja, Jule und Shirin sind eigentlich immer total aufgeregt, selbst wenn wir nur die Sitzordnung neu auslosen oder in Sport die dicke Matte rausholen. Wobei Letzteres wirklich ein guter Grund ist, aufgeregt zu sein. Dicke Matte in Sport bedeutet meistens Spaß. (Für mich auf jeden Fall. Jule und Shirin bibbern dagegen ängstlich, weil sie befürchten, sie müssten sich an Seilen über die Matte schwingen wie »Tarzan, der gerade zwölf Big Macs und sieben Schokomilkshakes verdrückt hat« oder wie ein »Klammeraffe, der seine einzige Kernkompetenz vergessen hat: das Klammern«. Ich lach mich immer scheckig bei Jules und Shirins Sprüchen über sportliche Herausforderungen! Aber gut, ich schweife ab. Ich sag ja, am Anfang eines Tagebuchs hab ich noch die Motivation, sehr ausführlich zu sein.)

Auch eben vor der Abfahrt waren Jule und Shirin schon wieder in ihrem Element, das da heißt: Quatsch labern. Jule meinte, dass diese Klassenfahrt alles verändern würde. »Das Universum hat Großes mit uns vor. Ich weiß es, Mädels!«, hat sie mit ihrer dramatischen Stimme gesagt. Jule betätigt sich gerne mal als Orakel und sieht passend dazu auch ein bisschen verrückt aus: Sie hat eine Vorliebe für schrille Klamotten und bunte Haare. Heute hat sie zum Beispiel rosafarbene Kunststrähnen in ihren Zopf geflochten!

»Das Universum könnte mir mal einen Kaffee bringen«, hab ich nur gemeint und gegähnt. »Mag ich zwar nicht, macht mich aber vielleicht wach.«

Mama hat es heute Morgen gerade noch rechtzeitig geschafft, mich aus dem Bett zu zerren. An frisurentechnische Verrenkungen denke ich bei meinen feinen hellblonden Haaren sowieso nicht, aber so früh schon mal gar nicht. Meine Frisur bestand dementsprechend aus einer roten Bommelmütze, die ich mir im Vorbeigehen von der Garderobe geschnappt hatte. (Wobei ich irgendwie danebengegriffen hab, wollte eigentlich meine schwarze NY-Beanie aufziehen. Egal. Hauptsache, Knautschfrisur verdeckt.)

»Und dann Berlin!«, hat Jule gehaucht und ihr Atem stieg in weißen Wolken auf. »Das ist so aufregend. So hip! Die Welthauptstadt der Mode und der Trends!« Sie breitete in ihrem bunten Mustermixmantel die Arme aus. »Wir werden Berlin erobern!«, rief sie dann noch in den stockfinsteren Morgenhimmel.

»Jule«, stöhnte ich angesichts von so viel Aktivität am frühen Morgen. »Du sollst doch nicht immer so viele Energydrinks trinken.«

Sie hat aber nur gekichert und mit Shirin angefangen zu planen, wo sie überall shoppen gehen wollen. Dabei ist mir plötzlich aufgefallen, dass auch Shirin ziemlich aufgebrezelt war, so richtig geschminkt und frisiert, und ihre pinke Jacke sah verdächtig neu aus. Und dann ich daneben in meinem alten Parka mit dem zotteligen Kunstfellkragen. Er ist mir an den Ärmeln schon ein bisschen zu kurz und hat ein etwas abgewetztes schwarz-grünes Camouflage-Tarnmuster.

»Du könntest auch mal eine neue Jacke gebrauchen«, hat Jule auf einmal gesagt. »Shirin und ich beraten dich gerne.«

Aber das hab ich gleich dankend abgelehnt. Ich brauch doch keine Modeberatung! Mein Parka ist super. »Er ist schön und praktisch«, hab ich zu Jule und Shirin gesagt und wollte ihnen gerade erklären, wie gemütlich und kuschelig warm er ist und dass seine Taschen so groß sind, dass man immer interessante Dinge darin findet. Aber da antwortete Jule schon: »Klar, du bist *bestens* angezogen. Wenn wir zum Beispiel auf Fuchsjagd gehen.«

»Oder Verstecken im Wald spielen«, hat Shirin eingeworfen.

»Oder du Bekanntschaft mit einem Waschbär schließen möchtest«, machte Jule weiter, »dann kannst du dich ziemlich nah ranschleich...«

Ich war wirklich froh, dass in dem Moment der Bus seine Türen aufmachte und das Gedränge um die besten Sitzplätze losging. Das einzig Blöde war, dass Fee noch nicht da war. (Die aber zum Glück jetzt neben mir sitzt und gerade eine Packung Tortillachips aufreißt. Das finde ich mit am besten an Klassenfahrten: den Proviant!)

Freitag, 8. Januar, 7.03 Uhr

Hab gerade Tortillachips (Paprika) gefrühstückt und bin gestärkt weiterzuschreiben. Die Busfahrt einer Klassenfahrt ist auch schon immer ein richtiges Ereign

Mist, mit fettigen Chipsfingern sollte man keinen Kuli halten. Aber Fee hat wie immer ungefähr siebentausend Einwegdesinfektionstücher eingepackt – ihre Mutter ist erklärter Fan von allem, was Bazillen ausmerzt. Unglaublich übrigens, wie orange die werden, wenn man sich damit die Pfoten nach Paprika-Tortillachips abwischt!

Okay, jetzt noch mal von vorne. Die Bustüren haben sich also vorhin geöffnet und ich hab noch überlegt, wie ich am schnellsten reinstürmen und eine Bank frei halten sollte.

Aber da donnerte etwas in meine Kniekehle und ich wäre fast weggeknickt. Saras dämlicher Rollkoffer!

»Entschuldigung, dass du mich angerempelt hast«, hab ich ihr hinterhergerufen, aber das war ihr natürlich völlig schnuppe. Rücksichtnahme ist ein Fremdwort für die Queen der BlingBlingQueens. Sara hat einfach alle aus dem Weg gerollert und ist mit ihrem Koffer (Leopardenmuster!) zur Bustür gestöckelt. Einen weiteren Koffer in Schrankgröße (!) hatte sie schon ins Gepäckfach legen lassen. Echt, was hatte die denn bitte alles dabei? Einen eigenen Stylisten?

Ihr folgten Romy, Kim und Leyla, die anderen BlingBlingQueens, die es wie immer für selbstverständlich hielten, zuerst in den Bus steigen zu dürfen. Jule und Shirin schoben sich mit dem Pulk dahinter zur Bustür. Ich wollte ihnen gerade hinterher, da sah ich Fee über den Parkplatz rennen. Ich hoffte jedenfalls, dass sie es war. Im funzeligen Licht der Straßenlaterne hätte man sie auch für Frankensteins Monster halten können, weil sie so schief lief und ein Bein nachzog wegen der schweren Tasche, die bei jedem Schritt gegen ihre Oberschenkel baumelte. Aber es war natürlich Fee, meine Fee, die ihrem Motto *Besser spät als nie* wieder mal alle Ehre machte.

»Hi«, schnaufte sie. »Hast du uns einen Platz frei gehalten?«

»Na klar«, sagte ich und deutete auf das Gepäckfach, in dem der Busfahrer gerade letzte Sortierungsarbeiten machte. »Wir sitzen ganz bequem da unten.«

»Ha. Ha.« Sie gab ihre Tasche dem leicht entnervten Mann, der nämlich gerade die Klappe vom Gepäckraum schließen wollte. »Los, jetzt aber rein.«

»Sind eh nur noch die Loserplätze frei«, sagte ich, weil wir die Letzten waren, die einstiegen.

»Du weißt doch: Wo wir sitzen, ist immer vorne«, gab Fee zurück.

»Vorne sind ja die Loserplätze.«

»Steig ein, Ella, sonst reiß ich dir deine komische Zipfelmütze vom Kopf.«

»Selber«, sagte ich und da fiel mir ihre Mütze auf, die kein bisschen komisch war, sondern eine Baskenmütze in Cremeweiß, die sie schief auf dem Kopf sitzen hatte, was mega aussah und super zu ihren schwarzen Haaren passte. Na toll. Auch meine beste Freundin hatte also beschlossen, die Klassenfahrt zu einem Fashion-Event zu machen, und ich sah aus wie ein Gartenzwerg, der mit einem Waschbär befreundet sein wollte.

Freitag, 8. Januar, 8.34 Uhr

Sind inzwischen schon hinter Dortmund. Und hab gerade vor lauter Verwirrung über Fees seltsames Verhalten ein kleines Nickerchen gemacht. Bin immer noch nicht dahintergekommen, was sie da eben mit dem Lipgloss gemacht hat. Oder besser warum!

Es ist ein bisschen Ruhe eingekehrt im Bus – bis auf die letzte Reihe, die die Chaosjungs in Beschlag genommen haben, natürlich. Die Sitzordnung im Bus spiegelt bekanntermaßen eins zu eins die Hackordnung der Klasse wider und die Formel ist ganz einfach: Je weiter hinten, desto cooler.

Deswegen war ich vorhin auch ein bisschen nervös, als Fee und ich als letzte den Bus enterten. Schnell den Überblick verschafft: In der ersten Reihe hinter dem Busfahrer die Sensibelchen mit dem empfindlichen Magen, die sich schon vor der Abfahrt an eine Kotztüte klammern (Hassan und Maurice). In der zweiten Reihe die Lehrer (Herr Potthoff und Frau Hinterkausen). In ihrer Nähe tummeln sich normalerweise die Schleimer, die keine Gelegenheit auslassen, ihr gesammeltes Wissen über den Ort der Klassenfahrt loszuwerden. Aber da Maurice in der ersten Reihe schon damit beschäftigt war, sich nicht zu übergeben, war klar, dass Reihe drei auf jeden Fall frei sein würde. Denn alle haben auch diesmal versucht, so weit wie möglich nach hinten zu kommen, weg von den Lehrern und hin zum Epizentrum der Coolness (oder was man dafür hält).

Zuerst hatte ich also befürchtet, dass uns nur die Sitze hinter dem Potthoff blieben, und er schien das ebenfalls zu erwarten, denn er starrte mich megagrimmig an (wie ich fand). Umso erleichterter war ich, dass Jule uns von der hinteren Mitte des Busses winkte. Sie hatte uns eine Reihe frei gehalten! Nice!

Ich hab mich also im Mittelgang entlanggeschoben, als Kim von hinten loskreischte: »Verzieh dich hier, Max!«

Tumult im BlingBling-Abteil! Die BlingBlingQueens hatten die vier vorletzten Reihen belegt, natürlich jede einen Doppelplatz, weil ihre Schminkkoffer auch standesgemäß sitzen mussten. (Hab ich schon erwähnt, wie beknackt ich die BlingBlingQueens finde? Falls nicht, hole ich es hier nach: Die BBQs sind megabeknackt.)

Der arme Max hatte doch tatsächlich versucht, sich neben Kim zu setzen und sich damit in der Sitzordnung falsch einsortiert, aber komplett. Und dann auch noch bei Kim! Ich meine – klar, bei Kim. Max ist hoffnungslos verliebt in sie und holt sich in der Schule gefühlt jeden Tag eine Abfuhr. Dieser Junge ist echt maximal leidensfähig. Und so wenig *lernfähig!* Keine Ahnung, ob er so verliebt ist, dass er nicht mehr klar denken kann, oder ob er nicht klar denken kann und sich deswegen überhaupt erst in Kim verliebt hat. Letzteres ist ja meine Theorie.

»Ey, wie blöd muss man eigentlich sein, um sich zu verlieben?«, habe ich daher vorhin Fee zugeflüstert, als wir Platz genommen hatten und Max hinterherschauten, der wie ein geprügelter Hund durch den Bus schlich und dem nichts anderes übrig blieb als Reihe drei mit Aussicht auf die spiegelnde potthoffsche Halbglatze.

Und hier ist es dann, wie gesagt, seltsam geworden: Fee hat nämlich nicht geantwortet und als ich zu ihr geguckt habe, hat sie etwas total Merkwürdiges gemacht!!!! Sie hat Lipgloss aufgetragen! Und zwar **kirschfarbenen Lipgloss!** Morgens um noch nicht mal acht Uhr!!!! Durchsichtiger Lipgloss, okay. Vielleicht auch noch einer in Peach. Aber **knallige Kirsche** um diese Uhrzeit, wo wir eine Ewigkeit im Bus gammeln würden? Als ich Fee gefragt hab, was das soll, meinte sie nur, der wäre neu.

Das hab ich irgendwie nicht kapiert. »Ja und?«

»Ich probier halt gerne neue Sachen aus. Willst du auch?«

Wollte ich natürlich nicht. Aber die Limo, die Fee mir aus ihrer Tasche gereicht hat, die will ich! DUUUUUURST!!!!

Schreibe gleich weiter, muss nach den ganzen Chips eben kurz was trinken.

Freitag, 8. Januar, 9.31 Uhr

Ich vermelde: Fees Verhalten wird immer merkwürdiger! Und beinahe wäre hier eine FANTASTROPHE passiert. Hab eine Limofontäne ausgelöst, und zwar vom Feinsten! Ich wollte so ganz cool die Flasche aufdrehen, da hat es voll gezischt und sie ist ans Fenster und bis an die Decke gespritzt. Uargh. (Jetzt weiß ich auch, warum es vor Abfahrt hieß, wir dürften während der Fahrt keine kohlensäurehaltigen Getränke außer Wasser trinken. Ich hab das für Quatsch gehalten. Für eine sinnlose Maßnahme, bloß um den Spaß im Bus auf ein Minimum zu reduzieren! Typisch Lehrer halt. Wer konnte ahnen, dass sie sich dabei was *gedacht* hatten!!!!)

Ich hab schnell die Hand auf die Flaschenöffnung gehalten, aber die Limo schien das nur noch mehr anzustacheln. Es sprudelte und sprudelte (weswegen ich jetzt einen nassen *und* klebrigen Jackenärmel hab). Hab mich natürlich nicht getraut, nach vorne zu unseren Lehrern zu gucken. »Hat er was gemerkt?«, hab ich Fee atemlos gefragt. Aber sie meinte, dass der Potthoff reglos auf seinem Platz sitzt. (Ihre eigene Flasche ging übrigens mit einem harmlosen *Zisch* auf. Kein bisschen Spritzgefahr! Wie ist das möglich, wo sie doch in derselben Tasche gewesen ist? Meine war eine richtige Aggroflasche. Über mir und an der Fensterscheibe kleben immer noch orangene Tropfen. Und der Boden hat auch eine Limoglasur!)

»Glück gehabt«, hab ich gesagt und einen großen Schluck (von dem kümmerlichen Rest) getrunken. »Der Potthoff hätte mich sonst glatt wegen Fantalismus verhaftet.«

Fee runzelte die Stirn.

»Vandalismus mit Fanta. Fantalismus«, habe ich ihr meinen Wortwitz erklärt, weil sie überhaupt nicht gelacht hat. »Fast so gut wie Fantastrophe.«

»Deine Wortspiele waren auch schon mal lustiger«, sagte Fee, weil sie meine genialen Wortkreationen in brenzligen Situationen ja schon kennt. Und ich vollendete wie immer den Satz mit: »... aber niemals origineller!«

Dann hab ich jede Menge Desinfektionstücher aus der Packung gerissen und versucht, meine Hände zu entkleben und unauffällig die Limotropfen von der Decke und dem Fenster zu wischen. Damit meine Hampelei nicht so auffiel, drehte sich Fee nach hinten und kniete sich auf ihren Sitz. So wirkten wir beide ein bisschen hyperaktiv. (Auffälligkeit in ausreichender Menge kehrt sich in Unauffälligkeit um. Relativitätstheorie nach Ella Schrader.)

Ich hatte natürlich erwartet, dass Fee sich mit Jule und Shirin unterhält, die hinter uns sitzen. Aber das hat sie nicht. Sie hat schon wieder was total Merkwürdiges getan! Sie ... oh. Pinkelpause.

Freitag, 8. Januar, 10.21 Uhr

Wahnsinn, wie lang das dauert, bis alle wieder da sind und auf ihren Plätzen sitzen. Die BlingBlingQueens lassen sich besonders viel Zeit, während ich natürlich schon auf meinem Platz sitze, abfahrbereit. Wie man sich eben verhält, wenn man als absolute Musterschülerin rüberkommen will. Eben war ich auch voll streberhaft, aber hat es mir was genützt? Nö. Nicht die Bohne!

Auf der Raststätte sind vorhin alle in den Verkaufsraum

geströmt, als hätten sie noch nie einen Shop von innen gesehen. Oder als wäre das der tollste Laden der Welt. Dabei gab es nur quietschbunte Plüschtiere mit riesigen Glupschaugen, Zeitschriften, lustige Klingelschilder und natürlich jede Menge Süßigkeiten und Kaffee. Ich aufs Klo. Vor der Schranke herrschte Gedränge! Offensichtlich hatte keiner Kleingeld für den Eintritt. Einer von den Jungs (natürlich Luke) sprang drüber, die anderen blockierten den Eingang, sodass andere Reisende nicht durchkonnten.

Als der Potthoff kam, hat er natürlich ziemlich rumgeblökt, wir sollten uns benehmen und den Weg frei machen. Da hatte ich meinen Streberauftritt! Ich mein Kleingeld gezückt (70 Cent, abgezählt, Mamas Planung!), gesittet zur Schranke, Münzen eingeworfen, durchgegangen. Dem Potthoff einen komplizenhaften Blick zugeworfen *(wir beide, wir sind hier doch die Einzigen, die wissen, wie es läuft),* aber er hat überhaupt nicht reagiert, sondern die Mitarbeiterin der Raststätte durchgelassen, die dann die Schranke einfach geöffnet hat, sodass alle umsonst pinkeln gehen konnten!

Tss! Da sieht man es mal: Kaum benimmt man sich vorbildlich, ist es auch wieder falsch!

Da kommt Fee endlich. Hab sie eben aus den Augen verloren. Jetzt schiebt sie sich durch den Gang im Bus auf mich zu und strahlt. Hm. Eine Pinkelpause auf einer ranzigen Raststätte ist kein Anlass für derart gute Laune. Entweder sie hat gerade *The Falcon and the Wintersoldier* getroffen oder eine lebenslange Versorgung mit Oreo-Keksen gewonnen. Oder mit ihr stimmt wirklich was nicht. Weiß nur noch nicht, was.

Freitag, 8. Januar, 11.19 Uhr

Jetzt weiß ich es! Es ist ihr Kichern! Fee kichert andauernd!

Dabei ist Fee eigentlich überhaupt kein Kichertyp. Schwarzer Humor, ja. Dreckige Witze, ja. (Und dann die passende Lache dazu.) Aber Kichern? Nein!

Heute allerdings kichert sie und wackelt dazu mit dem Kopf, sodass ihre schwarzen glatten Haare unter der Baskenmütze seidig hin und her schwingen. Vorhin, als sie sich nach hinten gedreht hatte, hat sie auch total gekichert und die Haare geschwungen. Und jetzt liest sie WhatsApp-Nachrichten und kichert wieder. Erst der Lipgloss und nun das! Muss sofort rauskriegen, was los ist!

Freitag, 8. Januar, 12.37 Uhr

Da tritt mich doch ein Gnu!

Fee ist verliebt!

Obwohl wir uns geschworen hatten, uns niemals zu verlieben! Na ja. Vielleicht nicht *geschworen*, aber irgendwie waren wir uns total einig gewesen, dass wir mit dem ganzen Verknallgeschäft nichts zu tun haben wollen. Ich hab zwar sonst keinen Durchblick, aber eines weiß ich: Mit Verlieben ist nicht zu spaßen! Denn wenn man auf einmal Interesse an Jungs hat, wird es plötzlich enorm wichtig, dass sie auch Interesse an einem selbst haben. Und da sich bisher keiner für uns interessiert hat, ist es doch viel sicherer, ebenfalls kein Interesse an ihnen zu haben, weil uns dann nicht interessiert, ob sie sich für uns interessieren. Was eines beweist: Kaum geht es um das Thema Liebe, wird alles kompliziert. Und jetzt ist Fee also verknallt. In Paul.

Sie wollte erst nicht mit der Sprache rausrücken. Hab das aber mit detektivischem Spürsinn rausgefunden! Gestatten, Ella Schrader, Meisterdetektivin. Nennt mich Sherlock.

Als wir nach der Raststätte weitergefahren sind, hab ich sie ganz unauffällig gefragt, ob es ihr gut geht.

»Aber klar. Und wie!«

Sofort fiel der Meisterdetektivin (mir) auf: Ihre Stimme klang anders. Viel höher als sonst. So als ob Perlen in ein Glas fallen.

»Ich frag nur, weil du so komisch drauf bist. Hast du wieder Clown mit Brausepulver gefrühstückt?«

Sie ging überhaupt nicht auf meinen Scherz ein. »Ich freu mich einfach so auf die Klassenfahrt. Freust du dich nicht auch?« Klickerklickerklack, machten die Perlen. Sie kicherte wieder und wischte auf ihrem Handy rum.

Zeit für einen detektivischen Test.

»Ich werde uns für das Referat über die Geometrie des Brandenburger Tors eintragen«, habe ich so vor mich hin fabuliert. Die normale Fee hätte sofort losgeprustet, dass ich ja wohl nicht mehr alle Tassen im Schrank hätte, wir sollten uns gefälligst ein Laberthema aussuchen, je schwammiger, desto besser.

»Wie du willst«, hat sie aber nur geantwortet!

»Oder vielleicht nehmen wir auch die Krawattensammlung vom Potthoff als Thema.« Der hat nämlich eine Vorliebe für scheußliche Katzenkrawatten (und er riecht auch irgendwie nach Katzenfutter).

»Okay.« Fee lächelte abwesend. Dann hat sie mir ihr Handy unter die Nase gehalten. »Guck mal hier!«

Ein Hund im Pandakostüm auf einem Surfbrett.

»Pandastisch«, sagte ich unbeeindruckt. (Ich hab bei TikTok schon ungefähr sieben Trilliarden Hunde im Pandakostüm gesehen. Sie tanzen, sie machen Handstand, sie spielen Klavier. Irgendwann übernehmen sie die Weltherrschaft.)

»Ist es auch«, sagte Fee, ohne jede Ironie. »Und guck mal hier.«

Ein Katzenbaby, das auf einer Gans reitet.

»Wer schickt dir denn so was?«

Paul schickte ihr so was, wie Ella Schrader, Meisterdetektivin, nun herausfand. Paul und Fee schickten sich gegenseitig lustige Clips. Was an sich nicht schlimm gewesen wäre, schließlich texte ich auch ab und zu mit Severin aus unserer Klasse (der war im ersten Halbjahr mit mir in derselben AG). Aber Fee schlussfolgert irgendwie daraus, dass Paul auch ansonsten total lustig wäre und supernett.

Da habe ich kurz drüber nachdenken müssen. Paul gehört zur coolen Clique von Jungs, in der auch Luke, Tarik, Roman und Severin sind – bei Shirin, Jule, Fee und mir besser bekannt als *die Chaostruppe*. Sie lassen den Unterricht gelangweilt über sich ergehen, hocken in der Pause auf den Bänken neben der Tischtennisplatte und zeichnen sich ansonsten durch dumme Sprüche aus und dadurch, im Sportunterricht möglichst viel Schaden mit Bällen anzurichten. Nichts, was einen beeindrucken könnte. Ich überlegte, ob ich von Paul schon mal irgendwas Nettes gehört hatte. Mir ist nur eingefallen, dass er immer interessante Ausreden auf Lager hat, wenn er zu spät kommt. (Der Bus hatte einen Platten. Bauarbeiter haben die Straße vor unserem Haus aufgerissen und ich musste einen Riesenumweg gehen. Mein Meerschweinchen hat Junge bekommen.)

Einmal hat er in Musik was auf der Trompete vorgespielt. Und ein andermal hat er ein fliegendes Schwein an die Tafel gemalt (oder war es ein Eichhörnchen mit Kringelschwanz?). Und einmal hat er Maurice' Stuhl umgetreten. Als der drauf saß.

Mehr wusste ich nicht von Paul. Und Fee ja auch nicht! Aber jetzt scrollte sie sich durch den Klassenchat und las mir vor, was Paul im letzten halben Jahr an Nachrichten dort abgelassen hatte, und obwohl es saulangweilige Kommentare waren **Hey, yo / Geht gar nicht / Hat einer Bio kapiert?** kicherte Fee, als ob es das Lustigste seit *Rick & Morty** wäre. Sie hatte offensichtlich einen großen Teil ihrer Intelligenz eingebüßt und schien darüber aber ziemlich glücklich zu sein.

Und da ahnte Meisterdetektivin Ella Schrader auf einmal, was los war! Ich hab einen leichten Anfall von Schnappatmung bekommen und sie geradeheraus gefragt, ob sie etwa in Paul verknallt ist.

Sie hat gesagt: »Ja. Ich glaub schon.« Und wieder gekichert. »Ist das irre, oder was?«

Aber so was von!!!!

* Nicht, dass ich die ganze Serie gesehen hab. (Meine Eltern sind der komischen Meinung, Serien ab 16 sollten auch nur Leute ab 16 gucken.) Hab nur mal aus Versehen den Trailer geguckt. Und ein paar Ausschnitte auf YouTube. Und vielleicht auch mal eine ganze Folge bei Jule, deren Eltern nicht so Kontrollfreaks sind, die eine Kindersicherung für nötig halten.

Freitag, 8. Januar, 13.21 Uhr

Wir fahren durch Berlin! Riesenstraßen, große Häuser. Alle drücken sich die Nasen an den Fenstern platt. Nur Fee guckt sich bescheuerte Tierclips an und gluckst vor sich hin. Ich musste ihr eben hoch und heilig schwören, dass ich niemandem von ihren Gefühlen für Paul erzähle. Was ich selbstverständlich niemals tun würde.

Freitag, 8. Januar, 13.52 Uhr

Wir sind da!! Der Bus biegt auf dem Parkplatz der Jugendherberge in Berlin-Ostkreuz ein. Die Hinterkausen schiebt sich durch den Mittelgang, um alle anzuweisen, sitzen zu bleiben, bis sich die Türen öffnen. Vor unserer Sitzreihe hat ihr Schuh ein knarzendes Geräusch gemacht und sie ist sogar kurz hängen geblieben. Ich habe ganz schnell mein bestes Unschuldslammgesicht aufgesetzt, als hätte ich keine Ahnung, warum der Boden da so doll klebt. Die Hinterkausen hat mich prüfend gemustert und hatte eigentlich etwas sagen wollen – aber in dem Moment gab es hinten Tumult.

Die BBQs sind mit ihren Monsterschminkkoffern schon Richtung Ausgang gestöckelt und die Hinterkausen hat versucht, sie zurückzuscheuchen. Aber dann sind plötzlich auch die anderen aufgesprungen und haben ihr Zeug aus den Gepäckfächern gerissen. Luke, dieser Horst, hat seinen Rucksack auf Tariks Kopf fallen lassen und die beiden haben einen Ringkampf angefangen. Da hatte die Hinterkausen dann wirklich was zu meckern. Gut so!

Ich hab gerade noch erleichtert aufgeatmet, da hab ich gesehen, dass Fee zu Paul starrt und ihre dunkelbraunen Augen einen verträumten Schleier bekommen. Als ob ein Filter draufgelegt wäre. Es hätte mich nicht gewundert, wenn rosa Herzchen über ihrem Kopf herumgeflogen wären.

Dann fuhr sie sich mit der Hand durch die Haare, setzte ihre Mütze auf, wieder ab, wieder auf und wieder ab und strich sich noch mal durch die Haare. Als sie erneut Anstalten machte, die Mütze aufzuziehen, hab ich sie ihr aus der Hand geschnappt und in meine Jackentasche gestopft. Die Merkwürdigkeiten gehen aber weiter! »Wir warten auf Paul«, verkündete Fee und

Freitag, 8. Januar, 14.48 Uhr

Jetzt sind wir in unserem Zimmer! Vorhin musste ich blitzartig aufhören mit Tagebuchschreiben, weil sich die Türen öffneten und ich mir sicher war, dass Fee sich total auffällig an Pauls Fersen heften würde. Da hätte sie sich gleich ein Schild umhängen können mit Du bist mein Schwarm. Ich hab sie einfach in den Gang geschoben (sanft, aber bestimmt) und gesagt: »Raus mit uns! Ich brauche dringend frische Luft.« (*Und du erst recht,* aber das hab ich nicht dazu gesagt.)

Die beste Nachricht des Tages: Jule, Shirin, Fee und ich haben ein Viererzimmer mit zwei Etagenbetten, einem Tisch und vier Stühlen und ein eigenes Badezimmer! So cool!!!!

Freitag, 8. Januar, 15.23 Uhr

Gleich treffen wir uns für den ersten Rundgang durch Berlin. Muss nur ganz schnell das Wichtigste notieren. Jule und Shirin wissen es schon! Also, das mit Paul. Sie haben es einfach so rausgefunden. (Anscheinend muss man doch keine Meisterdetektivin dafür sein.)

Wir hatten gerade die Betten verteilt (Jule und ich oben, Shirin und Fee unten), da hat Jule Fee von Kopf bis Fuß gemustert und plötzlich gesagt: »Fee, ich seh es dir an, du bist verknallt.«

»Das hab ich auch schon gedacht!«, hat Shirin gerufen und mit Jule abgeklatscht.

»Waaaasss?« Fees Honigkuchenpferdgrinsen ist für einen Moment verschwunden, nur der Glanz auf ihren Wangen blieb. »Aber ...«

Jule schnalzte verächtlich mit der Zunge. »Kirschfarbener Lipgloss, manisches Haareschütteln, Grinsen, verträumter Blick – also, wer ist es?«

»Ja, wer, Fee, wer?«, echote Shirin.

Für einen Moment hab ich noch gedacht, Fee würde versuchen, es zu leugnen, aber dann ist es schon aus ihr herausgeplatzt, dass es Paul wäre und wie cool er wäre und auch so gut aussehend und was er für tolle Haare hätte. (Ich finde ja, dass seine blonden zurückgegelten Haare aussehen wie die von einem verwöhnten Grafen, der seinem Diener die silberne Servierglocke an den Kopf wirft, wenn das Omelett darunter einen Tick zu kalt geworden ist. Aber was weiß ich schon, wo ich ja nicht in ihn verknallt bin!)

Jule und Shirin schienen sofort begeistert von Fees Wahl.

»Kriegsrat!« Jule hat sich an den Tisch gesetzt und als wir

ihrem Beispiel gefolgt waren, hat sie bedeutungsschwer mit dem Kopf genickt. »Dann bekommt Fee also als Erste von uns einen Exfreund.«

»Wie, Exfreund?«, hab ich verwirrt gefragt. »Geht es nicht darum, erst mal einen Freund zu haben?«

Auch Fee hat etwas irritiert gewirkt, aber Jule hat abgewunken. »Mädels, es ist völlig egal, ob wir einen Freund haben oder nicht.«

Shirin hat dazu genickt und warnend geguckt. »Beziehungen sind schwierig! Meine Schwestern ... puh! Was für ein Stress mit den Jungs!«

»Ein Exfreund dagegen macht keine Schwierigkeiten«, hat Jule erklärt.

»Ein Exfreund hat nur Vorteile«, hat Shirin ihr beigepflichtet. »Du musst nicht mehr drüber nachdenken, ob du ihm gefällst.«

»Oder wie du es schaffst, ihn zu beeindrucken, ohne dich zu blamieren.«

»Oder ob du ihm gegenüber vielleicht Schwachsinn gelabert hast.«

»Oder ob du ihn angegrinst hast mit Mohnkörnern zwischen den Zähnen.«

»Mohnkörner?«, hat Fee alarmiert gefragt.

»War ja nur ein Beispiel.« Jule hat mit den Achseln gezuckt. »Auf jeden Fall ist ein Exfreund das Beste, was einem passieren kann, weil damit ist man ... tadaa ... offizielles Mitglied im *Club der Coolen.*«

»Man könnte ihn auch Club der emotional Fortgeschrittenen nennen«, hat Shirin erklärt (weil Fee und ich sie wohl ziemlich ratlos angeguckt haben müssen), »aber das klingt irgendwie uncool.«

»Deswegen sagen wir Club der Coolen«, hat Jule wiederholt.

»Und seid ihr im Club der Coolen?«, hat Fee wissen wollen.

Jule darauf: »Noch nicht. Aber bald.«

»Ganz bald bestimmt.« Shirin hat sehnsuchtsvoll geseufzt.

»Aber wie bekommt man einen Exfreund?«, hat Fee gefragt.

Tja, da sind unsere beiden Beziehungsexpertinnen auch ratlos gewesen. Was mich ein bisschen beruhigt hat. Schließlich bin ich nicht nach Berlin gekommen, um mich mit irgendwelchen bekloppten Liebesstorys rumzuschlagen, sondern um Spaß zu haben. Der Club der Coolen kann mich mal!

Montag, 11. Januar, 8.32 Uhr

Klassenfahrt ist super. Berlin ist super. Hab mich bisher an alle meine Gebote gehalten und sogar noch nichts kaputt gemacht. Was auch daran liegt, dass das Geschirr in der Jugendherberge wahrscheinlich aus Betonporzellan ist oder so. Jedenfalls hat die Tasse nicht mal einen Sprung bekommen, als sie mir hingefallen ist. Glück gehabt!

Nur Fee spinnt. Hab alle Hände voll zu tun, damit sie sich nicht blamiert! Wenn ich sie nicht wegzerre, starrt sie Paul an wie das achte Weltwunder. Wenn ich sie nicht festhalte, klebt sie sich an seine Fersen. Wirklich, sie braucht sich keine Sorgen machen, dass *ich* was über ihre Gefühle verraten könnte – das kriegt sie ganz allein hin! Richtig unterhalten kann man sich auch nicht mehr mit ihr. Es ist, als ob alle anderen Gesprächsthemen außer Paul aus ihrem Gehirn weggelöscht wurden. *Einmal die Resettaste drücken und neu booten, bitte!*

Heute Morgen kurz nach dem Aufstehen (!) hat sie mir mal wieder Pauls gesammelte Wundertaten erzählt. Wie süß Paul geguckt hat, als wir gestern im Reichstag waren, und was für einen witzigen Scherz er in der Glaskuppel gemacht hat (»Wenn wir noch weiter im Kreis laufen, krieg ich Kreislaufprobleme«) und dass er den ganzen Weg zur Bahn neben ihr gegangen ist, jedenfalls fast. (In Wirklichkeit ist er zwischen Tarik und Luke gegangen und Fee ist ihm einmal in die Hacken getreten, worauf er sich zu ihr umgedreht und gesagt hat: »Hey, Fee! Pass doch auf!« Und sie Paul angelächelt hat und gesagt: »Ich pass ja auf dich auf!«)

Ich glaube, ihre linke Gehirnhälfte funktioniert nicht mehr richtig (oder die rechte, was weiß ich), weil sie voller Hormone ist. Auf jeden Fall muss ich den Notfallmodus aktivieren und ab jetzt für uns beide das Denken übernehmen.

Dienstag, 12. Januar, 22.19 Uhr

Eigentlich bin ich ja gut im Denken, weil ich jede Menge denke, den ganzen lieben langen Tag und oft auch nachts. Nur leider ist das mit den Ergebnissen meiner Denkprozesse so eine Sache. (Was ich mir eigentlich hätte denken können – so oft, wie ich den Satz »Was hast du dir bloß dabei gedacht?« schon gehört hab!)

Jedenfalls hatte ich eine Idee. Und ich will hier betonen – weil ein gewisses Affenhirn ja der Meinung ist, ich hätte nur schlechte Ideen: Die Idee war gut! Vielleicht sogar sehr gut. Nur die Ausführung war leider ~~schlecht~~ ~~grottig~~ suboptimal. Und das Endergebnis total subsubsuboptimal.

Es fing damit an, dass Fee mir heute wieder die Ohren vollgesülzt hat über Paul und wie *cool er geht* (!), mit so einem »Federn in den Knien«, was vielleicht von seinen sensationellen Sneakern kommt, die sie sich auch zu Weihnachten wünschen würde. (Obwohl es Basketballschuhe sind und Fee mit Basketball so viel zu tun hat wie ein Goldfisch mit Sonnenbaden!)

Während ich noch überlegt hab, wie Fee wohl aussieht, wenn sie beim Gehen mit den Knien federt, hat sie ohne Unterbrechung weitergelabert und ich hab ein mildes Lächeln aufgesetzt. Das war nicht besonders schwer, weil ich dabei Studentenfutter in mich reingestopft hab. Aufmerksam geworden bin ich erst wieder, als sie auf einmal schwärmte: »Hast du gesehen, wie cool er heute in sein Brötchen gebissen hat? Auch die Papiertüte hat er so cool zusammengeknüllt.«

Da konnte ich nicht anders, als mal kurz die Augen zu verdrehen. Also wirklich! Fehlt nicht viel, dann sammelt sie seinen Müll auf und klebt ihn in ihr Poesiealbum!!

Das ist doch nicht normal, oder? Das *kann* einfach nicht normal sein, wenn man sich verliebt! Jedenfalls dachte ich in dem Moment: So geht es nicht weiter.

Bisher hab ich nur versucht zu verhindern, dass Fee in direkten Kontakt mit Paul tritt, weil sie irgendwie nicht in der richtigen Verfassung dafür ist und ich nicht will, dass ihre eingeschränkte Hirnfunktion sie als liebesverrückte Verehrerin outen würde. Und wenn er sie dann abblitzen lassen würde, würde Fee im Liebeskummer versinken und sich der

Lächerlichkeit preisgeben. Und dafür ist eine Klassenfahrt ja nun wirklich zu schade. Wenn er aber ihre Gefühle erwidern würde, würde er sowieso irgendwann auf sie zukommen – egal, wie bekloppt sie sich verhielt. So lautete die Theorie von Dr. Ella Schrader, Beziehungsexpertin. (Ha. Ha.)

In der Praxis ist Paul nur leider kein bisschen auf Fee zugekommen, dabei sind wir schon fünf Tage hier.* Paul kommentiert zwar ab und zu die Clips, die Fee ihm schickt, mit irgendwelchen Emojis, aber mehr nicht. Übrigens analysieren dann Fee, Jule und Shirin stundenlang seine Emojis, was er denn damit gemeint haben könnte und in welcher Phase der Beziehungsanbahnung Fee mit Paul jetzt steht. Nach dem Abendessen heute hat er dann einen Emoji von einem Küken im Sternchenregen geschickt. Fee ist aber felsenfest davon überzeugt, dass es Herzchen sind und dass das Zeichen wäre, dass er sie auch mögen würde.

Ich finde, Fee verstrickt sich langsam ein bisschen zu sehr in dieses Verknalltsein. Zeit für etwas Realität, hab ich gedacht. Als wir also eben in unserem Zimmer hockten, hab ich Fee den Rat gegeben, doch mal mit Paul zu sprechen. Bisschen Small Talk zwischen zwei Klassenkameraden, um zu sehen, wie er reagiert.

»Sprechen ist nichts Schlimmes«, habe ich ihr Mut gemacht. »Eine Unterhaltung ist was ganz Normales, selbst mit einem Jungen, mit dem man nicht zur Gruppenarbeit eingeteilt wurde.«

»Das sagst du so einfach!«, hat Fee richtig verzweifelt gerufen. »Dir macht es ja nichts aus, mit Jungs zu reden!«

* Die sich sogar noch länger anfühlen, weil wir so viel gesehen haben und jeden Tag ungefähr tausend Kilometer durch die Stadt latschen!

»Wieso auch? Jungs sind auch nur Menschen.«

»Ha!«, hat Fee gesagt, als hätte ich behauptet, Krokodile wären hübsche Vögel. »Aber wie soll ich das machen?«

»Einfach den Mund auf- und zumachen, wenn du ihm gegenüberstehst. Wenn du nur dein Kinn runterklappst und ihn anstarrst wie eine leckere Schokotorte, kann es nämlich sein, dass er ganz schnell die Flucht ergreift.«

»Aber was soll ich denn zu ihm sagen? Wie soll ich ihn ansprechen?«

»Wie wäre es mit ›Hallo‹?«

»Oh, das ist gut«, hat Fee gemurmelt und mich dabei angesehen, als hätte ich ihr gerade eine wahnsinnige Erleuchtung beschert. »›Hallo‹ ist gut. Und dann?«

Ich hab gesagt, uns würde schon was einfallen, und sie entschlossen vom Bett hochgezogen, um mit ihr die Jungs zu besuchen.

Jule und Shirin haben die Luft angehalten, als sie das mitbekommen haben. »Viel Glück«, hat Jule noch aufgeregt gehaucht, als wir die Tür hinter uns zugezogen haben.

Und dann ... hat das Unglück seinen Lauf genommen. (Meine Karriere als Beziehungsexpertin ist schon wieder offiziell beendet!)

Dienstag, 12. Januar, 22.54 Uhr

Musste gerade eine Pause machen. Im Bett Tagebuch zu schreiben, erfordert nämlich einiges an Können. Wenn man auf dem Bauch liegt, muss man seinen Arm aufstützen und kann ihn nicht richtig bewegen, weswegen das irgendwann krampfig wird. Auf dem Rücken funktioniert der Kuli nach Kurzem nicht mehr, weil man ihn ja nach oben hält. Deswegen musste ich mich gerade rumwälzen ... nun also weiter:

Fee und ich haben uns in der Jugendherberge auf die Suche nach den Jungs gemacht. Sie waren nicht im Aufenthaltsraum. Sie waren auch nicht auf ihrem Zimmer. Denn, war ja leider klar: Sie waren im BlingBling-Zimmer, dem Partyhotspot der Klassenfahrt, wo wir natürlich niemals hin eingeladen werden. Wir haben den Lärm schon durch die Tür gehört. Musik, Stimmen, Gelächter.

»Wir locken die Jungs nach draußen, wo wir in Ruhe mit ihnen reden können«, habe ich gesagt. Fee hat genickt und ich habe schon die Hand gehoben, um gegen die Tür zu klopfen, da hat Fee gejapst: »Warte! *Wie* locken wir sie raus?«

»Wir fragen, ob sie eine Runde Tischkicker spielen wollen«, ist mir spontan eingefallen und wollte gerade klopfen, da kiekste Fee: »Ich kann kein Tischkicker.«

Ich hab geflüstert, dass das doch egal wäre, aber Fee meinte, dass die Jungs dann denken, wir wären bescheuert, dass wir mit ihnen Tischkicker spielen wollen, wenn sie das gar nicht kann.

Dabei interessiert doch niemanden, ob Fee das kann oder nicht! Deswegen meinte ich zu ihr, dass wir sie einfach erst mal in den Aufenthaltsraum bekommen müssen. Aber Fee wollte noch weiter überlegen, da wurde plötzlich die Tür aufgerissen und Romy stand vor uns.

»Ich sag ja: Es ist nicht der Potthoff, der hier vor der Tür rumlungert«, hat sie hinter sich ins Zimmer gerufen. Romy ist übrigens einmal sitzen geblieben und schon fünfzehn und neben ihrer rauchigen Stimme hat sie noch ein weiteres Markenzeichen: ihr Dekolleté. Dank ihrem engen violetten Top schwappte es uns quasi über die Türschwelle entgegen.

»Huch«, habe ich gemacht und bin sogar ein Stück zurückgetaumelt. Romy hat ausgesehen wie eine richtige *Frau!* Oder wie eine Lehrerin! Mit so was rechnet man doch nicht, wenn man auf der Suche nach seinen Mitschülern ist. Deswegen hat es mir für einen Moment die Sprache verschlagen und während Romy an ihrem Ausschnitt gezupft und sich so in die Tür gestellt hat, dass wir nicht ins Zimmer gucken konnten, hat Sara von hinten gerufen: »Wer ist da?«

»Nur zwei graue Mäuse, die sich verlaufen haben«, hat Romy geantwortet und uns fies angegrinst.

Ich hab mich geräuspert und zurückgegeben: »Lieber graue Maus als gar keinen Verstand.« Hab dabei sehr freundlich gelächelt und Romy hat verwirrt die Stirn gerunzelt.

Ich hab ihr geraten, dass sie da mal schön drüber nachdenken soll, was das bedeuten könnte, und gemeint: »In der Zwischenzeit kannst du mal einen der Jungs rausschicken.«

Fee hat neben mir aufgeregt nach Luft gejapst.

Romy kniff die Augen zusammen und wollte wissen, warum.

»Ich wollte fragen, ob einer Lust hat ...«, hab ich angefangen, aber weiter kam ich nicht, denn da ist Sara hinter Romy aufgetaucht und hat uns die Tür vor der Nase zugeknallt! »Wir kaufen nichts«, hat sie noch eiskalt gesagt.

»Ich hasse diese dummen Kühe«, hat sich Fee auf dem Rückweg aufgeregt und dass die BBQs so tun würden, als gehörten die Jungs ihnen.

Zurück auf dem Zimmer haben Jule und Shirin sich gerade gegenseitig die Haare geflochten. (Hab übrigens echt nicht gewusst, dass das ein so zeitintensives Hobby ist!) Jule wollte natürlich sofort wissen, wie es gelaufen ist, und ich hab gesagt, wir wären nicht an Romys Dekolleté vorbeigekommen.

Jules nickte wissend. »Die Chinesische Mauer ist nichts dagegen.«

»Ich hab die Lösung«, hat Fee da plötzlich gerufen. »Wir brauchen Push-up-BHs!«

»Wieso *wir?«*, habe ich verwirrt gefragt, weil ich nicht vorhatte, irgendwem mit meinem (nicht vorhandenen) Dekolleté den Weg zu versperren. Aber Fee ist überhaupt nicht auf meine Frage eingegangen, sondern hat bestimmt, dass wir morgen bei unserer Shoppingtour (wir haben den Vormittag frei, erst mittags treffen wir uns in Hohenschönhausen) Dessous kaufen gehen. Ich hab noch den Mund aufgeklappt, um zu widersprechen, aber Fee hat mich sofort zum Schweigen gebracht. »Babababababappp«, hat sie gemacht und dann gesagt: »Wir haben es erst so gemacht, wie du vorgeschlagen hast. Und jetzt machen wir es so, wie ich vorschlage.«

Dagegen kann ich ja schlecht was sagen, oder? So ist nun mal das Gesetz der Freundinnen.

Mittwoch, 13. Januar, 9.19 Uhr

AARGH! Katastrophenalarm am Morgen! Obwohl ich mich strikt an meine Zehn Gebote gehalten hab! Aber was kann ich dafür, dass es heute zum ersten Mal Schokoflakes gab? Wir wollen gleich los, daher nur schnell zwei Neuigkeiten:

1. Das Gesetz der Freundinnen ist Mist. Jedenfalls, wenn eine der beiden Freundinnen verknallt ist und ihre Gehirnströme von einem Jungen namens Paul regiert werden. *Ich muss gleich Unterwäsche shoppen gehen!* Das ist auf der Liste der Dinge, die ich auf einer Klassenfahrt machen will, ungefähr auf Platz 72, gleich hinter Küchendienst.
2. Beim Frühstück ist eine klitzekleine Katastrophe passiert und ich fürchte, ich hab die BlingBlingQueens ein bisschen gegen mich aufgebracht. (Nein, es war keine Rache für gestern, echt nicht!)

Wir sind heute Morgen in den Frühstücksraum rein und zum Büfett, wo man sich Brötchen und Wurst und Marmelade und Saft holen kann. Das Beste aber ist eine ganze Wand mit Plexiglasbehältern mit verschiedenen Müslis und Frühstücksflocken, die vorne eine Klappe haben, aus der das Müsli rausrieselt in deine Schüssel. Man kann sich total irre Kombinationen zusammenstellen und am Ende Milch aus einem großen Edelstahlbehälter zapfen. Supercool!

Fee und ich also zur Müsliwand. Dabei hat sie mir gesagt, dass sie meinen Rat befolgen und Paul heute ansprechen würde.

»Gut«, hab ich gesagt und mir die erste Ladung Müsli (Nuss) in die Schüssel gefüllt. Ich hab mich an der Wand vorgearbeitet (Cornflakes, Früchtemüsli, Knuspermüsli, Honigpops), bis meine Schüssel schon ziemlich voll war. Dann hab ich entdeckt, dass *(zum ersten Mal, seit wir hier sind)* Schokoflakes in dem letzten Behälter waren. Yummy! Die mussten natürlich auch in die Schale. Dann noch Milch und fertig ist das perfekte Frühstück. Dachte ich.

Ich hab also schön gezapft. Fee hat aufgeregt neben mir gegluckst. (Ihr Paul-Glucksen. Erkenne ich mittlerweile sofort!) Aus dem Augenwinkel hab ich ihn auf sie zukommen sehen und nur für einen Moment nicht aufgepasst. Was man sich nicht leisten darf bei Schokoflakes. Die sind tricky, weil sie schwimmen und in rasender Geschwindigkeit mit der Milch nach oben steigen. Im letzten Moment hab ich die Milch abgedreht, bevor alles überlaufen konnte, und die Schokoflakes schwammen wie kleine Boote auf einem See und ragten fast über den Schüsselrand. Als Müsliprofi hätte ich es bestimmt trotzdem geschafft, die Schüssel unfallfrei zu meinem Platz zu balancieren, aber da hat Fee entschlossen verkündet: »Ich frag Paul, ob er eine Runde Kicktischer spielen will. Äh. Tischkicher. Äh. Tickerkisch!«

»Fee, nein«, hab ich gerufen und mich umgedreht und da hat mich Sara angerempelt (sie behauptet, ich hätte sie angerempelt) und eine Welle Schokoflakemilch schwappte direkt in den weiten Schaft von Saras Wildlederstiefeln hinein.

Sie hat sofort losgekreischt: »Meine Uggs! Das ist Lammfell! Du hast meine Uggs ruiniert!«

»Sorry, war keine Schwappsicht«, hörte ich mich sagen, woraufhin sie mich nur finster angestarrt hat.

Ich hab ihr erklärt: »Keine Absicht zu schwappen, Schwappsicht«, was leider die Sache nicht besser gemacht hat.

Sie hat weiter rumgeschrien, dass ich total unverschämt wäre und ihr die Reinigung bezahlen müsste. Das Ende vom Lied war, dass der Potthoff angestürmt kam und mich gezwungen hat, Saras bescheuerten Schuh sauber zu machen. Was total einfach war. Einmal mit einem feuchten Tuch drüber, fertig. Schlimm war, dass Sara auf ihrem Stuhl thronte, die Beine übereinandergeschlagen, und ich ihr wie eine Dienerin den Schuh reichen musste. Sie beäugte ihn voll kritisch, schnupperte dran und ich konnte nicht anders. »Der Käsegeruch war schon drin«, hab ich, ohne nachzudenken, gesagt.

Sara hat sich nur ein wütendes »Hau ab!« abgerungen und währenddessen haben sie und ihre doofen Freundinnen mich mit ihren Blicken durchbohrt.

Und meine Schokoflakes?? Die sind in der Zwischenzeit weich wie nasse Lappen geworden und ungenießbar gewesen. Das einzig Gute war, dass ich Fee mit meiner Attacke auf Saras Schuh davon abgehalten habe, sich vor Paul zum Affen zu machen. Immerhin!

Mittwoch, 13. Januar, 10.24 Uhr

Sitzen in der Bahn zum Alexanderplatz. Musste mich gerade mal aus der Unterhaltung ausklinken und hab mir mein Tagebuch geschnappt. Fee, Shirin und Jule sind voll im Shoppingfieber! Und Fee hat mich eben total bearbeitet, dass ich mir auch endlich neue Unterwäsche zulegen soll.

»Wozu?«, hab ich gefragt und Fee meinte, ich müsste die Slips mit den Minions und der Eiskönigin drauf endlich hinter mir lassen, dabei passen die mir noch (na ja, die meisten jedenfalls). »Verstehst du, das sind Kinderschlüppis!«, hat Fee verkündet und gemeint, dass ich mich mit dem Tragen von Kinderschlüppis weigern würde, erwachsen zu werden. »Und solange du dich

weigerst, erwachsen zu werden, kannst du dich auch nicht verlieben«, schloss sie ihr Schlüpferplädoyer.

»Aha. Äußerst interessant, Frau Professor Besserwisser-Chang«, hab ich erwidert. »Schon mal daran gedacht, dass ich mich vielleicht überhaupt nicht verlieben will?«

Da haben Jule, Shirin und Fee mich angestarrt, als würden mir auf einmal pinke Elefantenohren wachsen. Also, echt! Was gehen die meine Unterhosen an? Ich kann doch wohl anziehen, was ich will. Und mich verlieben (oder nicht), wie ich will. Ich weiß eh nicht, was daran so toll sein soll, wenn man dabei doch (wie man sieht) einen großen Teil seiner Hirnfunktion verliert!

Was die Sache mit den Unterhosen angeht ... okay. Mama hat mir sogar schon mal Geld dafür gegeben. Aber dann war ich mit Kai in der Stadt und als wir bei Mediamarkt waren, waren wir uns einig, dass ich unbedingt das neue GTA haben musste. (Kai wusste nichts von meinem Unterhosenauftrag. Geht Brüder ja wohl auch gar nichts an!)

So. Und natürlich kaufe ich demnächst neue, wenn ich wieder Taschengeld dafür hab. Aber ich lass mich doch nicht drängen – vor allem nicht mit so einem bescheuerten Argument wie das von Fee. Wenn ich mir neue Slips kaufe, dann bestimmt nicht, damit ich mich verliebe! Auch wenn Fee das gerne hätte.

Sie hat eben gemeint, es wäre lustiger, wenn ich auch verknallt wäre. »Lieber nicht, weil dann würden wir ja beide durchdrehen«, hab ich erwidert und Fee hat begeistert genickt und gesagt: »Eben.«

Mittwoch, 13. Januar, 11.39 Uhr

AAAAHHH! Sitze in einer Umkleide in der DESSOUS-ABTEILUNG im Kaufhaus am Alexanderplatz und habe ein kleines Problem. Ich traue mich kaum, es zu sagen, aber es hat was mit ... tattataaaaa ... Unterwäsche zu tun!

Und jetzt ist Fee schon weg und Jule und Shirin ebenfalls. Und die blöde Verkäuferin, die sich vorhin noch so aufgedrängt hat, um uns beknackte Maximizer-BHs anzudrehen, ist auch nicht mehr aufgetaucht. Dafür schwirren draußen die BlingBlingQueens rum, weswegen ich gefangen bin. Verdammt!

Dabei war es erst sogar ganz lustig. Die Unterwäscheabteilung hier ist riesig und es gibt auch normale Sachen wie Unterhemden und Pyjamas. Aber daran war Fee nicht interessiert, sondern hat uns zielstrebig in die Richtung einer Schaufensterpuppe geführt, die mit einem Haufen schwarzer Bänder umwickelt war, die zusammen eine Art sinnlosen Badeanzug ergaben.

»Dessous-Designer scheint jedenfalls kein Lehrberuf zu sein«, habe ich geschlussfolgert, aber Jule meinte, das wäre ein Mieder von ℘↶⌒&ə̈א ... keine Ahnung, aber sie sagte das so, als müsste ich die Marke kennen.

Um uns herum waren auf einmal nur noch winzige Tangas in Spitze, irgendwelche seltsamen Teile mit Strapsen und Schleifen und jede Menge BHs von knallrot bis durchsichtig, die laut der Schilder wahlweise Schalen-, Bügel-, Balconette- oder Push-up-BHs hießen.* Ich wollte mir gar

....

* Sich Namen für BHs auszudenken, scheint auf jeden Fall ein Lehrberuf zu sein. Ich meine, wie kommt man sonst auf so was?

nicht vorstellen, wie diese komischen Fetzen an echten Leuten aussahen!

Und dann ist auch noch eine Verkäuferin auf uns zugesteuert. Sie hatte dunkelrotes Haar mit hellroten Strähnen, ungefähr ein Kilo Schminke im Gesicht inklusive schwarz verklebter Wimpern, an denen man vermutlich Wäsche aufhängen konnte. Sie hat uns geschickt den Weg abgeschnitten, erdbeerfarben gelächelt und behauptet, sie wolle uns helfen. Ich wollte sie abwimmeln, aber Fee ist anderer Ansicht gewesen und hat ihr erzählt, dass wir Jungs aufreißen wollen und was sie uns da empfehlen könnte.

Ein bisschen Zurückhaltung, hätte ich beinahe laut gesagt, aber die Verkäuferin hat sofort verständnisvoll gegrinst, als wäre es total normal, dass Teenager Dessous kauften, um Jungs aufzureißen.

Sie ist jedenfalls sofort ganz eifrig geworden. Auf ihrem Namensschild stand übrigens Denise.

»Unsere Konkurrenz hat ein Dekolleté wie die Chinesische Mauer«, hat Fee hinzugefügt und daraufhin hat Denise uns prüfend gemustert, besonders in der Brustregion, und verkündet, dass Maximizer am besten wären. »Zwei BH-Größen mehr, einfach so, zack!«

Ich habe voll lachen müssen und erwartet, dass Fee zur Vernunft kommt, aber sie hat einfach nur gesagt: »Das klingt gut.«

Kurz darauf hat Denise Fee mit einer Auswahl an Schalen-Bügel-Balconette-Push-ups in eine Umkleidekabine geschickt und während Jule und Shirin eine Abteilung weiter gegangen sind, wo es total schöne Sportsachen gab (Hoodies und Fleecejacken und Mützen ohne Bommel), hab ich bei Fee die

Stellung gehalten. Weil: Beste-Freundinnen-Pflicht, selbst bei der BH-Anprobe!

»Und jetzt zu dir«, hat Denise sich plötzlich mir zugewandt und mich unternehmungslustig gemustert.

Ich hab sie abgewehrt von wegen, dass ich nichts bräuchte, aber da flötete Fee von innen: »Natürlich braucht sie was! Und zwar dringend! BHs *und* Unterhosen!«

Und schon schwirrte Denise ab, bevor ich protestieren konnte. Fee raschelte mit ihren Klamotten und hat dann auf einmal in überraschtem Tonfall gerufen: »Aber hallo, Paul!« Sie hat den Vorhang aufgerissen, obwohl sie so jeder sofort sehen konnte – aber bevor ich sie darauf hinweisen konnte, habe ich ihren neu gebauten Busenbalkon entdeckt und mir blieb das Wort im Hals stecken.

»Ist das krass oder ist das krass?«

»Das ist krass«, habe ich geantwortet und war ehrlich beeindruckt über die Wirkung.

»Ja, wir Franzosen sind halt die Erfinder der Dessous!«, hat Fee geprahlt und den Vorhang wieder zugerissen. Fees Vater ist Franzose und extrem gechillt. Fees Mutter ist Koreanerin und superstreng. Die beiden sind geschieden und Fees Vater wohnt wieder in Frankreich, zur Erleichterung von Mrs Chang, die hofft, dass er von dort weniger schlechten Einfluss auf Fee hat. Mrs Chang versucht nämlich alles, um ihrer Tochter die von ihrem Vater geerbten »Gendefekte« (so Mrs Chang) wie Leichtsinn, Vergnügungssucht und Ehrgeizmangel auszutreiben. (Bisher ohne Erfolg.)

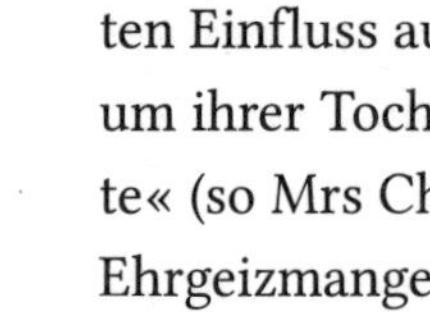

»Damit kriege ich Paul, ich spüre das«, hat sich Fee gefreut, während sie sich wieder hinter dem Vorhang umzog.

Obwohl ich ein halbes Jahr jünger bin als

Fee (und die jüngste in der Klasse, weil mit fünf eingeschult!), habe ich es dann noch mal mit Vernunft probiert … dass ich mich ja wirklich nicht einmischen will, weil ich ja auch keine Ahnung habe, aber dass ich es total peinlich finde, einen Jungen mit einem Maximizer rumkriegen zu wollen. Weil Paul sie ja entweder mag, so wie sie ist, oder eben nicht.*

Aber Fee war nicht überzeugt. Im Gegenteil. »Das ist ja der Trick«, hat sie geschwärmt. »So ein Push-up-BH stärkt dich von außen *und* von innen. Wie der Ginsengtee von meiner Mutter. Man denkt, er ist einfach nur ein Durstlöscher, dabei ist er Power fürs Immunsystem.«

»Ich dachte, du hasst den Ginsengtee.«

»Siehst du«, sagte Fee in ihrer verdrehten Verliebtheitslogik, »nicht alles, was guttut, muss einem auch schmecken. Deswegen rate ich dir: Kauf dir einen Push-up! Damit fühlt man sich sofort anders. Mutiger! Und sexy.« Weil der Vorhang zwischen uns war, konnte sie nicht sehen, wie ich ein Kotzgesicht gemacht habe. Als sie wieder bekleidet aus der Umkleide rauskam, meinte sie: »Ich sag dir, das ist wie eine geheime Superkraft.«

»Push-up-Woman rettet die Welt«, hab ich gewitzelt, aber Fee hat nur gelächelt. »Du weißt doch, jede Superheldin hat eine Gehilfin.« Fee hat mir feierlich die Hand auf die Schulter gelegt und verkündet: »Ella, hiermit ernenne ich dich offiziell zu Wing-Girl.«

Ich hab die Augen zusammengekniffen. »Und was macht

* Ich fand mich auf einmal selbst voll erwachsen und hab mich fast ein bisschen weise gefühlt. (Für ein paar Minuten jedenfalls. Dann hat der Wahnsinn wieder zugeschlagen. Muahahamuahaha!)

Wing-Girl? Holt sie Push-up-Woman nach einem Einsatz ihre Chicken Wings, oder was?«

»Das auch«, hat Fee würdevoll erklärt. »Aber vorher assistiert sie mir, wenn ich Paul aufreiße.« Dann sagte Fee, sie hätte da so interessante Klebe-BHs gesehen, und ist abgezischt, Raketenantrieb, mindestens. Ich wusste echt nicht, was ich davon halten soll. Oder ob mir ihre neue Superpower gefiel.

Plötzlich hat Jule aufgeregt von der Sportabteilung herübergewunken. Ich dachte erst, sie hätte ein Superschnäppchen entdeckt, aber Shirin schaute verzückt Richtung Rolltreppe und dann hörte ich Luke schreien: »Alter, ich seh ganz viele Ständer!«

Da kam die Chaostruppe, Luke, Paul, Tarik und Roman, und sie haben sich nicht mehr eingekriegt über die bunte Reizwäsche. Es ist doch zum Nasepopeln! Gestern hatten wir sie händeringend gesucht, jetzt tauchten sie hier auf. Ausgerechnet als Denise auf mich zusteuerte, mit einem Packen schleifenverzierter BHs und winziger Tangas in der Hand. Megapeinlich!

Schnell bin ich in der Umkleide verschwunden. Ein Arm folgte mir. »Hier, für dich.« Denise hat mit Kleiderbügeln gewedelt, an denen satinschimmernde Fummel hingen, und gefragt, ob sie mir beim Anziehen helfen soll.

Ich habe sofort »NEEEIIINNN!« gerufen und Denise meinte, ich solle Bescheid sagen, wenn ich Hilfe brauche. Ich hab die Sachen an den Haken gehängt und mich auf die schmale Bank gehockt. Draußen haben Fee, Jule und Shirin lautstark mit den Jungs gelabert, was sofort den Drang in mir auslöste, Fee zu beschützen. Was, wenn sie wieder Unsinn redete?

Ich wollte mir gerade Fees Tasche schnappen und den Superkraft-BH einfach hier hängen lassen – aber dann kam Fee ganz aufgeregt zur Umkleide, hat den Kopf durch den Vorhang gesteckt und atemlos erzählt, dass die Jungs gefragt hätten, ob wir zu Mäckes mitkommen würden. Dabei haben ihre Augen geglänzt. Ansonsten hat sie einen erstaunlich zurechnungsfähigen Eindruck gemacht. Sie hat sich ihre Jacke und die Tasche vom Haken gegriffen, wobei ihr Blick auf den Wunder-BH gefallen ist.

»Mist. Den muss ich ja noch bezahlen. Aber ich kann Paul nicht sagen, er soll warten, bis ich bezahlt hab. Was, wenn die schon gehen?« Sie hat nervös nach Luft geschnappt und die Stirn in Falten gelegt. »Kannst du das vielleicht machen und nachkommen? Bitte, bitte?«

Ich hab kurz gezögert. Aber dann hat sie »Wing-Girl?« hinterhergeschoben und ich hab die rosigen Wangen und den Glanz in ihren Augen gesehen und deswegen konnte ich gar nicht anders, als Ja sagen. Ich meine, sie ist meine beste Freundin! Ich würde ihr immer helfen, selbst wenn ich nicht Wing-Girl wäre. Ich hab also genickt und sie hat mich total happy bei den Schultern gepackt, die Augen aufgerissen und ganz ungläubig staunend gesagt: »Siehst du, Ella, es funktioniert. Sogar schon, wenn ich den BH nicht trage!«

»It's magic!«, hab ich verblüfft gerufen, weil ich nicht wusste, was ich sonst sagen sollte.

Wir sind jedenfalls für halb eins an der Weltzeituhr verabredet (falls ich sie beim Mäckes verpasse), damit wir zusammen zu der Gedenkstätte nach Hohenschönhausen fahren.

Leider hatte ich dann in der Umkleide eine Idee, die ausnahmsweise wirklich schlecht war.

Mittwoch, 13. Januar, 11.59 Uhr

Hilfe, ich sitze hier fest! Wie lange wollen die BBQs denn noch da draußen rumlungern? Wir müssen um 13.30 Uhr am ehemaligen Stasigefängnis in Hohenschönhausen sein! Um halb eins bin ich mit Fee an der Tramhaltestelle am Alexanderplatz verabredet. Aber ich kann hier nicht raus!

Als Fee, Shirin und Jule weg waren, hab ich eigentlich auch sofort losgewollt, aber dann hab ich gemerkt, dass ich zum ersten Mal seit Tagen ein paar Minuten alleine war. Auf Klassenfahrt sind dauernd Leute um einen rum, die einen belabern, und man kann nie gechillt seinen Gedanken nachhängen. Man ist auch nie unbeobachtet und kann nicht einfach mal den Pulli samt Unterhemd hochschieben und die Arme seitlich an den Körper legen und die Ellenbogen zusammenschieben, um im Spiegel zu prüfen, wie viel Dekolleté man mit diesem Quetschverfahren eigentlich zustande bringt. Maximizer in Eigenproduktion, sozusagen.

Bei mir ist das nicht viel, das ist mal sicher. Aber vielleicht ein Millimeter mehr als noch vor ein paar Wochen? Da ist mein Blick auf den BH gefallen, den Denise für mich ausgesucht hat. Er ist nicht mit bunter Spitze aufgemotzt wie der von Fee, sondern aus schwarzem Satin und hat auch so ein Gelkissen drin. Und da bin ich neugierig geworden: Fühlt man sich wirklich anders, wenn man so ein Teil anhat? Würde ich auch eine Superkraft spüren wie Fee? Und da hab ich beschlossen, den BH einfach mal anzuprobieren. Schließlich hatte ich noch Zeit bis zum Treffen an der Bahn.

Ich hab mich also ausgezogen und den BH an. Die Gelkissen haben sich erst voll kalt angefühlt. Und echt – es sah total seltsam aus, so ausgepolstert an dieser Stelle. Kam mir unnatürlich vor. (Wie wenn man sich ein Kissen unter den Pulli schiebt und auf einmal eine Riesenwampe vor sich herträgt!) Besonders seltsam war auch die wirklich spezielle Kombi mit meiner Unterhose, die aus dem weiten Hosenbund rausragte (ich mag keine Gürtel). Ich hab die Jeans aufgeknöpft und musste dann ein bisschen lachen. Das sah wirklich zum Schreien aus: ein Satin-Wonderbra zu einer Olaf-Bux. (Auf dem Schlüpfer ist Olaf, der Schneemann aus der Eiskönigin, wie er auf einer Blumenwiese tanzt. Allerdings kann man die Blumenwiese gar nicht mehr richtig erkennen, so verwaschen sind die Farben, und einer von Olafs Armen ist auch schon weg.)

Und da fiel es mir auch auf: Ich musste wirklich mal neue haben! Aus Spaß habe ich den Daumen in das Unterhosengummi gesteckt und es ordentlich gedehnt, um es flitschen zu lassen. Und schon kam es zur Katastrophe, warum ich jetzt hier festsitze! Denn auf einmal hat es verdächtig geknirscht. Und als ich das Gummi wieder losgelassen habe, ist es nicht etwa zurück in seine ursprüngliche Position geschnellt, sondern hing ausgeleiert runter. Aaaaah!

Wenn ich sie nicht festhalte, rutscht sie sofort nach unten. Meine Olaf-Bux ist an Altersschwäche gestorben! Kurz habe ich gedacht, wie kacke das jetzt ist, aber dann wurde mir klar: Es gibt keinen besseren Ort, wo einem die Unterhose kaputtflitschen kann, als die Unterwäscheabteilung. Schließlich sitze ich ja hier an der Quelle.

Die Unterhosen, die mir Denise gebracht hat, sind allerdings lächerlich: Das sind so Teile, die hinten nur einen Faden haben, der in der Poritze hängt. Wer trägt denn so was?

Ich hab schnell den blöden Satin-BH ausgezogen und

meine alten Klamotten an. Dann wollte ich Denise rufen, damit sie mir irgendeinen normalen Slip bringt. Ich hab den Kopf aus dem Vorhang gesteckt und hab sie auch gesehen. Aber leider war sie gerade in einem Beratungsgespräch – mit den BlingBlingQueens! Warum hängt heute eigentlich meine ganze Klasse hier in der Dessousabteilung ab?

Mittwoch, 13. Januar, 12.09 Uhr

Noch einundzwanzig Minuten bis zum Treffen. Die BBQs nehmen Denise immer noch in Beschlag. Auf gar keinen Fall werde ich mich vor denen blamieren, indem ich um Hilfe rufe. Ich muss mir selbst helfen. Es findet sich immer eine Lösung, sagt Mama immer.

Haa!! Bin gerade in meiner Jackentasche fündig geworden! Ich bin gerettet! (Wahrscheinlich.)

Mittwoch, 13. Januar, 13.20 Uhr

Sitze in der Bahn nach Hohenschönhausen. ENDLICH. Was soll ich sagen? **Dieser Tag ist verhext.** Oder ich bin einfach nur durch Zufall andauernd zur falschen Zeit am falschen Ort!*

* Übrigens: Wenn man das Wort »falsch« zehnmal hintereinander laut sagt, hört es sich auf einmal total ulkig an. Falsche Zeit, falscher Ort, falsches Wort, falsch, falsch, falsch, Flunsch, falsch, falsch. Vielleicht werde ich Zungenbrechererfinderin, wenn ich groß bin. Falsche Flaschen fallen falsch herum, falsch herum fallen falsche Flaschen. (Wird dann veröffentlicht in dem Standardwerk: *Ella Schrader – Der Wahnsinn hat Methode.)* Muahahamuahaha.

Ich hatte vorhin in der Umkleide mit Pflastern, die ich in meinem Parka gefunden hatte, gerade die Olaf-Bux an meinen Bauch und die Hüfte angeklebt und war ziemlich stolz auf meinen Erfindungsreichtum, da hat eine streng glotzende Frau den Vorhang aufgerissen. »Hey«, hab ich gesagt, »hier ist besetzt.«

»Ja, Frollein, und zwar schon für viel zu lange. Was machst du dadrin?« Sie hat voll misstrauisch den Blick durch die Umkleide schweifen lassen und den ganzen Packen Kleiderbügel mit den Dessous vom Haken an sich gerissen. »So viele darf man hier gar nicht mit reinnehmen«, hat sie gebellt und auf ein Schild gezeigt, auf dem stand, dass nur drei Teile für die Anprobe erlaubt sind.

»Die sind schon drin gewesen«, hab ich gesagt, was ja auch stimmte, weil Fee vor mir Sachen anprobiert hat.

Das hat die Frau überhaupt nicht interessiert. »So, rauskommen«, hat sie mich angeschnauzt und einen Sicherheitsmetalldetektor gezückt, wie die Leute am Flughafen einen haben.

Es war die Ladendetektivin, die ernsthaft gedacht hat, ich würde was von ihren hässlichen Klamotten stehlen! Echt! Ich hätte das ja lustig gefunden, aber leider haben die doofen BBQs gesehen, wie ich von oben bis unten und samt Rucksack abgescannt worden bin. Die haben sich natürlich kaputtgelacht. Als klar war, dass ich natürlich nichts geklaut hatte, waren die BBQs schon weg.

Ich bin dann auch raus, die Rolltreppe runter und

über den Alexanderplatz gesaust. Es war kurz nach halb, als ich an der Weltzeituhr angekommen bin. Ich hab noch ungefähr zehn Minuten auf Fee gewartet, weil ich sie nicht erreichen konnte und gedacht hab, sie hat sich wahrscheinlich mit den Jungs verquatscht und die Zeit vergessen. (Wo sie ja sonst auch immer zu spät kommt!)

Doch sie war schon weg! Hab irgendwann endlich von ihr die Nachricht bekommen, dass sie bereits losgefahren sind! Aber als ich zur Haltestelle gehen wollte, hat es auf einmal von Polizei und Rettungswagen gewimmelt und die Bahnstation war abgesperrt. Ich musste einen Riesenumweg laufen zur nächsten Bahnstation. Ich komme vermutlich ein bisschen zu spät. Immerhin hält meine geniale Pflasterkonstruktion.

Mittwoch, 13. Januar, 14.59 Uhr

Geniale Pflasterkonstruktion hat leider nicht gehalten.

Bin kolossal zu spät gekommen.

Sitze in Einzelhaft.

Hab ich schon gesagt, dass dieser Tag verhext ist?

Mittwoch, 13. Januar, 18.42 Uhr

Es ist so viel passiert, dass ich kaum noch mitkomme mit Aufschreiben! Ich wurde eingekerkert und ausspioniert und kolossal blamiert hab ich mich auch. (Die gute Nachricht: Es hätte **NOCH** schlimmer kommen können! Und außerdem kommen die Jungs gleich in unser Zimmer. Weswegen Fee, Jule und Shirin in HELLER AUFREGUNG sind! Ich will fast sagen: PANIKMODUS!!!) Bevor hier die Party losgeht, muss ich also schnell mein Tagebuch auf den neusten Stand bringen.

Von der Bahnhalte in Hohenschönhausen sind es noch ungefähr zweihundert Meter bis zu dem ehemaligen Stasigefängnis, das heute eine Gedenkstätte ist. Zweihundert Meter – eigentlich ein Klacks. Wenn einem keine blöde Unterhose zwischen den Knien hängt und einen zu Trippelschritten zwingt!

Und dann hat auch noch der Potthoff hinter dem Zaun auf mich gewartet. »Wo waren Sie denn in Herrgottsnamen?«, fuhr er mich an, als ich keuchend angewackelt kam.

Potthoff spinnt generell. Er siezt jeden Schüler, egal, welchen Alters, trägt immer einen Anzug und seine berühmtberüchtigten Katzenkrawatten.*

»Die Bahn war ausgefallen«, hab ich mich hastig entschuldigt.

»Nun aber geschwind«, hat der Potthoff griesgrämig gesagt, weil die Führung schon begonnen hatte. Er ist mit Riesenschritten in das Gebäude hineingeeilt und ich bin hinterhergestelzt. Wir sind durch etliche deprimierende Gänge gelaufen, vorbei an Zellen und Befragungsräumen.

Fee hat mich sofort zu sich gezogen, als wir bei den ande-

* Heute waren darauf zwei mittelalterlich gekleidete Katzen, die sich zankten und von denen eine in einer Rakete aus Holz steckte. Katzenkrawattendesigner muss echt ein lustiger Beruf sein, weil einem da anscheinend niemand Vorschriften macht. Und guten Geschmack muss man auch nicht haben!

ren angekommen waren, und gefragt, wo ich denn geblieben wäre. Ich darauf nur: »Frag nicht«, und habe dann schnell meinen Mund gehalten, weil Potthoff mir schon wieder biestige Blicke zuwarf.

Eine ehemalige Stasigefangene, die uns durch das Gebäude geführt hat, redete gerade über Foltermethoden und Isolationshaft. Von der anderen Seite der Gruppe hat Sara zu mir rübergeglotzt, stieß Leyla in die Seite und die beiden haben gekichert, was natürlich auf Romy und Kim übergegriffen hat.

»Was ist denn mit denen?«, wollte Fee wissen und ich versprach brummelig, ihr das alles nachher zu erzählen.

Plötzlich hieß es nämlich, ein Freiwilliger solle sich in eine Zelle sperren lassen, um zu erfahren, wie sich das anfühlt. Ich hab unbeteiligt auf den Boden geguckt, eine seit Jahren ausgefeilte Strategie, wenn Deppenjobs aller Art vergeben werden. Was aber diesmal nicht funktioniert hat. Der Potthoff hat seinen Wurstfinger auf mich gerichtet – war ja klar: »Ella, Sie werden das machen.«

»Nur ein paar Minuten«, versprach unsere Gefängnisführerin und hat mich in die Zelle geführt.

Als sie die Tür vor mir aufgezogen hat, hat plötzlich Sara laut gerufen: »Genau, steckt die Ladendiebin in den Knast!« Und dann fies gelacht.

»Ich bin unschuldig!«, habe ich mit dramatischer Stimme geschrien, aber da ist schon die Tür mit metallischem Scheppern hinter mir ins Schloss gefallen. Es war eine winzige Kammer mit Pritsche, Klo, Tisch, Waschbecken. Ich hab auf meine Uhr geguckt und da die Gefängnisführerin ja ein paar Minuten Einzelhaft verordnet hatte, kramte ich erneut in meiner Parkatasche und fand eine Kordel, die ich neulich aus Versehen aus der Kapuze von meinem Pulli rausgezogen hatte. Hm, hab ich gedacht, und: Das könnte gehen.

Schnell hab ich meinen Pulli hochgeschoben und da habe ich gesehen, dass zwar die Pflaster auf der Haut gehalten hatten, aber leider nicht an der Unterhose. Ich hab die Olaf-Bux hochgezerrt, die Kordel wie einen Gürtel darumgebunden und den Bund des Olaf-Schlüppis einmal darin eingewickelt. Alte Säge! Wir haben mal einen Film in Bio gesehen, wo es um Eingeborene im Urwald ging. Deren Klamotten sahen ungefähr genauso aus wie das hier. Aber besser als nichts. Ich hab noch schnell die nutzlosen Pflaster abgerissen (AUA!) und war gerade dabei, alles zu vertuschen, da ging die Tür auf.

Mizzi aus meiner Klasse kam rein. Ich hab meinen Pulli zurechtgezupft, aber sie guckte mich zum Glück eh nicht an, sondern ist zum Fenster gestapft, Blick aufs Handy, und hat es nach oben gehalten. »Und wo soll jetzt hier Empfang sein?«, hat sie gemotzt. »Kein Netz. Kein WLAN. Was ist das für eine Drecksbude?«

»Äh, ein ehemaliges Gefängnis?«

Mizzi hat heftig genickt. »Tja-ha! Und was für ein Horrorknast, so ohne Internet.« Jetzt erst hat sie mich angeschaut, wobei sie entnervt ihre karamellfarbenen Haare geschüttelt hat, die ihr wie immer in Wellen auf ihre Schulter fielen. (Ohne ihren Lockenstab fährt Mizzi McLennon nirgendwohin, das hatte ich schon auf der Skifreizeit in der Siebten mitbekommen.)

»Ich hasse diese Klassenfahrt. Du nicht auch? Ich wäre so gerne bei meinem Freund. Siehst du, das ist er.« Dann zeigte sie mir das Foto von einem Jungen neben einem Pferd. Dann noch ein Bild von Junge und Pferd. Und noch eines.

»Ich hab ihm schon vor einer Ewigkeit geschrieben und er hat noch nicht geantwortet.« Sie hat geseufzt und schmollend die Unterlippe vorgeschoben.

»Kann er das denn überhaupt? Ich meine, ein Smartphone bedienen ... mit Hufen«, hab ich sie gefragt.

Mizzi hat erst gestutzt, dann laut gelacht. »Du bist witzig, Schrader, echt.«

Ich musste auch grinsen, aber mehr vor Erleichterung, weil sie meine kleine Unterhosenreparatur nicht bemerkt hatte. Gut gelaunt habe ich noch einen Witz hinterhergeschoben, nämlich: »Was macht ein Kuh-Orchester?«

Mizzi hat gespannt von ihrem Handy aufgeguckt und ich so: »Muuuuhsik.«

Mizzi hat gelacht und plötzlich gemeint: »Weißt du eigentlich, dass es hier einen Türspion gibt, durch den man in die Zelle reingucken kann?«

»Was?«, habe ich etwas dümmlich mit so kieksiger Stimme gefragt, weil wenn das stimmte, dann O MEIN GOTT.

»Na klar, man kann von draußen alles sehen, was einer hier drin macht«, hat Mizzi bestätigt.

Mein Herz hat angefangen zu bummern. Ich hatte mir gerade einen **Lendenschurz gebastelt** und vielleicht hatte es die ganze Klasse mitbekommen!? **(Titanic-Moment! Der Eisberg taucht auf! Direkt vor dem Bug!!!)**

»Haben ... welche ... also ... haben sie mich gesehen?«, hab ich stammelnd rausgebracht.

»Weiß nicht.« Mizzi war jetzt wieder ganz abgelenkt von ihrem Handy.

»Mizzi!«, hab ich entsetzt gerufen und hätte sie am liebsten an den Schultern geschüttelt. »Hat da jemand durchgeguckt, als ich hier drin war?«

Sie zuckte nur mit den Achseln und sagte: »Kann sein.« (Aaah!!)

»Aber wer?« Meine Stimme hat in der Zelle richtig schrill geklungen wie eine Alarmsirene. In dem Moment wurde die Tür aufgeschoben und Mizzi ist sofort nach draußen.

»Da war auch kein Empfang«, hat sie den Potthoff angemotzt, der nur an ihr vorbei- und mich angestarrt hat. Die Gefängnisführerin starrte mich auch an. Fee glotzte entsetzt (so kam es mir vor). Die BBQs kicherten. Der Rest der Klasse blieb stumm.

»Und, wie war es?«, hat die Führerin gefragt, ihre Stimme klang frostig.

»Un... äh ... uncool?«, hab ich gerade noch rausbekommen, weil ich nur darauf gewartet habe, dass die eisigen Fluten mich in die Tiefe ziehen und ich im kalten Grab des Ozeans der Blamagen versinken würde.*

Der Potthoff hat richtig die Augen verdreht und dann losgezetert von wegen, *uncool* – ob das wirklich allen Ernstes meine Erleuchtung wäre nach dem Aufenthalt in einer Gefängniszelle.

»Das war nicht uncool, das war total der Horror, Herr Potthoff«, ist mir Mizzi zu Hilfe gekommen und hat erklärt, dass es dadrinnen nicht mal Internet gäbe.

»Genau. Lieber Einzelhaft als Funkloch«, hat Luke von weiter hinten geblökt. Gelächter, dumme Sprüche aus dem Publikum.

Die Gefängnisführerin hat irgendwie ganz geknickt ge-

* Das knallt rein, was? Voll kitschig! Aber: Je kitschiger der Tagebucheintrag, desto schlimmer der Tag! (Behauptet zumindest Ella Schrader, Biografin von Hobby.)

guckt und der Potthoff hat mich (nicht Mizzi mit ihrem Funkloch!) dann noch mal richtig angefahren: »Mehr haben Sie nicht an Erkenntnissen gewonnen, Ella?« Der Rest der Klasse hat da schon nicht mehr richtig zugehört, auch Fee gab mir keine Warnzeichen, dass ich mich gerade unterhosenmäßig vor allen blamiert hätte ... Und auf einmal wurde mir klar, dass Mizzi einfach nur geplappert hatte!! Niemand hatte durch den Türspion gespannt und mich beim Lendenschurzbasteln beobachtet. Ich hatte es von der sinkenden Titanic aufs Rettungsboot geschafft, ich würde überleben!

Eine Welle der kolossalen Erleichterung erfasste mich. »Doch, es war auch sehr deprimihihihihihihihierend«, platzte es da aus mir heraus und ich wollte es wirklich verhindern, aber ich musste plötzlich total kichern, einfach weil ich so froh war, dass niemand was mitbekommen hat.

»Ich fasse es nicht!«, hat der Potthoff losgeschrien und sein weißer Schnauzbart hat vor Wut gezittert, als er meinte, da versucht er, seinen Schülern eine der wichtigsten deutschen Epochen nahezubringen, um uns zu politisch aufgeklärten Verteidigern der Demokratie zu machen, während wir das alles nur als Witz empfinden würden. Und dann schob er hinterher: »Wegen Leuten wie Ihnen, Ella, wird sich die Geschichte eines Tages wiederholen.«

Und bevor ich auch nur einen vernünftigen Ton rausgebracht hatte, dass er das alles ganz falsch verstanden hatte und ich das alles hier natürlich überhaupt nicht lustig fand, trat Maurice, die olle Nacktschnecke*, vor: »Nach so einem

* Der zieht eine echte Schleimspur hinter sich her, wenn er mit Lehrern redet! Er bietet ihnen sogar von seinem Pausenbrot an! Ist das zu fassen?

kurzen Aufenthalt in einer Zelle kann man nur erahnen, wie es den Insassen dieses Gefängnisses damals ergangen sein muss. Die Isolationshaft wird erst durch ihre Dauer zu einem Folterinstrument. Die psychischen und physiologischen Folgen sind …« Er hat bestimmt zwei Minuten rumreferiert und ich hab heftig dazu genickt, um Potthoff klarzumachen, dass ich das am liebsten mindestens genauso gesagt hätte.

Mittwoch, 13. Januar, 19.14 Uhr

Musste kurze Schreibpause machen, weil meine Freundinnen kurz vorm Durchdrehen sind. Weil sie so mit Flechten und Schminken beschäftigt sind, hat Jule mich zur Knabberbüfett-Beauftragten ernannt und ich musste gefühlt 78 Tüten Chips aufreißen. Weil ich mein Amt ernst nehme, hab ich natürlich geprüft, ob wir den Jungs diese komischen Geschmacksrichtungen (Zwiebel, Speck, Barbecue) überhaupt anbieten können. Da wurde Jule sauer und meinte, ich sollte nicht schon alles wegfuttern. Meinen Einwand, dass wir mit dieser Menge an Chips eine Woche lang die ganze Klasse ernähren könnten, ließ sie nicht gelten. Ich solle die Finger davon lassen, hat sie mich ermahnt, also hab ich mein Amt als Knabberbüfettbeauftragte hingeschmissen und bleibe lieber nur Partyprotokollführerin.

Fee ist total aufgeregt. Sie meint, sie hätte sich heute mit Paul unterhalten. »Ich war total normal dabei, Ella, echt, ich konnte auf einmal ganz normal mit ihm sprechen, so als wäre ich ein normaler Mensch!«, hat Fee mir ungefähr achthundert Mal erzählt. *Gratuliere, Fee! Klingt echt normal!)* 

Sie hat sogar verkraftet, dass ich den blöden Super-BH im

Kaufhaus zurücklassen musste. Sie meint, seine Kraft wäre schon beim Anprobieren auf sie übergegangen. *(Wirklich total normal, Fee!)*

Obwohl ich nicht an die magischen Kräfte von gepolsterten BHs glaube, hat sie es jedenfalls irgendwie gemanagt, dass die Jungs heute Abend zu uns kommen. Was Fee auf die Idee gebracht hat, eine Schminktechnik auszuprobieren, die sich Contouring nennt. Angeblich bekommt man davon schmalere Wangen. (Keine Ahnung, wozu das gut sein soll.) Erst hat sie sich hellbraune und weiße und dunkelbraune Striche ins Gesicht gemalt wie ein Indianer auf dem Kriegspfad, dann hat sie wild daran rumgewischt und sich eine Wolke Rouge auf die Wangen gepinselt. Gerade ist sie aus dem Bad gekommen. Sie lächelt wie verrückt. Glaub ich jedenfalls. Vielleicht ist es aber auch nur aufgemalt.

Mittwoch, 13. Januar, 19.29 Uhr

Konnte mich gerade noch wehren!! Jule und Fee wollten sich grad an meinem Gesicht zu schaffen machen. Mit Lippenstift ist mir Jule auf den Pelz gerückt und hat gemeint, ich müsste mehr aus mir machen, wenn ich den Jungs auffallen wollte.

WILL ICH NICHT. FALL GEKLÄRT!

Zum Glück ist Jule dann etwas anderes eingefallen, was sie dekorieren kann, nämlich unser Zimmer. »Es muss einfach subtil gemütlich sein«, hat sie gemeint und die Doppelstockbetten, den Tisch und die zwei Stühle begutachtet. Dazu hat sie ihre Theorie verkündet: Die Jungs bleiben länger, wenn wir es schön machen. Und je länger sie bleiben, desto höher die Wahrscheinlichkeit, dass sich einer von ihnen in uns verliebt.*

Jedenfalls hat Jule die Bettpfosten mit Halstüchern umwickelt. Sieht behämmert aus. Aber ich sag lieber nichts mehr, weil ihr dann vielleicht wieder einfällt, dass sie mich doch auch noch dekorieren will.

Dann hatte sie offenbar eine Art Erleuchtung und wollte auch noch das Licht ändern, weil (wieder so eine Jule-Theorie) mit gedimmtem Licht alles hübscher wird, besonders wir.**

Jetzt steht sie auf dem Tisch, um an der Deckenlampe rumzufummeln. Es ist ein vierflammiger Drehstrahler. »Ich schraube einfach zwei Glühbirnen raus«, sagt sie tatendurstig. »Die Formel ist ganz einfach: Halb so hell gleich doppelt so schön. Mattiert den Teint besser als jeder Puder.«

Da musste ich aber doch mal eingreifen und was sagen, weil das in der Lampe nämlich fest verbaute LEDs waren, die man nicht einfach rausschrauben kann***, weswegen sie es besser lassen sollte. Aber Jule wollte nichts davon wissen und meinte, besonders mir würde es guttun, wenn das Licht schummerig wäre, wo ich jede kosmetische Verbesserung meines Aussehens ablehne. Shirin fand das auch und hat Jule von unten angefeuert, die Strahler Richtung Decke zu biegen.

»Gute Idee«, hat Jule noch gerufen. Und: »Indirektes Licht ist … huch.«

* Nein, ich kommentiere das nicht. Halte mich voll an Gebot Nummer 4: Ich halte mich mit Kommentaren zurück, auch wenn meine Mitschüler es voll drauf anlegen!!

** Ich sag nichts dazu. Keinen Mucks mache ich!

*** Und das ist keine Theorie, sondern ein Fakt. Papa arbeitet in einem Lampengeschäft.

Mittwoch, 13. Januar, 19.46 Uhr

Zum Glück bin ich staatlich geprüfte Reparaturexpertin und dank jahrelanger Missgeschicke geschult im Umgang mit Superkleber und Klebeband. Und gerade hatte ich einen Notfalleinsatz!

»Das ist ja wohl voll das Billoteil«, hat Jule gemault, während sie vom Tisch runtergestiegen ist, auf den nach dem *Knacks* ein greller Lichtkegel gefallen ist. Sah so richtig nach Verhörstyle aus. Einer der Strahler baumelte nur noch an seinem Kabel von der Decke wie der gebrochene Flügel eines Vogels.

Ich sofort gedacht: *Mein Einsatz! Lassen Sie mich durch, ich bin Kaputtprofi!*

Aus meinem Rucksack hab ich mein Notfallset herausgekramt (Panzertape, durchsichtiges Klebeband, Superkleber, Schmutzradierer, Tipp-Ex – alles in meinem alten Hello-Kitty-Schlampermäppchen) und mich an die Arbeit gemacht: zuerst den gebrochenen Lampenhalter mit dem durchsichtigen Klebeband umwickelt. Das würde keinem auffallen, wenn man nicht genau hinguckte. Trotzdem haben wir gerade beschlossen, wir lassen das Deckenlicht sicherheitshalber aus.

Leider empfindet aber Jule, *Chief Commander of Schönheitsatmosphäre,* unsere vier funzeligen Leselampen über den Betten als zu düster. Sie hat das so ausgedrückt: »Da haben wir null Glow, das geht überhaupt nicht!«* Und deswegen überlegen die drei gerade, wie wir das hinkriegen.

....

* Ich weiß nicht, wie lange ich das noch durchhalte, mit dem NICHTKOMMENTIEREN von seltsamen Theorien.

Oh, hab eine Nachricht bekommen. Von Sara! Sie will im Aufenthaltsraum mit mir sprechen. **Jetzt!** Das kann nichts Gutes bedeuten! Fee kommt mit. Shirin und Jule besorgen derweil Schüsseln für das Knabberzeug. (In den Chipstüten rumkramen ist nicht nur unhygienisch, wie Jule meinte, sondern macht auch gar nichts her, dekorationstechnisch. Dagegen habe ich ausnahmsweise mal keine Einwände!) Um acht kommen die Jungs – jetzt also schnell!

Mittwoch, 13. Januar, 20.01 Uhr

Das Treffen mit den BBQs war seltsam. Sara saß so ganz entspannt auf dem Sofa im Aufenthaltsraum, Kim neben ihr.

»Was gibt's?«, hab ich sie gefragt und mich auf alles gefasst gemacht.

»Ich wollte dir nur sagen, dass ich dir nicht mehr böse bin«, hat Sara gesagt und mich voll gnädig angelächelt.

»Ich dir auch nicht«, hab ich erwidert und da hat ihr Mund ein bisschen gezuckt, als ob ihr meine Antwort nicht passt. Aber dann hat sie mir die Faust zum Check hingehalten und mir »Peace« angeboten. Da hab ich natürlich mitgemacht. Ich meine, ich hab null Interesse an Zoff. Auch nicht mit diesen Tussis!

»Dann einen schönen Abend noch. Und viel Spaß mit den Jungs«, hat Sara uns hinterhergeflötet und Kim hat dazu freundlich gelächelt.

Fee und ich haben einen leicht verwirrten Blick ausgetauscht und sind dann schnell wieder zu uns ins Zimmer. Irgendwas an der Sache kommt mir seltsam vor. Aber vielleicht bilde ich mir das nur ein.

Immerhin hat Fee auf dem Weg zurück eine gute Idee gehabt, um unser Beleuchtungsproblem zu lösen. Im Vorraum vom Aufenthaltsraum stand eine unbenutzte Stehlampe. Wir haben schnell gecheckt, ob sie funktioniert – und sie mitgenommen. Jule ist begeistert – zumindest nachdem sie ein orangefarbenes Tuch darübergeworfen hatte, weil das Licht sonst »einen Tick zu kalt und unvorteilhaft« ist. Oh, ich höre die Jungs! Sie sind im Anmarsch!!!

Mittwoch, 13. Januar, 21.05 Uhr

Katastrophenlogbuch von Ella Schrader

SOS!

Der Eisberg hat uns getroffen. Das Schiff liegt schief. Eisige Fluten des Ozeans, macht euch bereit, uns zu verschlingen! (Ihr werdet schon sehen, was ihr davon habt!)

Der doofe Potthoff findet, wir hätten noch Glück gehabt. Damit meint er aber nur, dass morgen ja sowieso die ganze Klasse nach Hause fährt.

Ich weiß gar nicht, wo ich anfangen soll.

Erst war unser größtes Problem, lässige Posen zu finden, in denen wir die Jungs begrüßen würden. (Mein persönliches Problem war es eigentlich nicht. Aber wenn drei aufgescheuchte Hühner um dich herum im Sekundentakt die Beinstellungen und Sitzpositionen wechseln und ihre Haare werfen, dann *wird* es ganz schnell dein Problem!)

Jule, Shirin und Fee haben dabei laut überlegt, wie sie mit

den Jungs reden würden (»interessant und lustig!« – Fee) und wie sie ihnen dazu tief in die Augen schauen würden (»verführerisch und tiefgründig!« – Jule). Und dass wir später vielleicht eine Kissenschlacht machen (Shirins Vorschlag), weil spätestens dann der Bann gebrochen wäre und der Zauber des Verliebens um sich greifen würde. (Oder so ähnlich, hab nicht richtig hingehört.)

Jedenfalls: Fee hat auf ihrem Bett gesessen und sich für gestreckte überschlagene Beine entschieden, was sie vorteilhaft lang erscheinen ließ, wie sie meinte. Sie hat natürlich darauf gehofft, dass Paul sich neben sie setzen würde, was im unteren Etagenbett besonders gut käme (»weil es hier so höhlenartig kuschelig ist« – Fee). Sowieso wussten meine Freundinnen irgendwie schon genauestens Bescheid, was alles an diesem super geplanten Abend passieren würde.

Nur damit, dass alles nach einer Viertelstunde vorbei sein würde, damit hat niemand gerechnet. Hier der genaue Ablauf der 15-Minuten-Party am 13. Januar im Zimmer 403 in der Jugendherberge Berlin-Ostkreuz, die als kürzeste Party aller Zeiten in die Geschichte der Partys eingehen wird.

20.07

Die Jungs kommen. Da meine Freundinnen in ihren lässigen Posen verkrampft sind, mache ich auf. Tarik, Luke, Roman und Paul stürmen rein. Severin fehlt.

Luke schnappt sich mein Kuschelmonster vom Bett und macht damit Frau Hinterkausen nach. »Oh, Paul«, ruft Luke mit hoher Stimme und wackelt mit dem Kuschelmonster. »Ich friere ja so, wenn ich dich in deinem dünnen T-Shirt sehe. Soll ich dich ein bisschen wärmen?«

»Geh weg, Alter!«, ruft Paul lachend, reißt Fees Kissen

unter ihrem Arm weg und wirft es nach Luke. Luke fängt es mit links auf und macht die Windmühle (wirbelt das Kissen am ausgestreckten Arm herum, ähnlich wie beim Schleudersockenweitwurf). Die frisch getapte Deckenlampe kriegt was ab. Luke lässt das Kissen mitten im Schleudern los, verfehlt Paul um ein paar Meter und trifft Fee, die gerade ihre Überkreuzte-Beine-Position überprüft, voll im Gesicht.

20.08

Die Deckenlampe hält. Fee lacht auf, nachdem sie sich vom Schrecken erholt hat. Die Kissenschlacht geht los! Sie beugt sich vor und will das Kissen auf Paul werfen, holt seitlich Schwung und bemerkt beim Loslassen den riesigen Make-up-Fleck auf dem Bezug. Sie will das Kissen noch festhalten, aber es rutscht ihr aus der Hand und plumpst auf den Boden, mit der braun verschmierten Seite nach oben. (Zu Risiken und Nebenwirkungen von Gesichtscontouring fragen Sie Ihre beste Freundin.)

20.09

Kurze Schrecksekunde. Fee starrt auf das besudelte Kissen, als ob sie sich in Luft auflösen wollte. Tarik johlt: »Habt ihr etwa kein Klopapier, dass ihr die Kissen benutzen müsst?«

Die Jungs grölen. Fees Gesicht ist wie versteinert. Ich denke: Die Rache ist mein! Ich schnappe mir das Kissen und donnere es Richtung Tarik, der sich duckt. Das Kissen fegt eine Plastikschüssel Knabberbällchen (Speckgeschmack) vom Tisch, die wie Murmeln über den Boden kullern.

20.10
Knabberbällchenschlacht. Fee verschwindet im Bad.

20.13
Es klopft an der Tür. Potthoff kommt rein. Alle erstarren. Auch Luke, der bei Roman im Schwitzkasten hängt. Potthoff lässt sich nicht mal durch Shirins (sonst bei Lehrern megaerfolgreichen) Dackelblick abwimmeln.

20.14
Potthoff knipst die Deckenlampe an. Der kaputte Strahler hat einen Knick. Gleich wird Potthoff die Klebebandreparatur bemerken. Er *muss* sie sehen! Sie ist so auffällig wie ein Leuchtturm bei Nacht!

20.15
Tarik und Roman verdrücken sich. Jule und Shirin fegen die Knabberbällchen auf. Potthoff geht zu meinem Bett. Was will er denn da? Auf einmal zieht er eine halb volle Flasche Wein hinter meinem Kissen hervor.

»Die gehört mir nicht«, rufe ich verblüfft. (Spitzenreiter der All-time-favourite-Ausreden, direkt hinter *Das war ich nicht!.)*

Aber Potthoff sieht den Beweis durch den Fundort erbracht. »Ihr Bett, Ihre Verantwortung«, erwidert er, als wäre es das internationale Gesetz der Jugendherberge. »Ella, das hätte ich nun wahrlich nicht von Ihnen erwartet.«

»Ich auch nicht«, sage ich und dann schreit Shirin auf, weil das Tuch über der Lampe anfängt zu qualmen. Offensichtlich ist darin keine LED, sondern eine altmodische Glühbirne, die sehr heiß wird. Ich reiße das Tuch runter und schlage die Glut mit Fees verschmiertem Kissen k.o.

20.18
Auch Luke und Paul verziehen sich. »Geile Party«, murmelt Luke beim Rausgehen.

20.19
Der Potthoff will einen Strafzettel schreiben oder so. Jedenfalls will er sich was in sein schwarzes Notizbuch notieren, hat aber keinen Stift. Ich versuche, Punkte gutzumachen, und greife in meine Parkatasche. Da ist immer ein Kuli drin. Ich reiche ihn ihm. Es ist der blutige Finger, den ich anscheinend doch mitgenommen hab.

20.21
Potthoff ist weg. Mein Stift auch. Seinen entgeisterten Blick, als er den Fingerkuli gesehen hat, werde ich nie vergessen. Er hat ihn sofort einkassiert und ich kann nie wieder in Glitzertürkis in mein Tagebuch schreiben!!

20.22
Fee kommt aus dem Bad und sieht wieder aus wie Fee. Die Klebebandkonstruktion der Deckenlampe gibt nach, der Strahler knickt weg. »Kriegsrat!«, ruft Jule.

Mittwoch, 13. Januar, 21.08 Uhr

Eben bei der Partynachbesprechung habe ich gesagt, dass das jetzt vielleicht nicht ganz so gut gelaufen wäre, es aber hätte schlimmer kommen können. Als ich das gesagt hatte, haben mich meine drei Freundinnen angestarrt, als würde ich auf einmal Chinesisch sprechen. (Sind halt Katastrophenanfänger.)

»Du hast dem Potthoff einen blutigen Finger in die Hand gedrückt«, hat Shirin mich erinnert.

»Aber er war doch nicht echt!«

»Und du wurdest mit Wein erwischt!«, warf Jule ein.

»Der war nicht von mir.«

»Und es hat gebrannt!« Shirin hat auf die Stehlampe gedeutet.

»Ein bisschen gequalmt.«

»Und die Lampe ist kaputt.« Jule hat nach oben geschielt.

»Hat keiner gemerkt.«

»*Noch* nicht«, hat Shirin da losgejammert.

»Und die Jungs sind einfach abgehauen«, hat Jule geschmollt.

»Aber sie fanden, es war eine gute Party. Und das Beste ist«, meinte ich und hab mir eine Handvoll Zwiebelringe geschnappt, »es ist noch jede Menge Knabberzeug übrig.«

»Das stimmt«, hat Shirin gesagt und griff auch zu. »Wir haben noch Knabberzeug.« Kauend zeigte sie auf eine der anderen Schüsseln. »Gib mir mal die Chips.«

»Ihr habt alle leicht reden!!«, hat Fee da auf einmal geschrien. »Ihr habt ja auch keinen Make-up-Fleck auf das Kissen geschmiert, der an benutztes Klopapier erinnert! Und dann auch noch vor Paul.« Sie schlug die Hände vors Gesicht. »Ich kann nie wieder dieses Zimmer verlassen!«

Da haben wir natürlich betroffen geguckt. Fee tut uns allen total leid! Ich hab ihr über den Arm gestreichelt und auch Jule hat versucht, sie zu trösten.

»Wir fahren ja morgen nach Hause.«

Fee fing an zu heulen. »Ich kann doch nicht im Bus zurückfahren! Ich fahre mit der Bahn alleine nach Hause. Ich will keinen mehr sehen, nie wieder!« Eine Weile ist außer ihrem Schluchzen und dem Knuspern der Chips nichts zu hören gewesen.

Ich hab fieberhaft überlegt, womit ich sie aufheitern könnte. Das beste Heilmittel gegen Peinlichkeitsschmerzen ist bekanntlich eine andere peinliche Story. Das wirkt wie ein Gegengift. Gestatten, Dr. Ella Schrader, führende Expertin der Blamagenmedizin.* Aber Fee würde ich schon aufheitern, hab ich gedacht, und so hab ich ihnen erzählt, wie ich mit rutschender Unterhose durch Berlin gelaufen war und mir einen Lendenschurz gebastelt und kurz Panik bekommen hatte, dass mich dabei die ganze Klasse beobachtet hatte.

»Siehst du, Fee«, hat Shirin gesagt und musste dabei immer wieder kichern. »Jedem passiert mal was Peinliches!«

»Aber Ellas Unterhosenstory hat ja keiner mitbekommen«, hat Fee widersprochen und gemeint, dass das deswegen nicht gilt.

Mittwoch, 13. Januar, 21.18 Uhr

Alte Säge!!!! Eben brummten und summten unsere Handys – im Klassenchat ist ein Foto eingestellt worden. *Von mir, wie mich die Ladendetektivin abscannt!!!!*

Ella aka Langfinger aka diebische Elster aka Klau-Kid

Absender: Sara!

....

* Nur schade, dass man sich diese Medizin nicht selbst verabreichen kann, sonst könnte ich mich mit meinen eigenen peinlichen Storys immer selbst kurieren.

Mittwoch, 13. Januar, 21.20 Uhr

Müssen los, zum BlingBling-Zimmer!

Mittwoch, 13. Januar, 21.58 Uhr

Bin so wütend auf die BBQs! Nicht nur ich – Fee, Jule und Shirin natürlich auch.* Wie kann man nur so dreist sein wie diese vier Tussis! Sara hat nicht mal mit der Wimper gezuckt, als wir sie eben zur Rede gestellt haben. Uns blieb am Ende nichts anderes übrig, als zu unserer Lehrerin zu gehen. Aber hat Frau Hinterkausen uns geglaubt? Nö. Natürlich nicht!**

Fee und ich sind eben sofort zum BBQ-Zimmer. Ich habe die flache Hand gegen die Tür gedonnert. Romy hat geöffnet und wollte schon wieder ihre Türwächternummer abziehen, aber ich hab sie beiseitegeschoben, Fee mir hinterher. »Versteckt eure Wertsachen, Leute!«, hat Sara megatheatralisch gesagt und mir dann zuckersüß lächelnd erklärt, dass es hier nichts für mich zu holen gäbe.

Ich wollte Sara ganz ruhig erklären, dass ich sie in der Luft zerreißen würde, wenn sie nicht sofort das Foto löschen würde, aber da hat sich Fee schon vor ihr aufgebaut und sie angeschrien: »Du gemeine Ziege! Wie kannst du nur ...!«

»Wie kann ich nur ... *was*?« Sara hat immer noch total überheblich gelächelt.

* Fee ist sogar so sauer, dass sie tatsächlich vergessen hat, sich weiter für den Make-up-Fail zu schämen. Peinlichkeitsgegengift hat also gewirkt – immerhin eine gute Nachricht heute Abend!

** Ist dieser Tag verhext oder ist er verhext???

»Das Foto im Klassenchat!« Fee hat mit ihrem Handy rumgefuchtelt.

»Welches Foto?« Sara hat sich unschuldig an Leyla und Kim gewandt. »Wisst ihr, was diese durchgeknallte Person meint?«

Die beiden haben kichernd die Köpfe geschüttelt und ich habe den Klassenchat gecheckt.

Und Tatsache: Sie hatte das Foto schon wieder gelöscht!

Nur die Kommentare der anderen waren noch da. (Hauptsächlich so entsetzte Kreisch-Emojis.) Dieses hinterhältige Biest! »Also, was ist euer Problem, Mädels?«, hat Sara triumphierend gefragt.

»Gar nichts«, habe ich erwidert und bin dabei erstaunlich cool geblieben. »Gar nichts ist unser Problem. Es ist alles dein Problem.«

»Ich weiß nicht, wovon du sprichst.«

»Das wirst du schon noch merken«, habe ich ihr kryptisch geantwortet. (Ich hab selbst keine Ahnung, was ich gemeint hab, aber fand es allemal besser, eine vage Drohung auszustoßen, als einfach tatenlos abzuziehen.) Auf dem Weg zur Tür hat Fee im Vorbeigehen eines der Kissen vom Bett gerissen und es auf den Boden geworfen. (Haha!) »Hey«, hat Kim uns noch hinterhergebrüllt, aber da waren wir schon wieder draußen.

Zu viert sind wir dann noch zu Frau Hinterkausen, um die Sache mit dem Wein klarzustellen. Jule meinte, sie würden alle bezeugen, dass der nicht von mir war und mich jemand reingelegt hat. (Wir sind uns sicher, dass das auch die BlingBlingQueens gewesen sind. Sie hatten uns ja aus dem Zimmer gelockt! Weil Sara mich »sprechen« wollte und dann sind wir doch Romy und Leyla auf dem Weg zum

Aufenthaltsraum begegnet und sie hatten uns ganz komisch angesehen.)

Die Hinterkausen wusste wegen dem Wein schon Bescheid, weil der blöde Potthoff natürlich schon gepetzt hatte. Sie meinte, das wäre eine schwerwiegende Sache. Außerdem stünde da noch der Verdacht im Raum, ich hätte im Kaufhaus was geklaut.

Woraufhin ich sofort gesagt hab, dass das nur ein Gerücht wäre, das von Mitschülerinnen verbreitet worden wäre. »Das waren auch die BlingBlingQueens!«, hat Shirin empört gerufen. »Die verbreiten Gerüchte und jubeln uns Wein unter und sind voll gemein!«

Frau Hinterkausen wusste erst nicht, wen wir mit BlingBlingQueens meinen, und hat dann so was gemurmelt wie: »Wer jetzt hier Gerüchte in die Welt setzt, kann ich nicht beurteilen.«*

Hätte sie am liebsten angeschrien, dass das doch so was von klar wäre, aber hab mich zusammengerissen und versucht, ganz logisch zu argumentieren. Zumindest, was die Sache mit dem Ladendiebstahl angeht. »Wenn das stimmen würde, hätten Sie ja was von der Polizei gehört«, hab ich gesagt. Immerhin das hat die Hinterkausen eingesehen und geseufzt und uns ermahnt, ehrlich zu sein und einfach die Wahrheit zu sagen.

Wir haben natürlich beteuert, dass es die Wahrheit ist und dass ich nichts geklaut hab und auch keinen Alkohol gekauft und dass wir reingelegt worden sind. Frau Hinter-

* Eigentlich hat die Hinterkausen ja recht damit. Aber trotzdem: Wie unfair sich Fairness manchmal anfühlt!

kausen hat uns ein bisschen ratlos gemustert und dann ist Jule damit rausgeplatzt, dass sie die Deckenlampe kaputt gemacht hat. »Der Wein war nicht von uns. Aber die kaputte Deckenlampe.«

Frau Hinterkausen hat gestöhnt. »Auch das noch.«

Da ist Shirin für Jule eingesprungen, von wegen Jule hätte ja damit die Wahrheit gesagt. »Da brauchen Sie jetzt nicht schimpfen.«

Frau Hinterkausen meinte, das stimmte, aber natürlich würde sie uns dafür auch keinen Orden verleihen. Dann hat sie gesagt, wir sollten jetzt schlafen und morgen würden wir weitersehen.

Wirklich, was für ein Riesenschlamassel, und das am letzten Tag der Klassenfahrt!!!

Mittwoch, 13. Januar, 23.57 Uhr

Eben konnten wir alle noch nicht schlafen. Das Licht haben wir schon ausgemacht, bis auf die kleine Leselampe über meinem Bett. Wir quatschen noch ein bisschen darüber, wie fies die BlingBlingQueens sind und wie kompliziert das Leben manchmal ist. Und wie viel schiefgehen kann.

Wir haben uns Erfindungen überlegt, die das Leben leichter machen. Ich hab einen Peinlichkeitsseismografen vorgeschlagen, der wie bei einem Erdbeben frühzeitig Alarm schlägt, wenn eine Blamage droht, sodass man sich in Sicherheit bringen kann, bevor man wieder mit beiden Beinen voraus in einen Fettnapf schlittert.

»Oder einen Blamagenradierer«, hat Fee vorgeschlagen. »So wie dein Schmutzradierer, mit dem man Flecken von der Wand wischen kann. Damit könnte man Blamagen einfach ausradieren.«

»Oder eine Zeitmaschine!«, hat Shirin eingeworfen.

»Genau!«, rief Jule. »Wo man immer die Zeit zurückdrehen und noch mal von vorne anfangen kann.«

»Da wäre ich aber noch nicht weit gekommen«, hab ich gesagt, »und wäre wahrscheinlich immer noch in der Grundschule.«

Bei dem Gedanken habe ich auf einmal voll lachen müssen und die anderen damit angesteckt, ein richtiger Gruppenlachflash! Als wir ausgelacht hatten (nach einer gefühlten Ewigkeit), hat Fee was total Schönes gesagt: »Mal ehrlich, Mädels. Solange wir befreundet sind, ist Peinliches nur halb so schlimm. Eigentlich kann uns gar nichts Schlimmes passieren, wenn wir zusammenhalten.«

Sie ist nicht die gute Fee. Sie ist die beste Fee!

Wir haben alle gesagt, dass das stimmt, und Jule hat unseren Schlachtruf angefangen.* »Zwei und zwei macht vier!«, hat sie gesagt und wir haben geantwortet: »Vier sind wir. Wir sind vier!« Und dann alle zusammen: »Girlpower!!!«

Ich hab mich in meine Decke gekuschelt und gedacht, der Tag ist vielleicht doch nicht total verhext.**

Gleich im Anschluss hat Shirin gerülpst und gestöhnt: »Uargh, stinkt das nach Zwiebeln.« Und dann mussten wir wieder so lachen, bis uns die Bäuche wehtaten. Jetzt sind alle still und schlafen vielleicht schon und ich leg jetzt auch das Tagebuch weg. Morgen geht es nach Hause!

* Wobei wir so erschöpft waren, dass das eher ein Gemurmel war. Aber egal. Unser Slogan ist toll und wirkt immer!

** Oder wenn, nur ein bisschen.

Donnerstag, 14. Januar, 8.17 Uhr

Wir packen unsere Sachen. Reden nicht viel. Sind alle total müde! Wir haben gestern Nacht noch total lange gequatscht über die Klassenfahrt und so. Die Woche ist so schnell rumgegangen! Und es ist so viel passiert. Aber jetzt freu ich mich auf zu Hause.

Gleich ist Abfahrt. Bin schon gespannt auf die Busfahrt. Hoffe, es passiert nicht noch was Blödes! (Wie zum Beispiel Ärger wegen der Lampe. Jule meint, vielleicht müsste sie ja Küchendienst machen, bis der Schaden abbezahlt ist. Wir haben ihr gesagt, wenn, bleiben wir alle.) Muss jetzt Schluss machen. Shirin bekommt ihre Tasche nicht alleine zu.

Freitag, 15. Januar, 11.15 Uhr

Wieder in Köln! Liege in meinem Bett. Ist das zu fassen, wie gemütlich das ist? Ich glaub, ich steh nie wieder auf!*

Beste Gelegenheit, um noch schnell das Wichtigste von der Rückfahrt gestern aufzuschreiben.

Wir mussten nicht die Lampe abarbeiten und durften im Bus mit allen zurückfahren. **Und da ist was sehr Cooles passiert.** Die Jungs haben uns im Bus die vorletzte Reihe frei gehalten.** Luke hat uns feierlich den Ehrentitel *Master of Disaster* verliehen. Und Fee konnte wieder lächeln, denn

* Zum Glück haben wir heute noch frei. (Manchmal könnte man fast denken, Lehrer hätten doch so was wie gesunden Menschenverstand. Ich wette, nicht mal Superhelden könnten nach einer Woche Klassenfahrt sofort wieder in die Schule gehen!)

** Nur Severin ist nicht dabei gewesen, irgendeine Familienangelegenheit in Berlin.

anscheinend hat ihr Make-up-Fail Paul nicht abgeschreckt. Er hat sich sogar für eine halbe Stunde neben sie gesetzt. Da war sie richtig im siebten Himmel! Und die BlingBling-Queens waren total sauer, weil wir bei den Jungs gesessen haben! Hahaha!!!

Die Lehrer haben nichts mehr zu uns gesagt, bin gespannt, was wir noch für Ärger kriegen.

Hab meinen Eltern aber gestern direkt schon alles erklärt. Sie haben sich erst so niedergeschmettert angesehen und ganz laut geseufzt. Dann haben sie gemeint, es wäre gut, dass ich wieder zu Hause wäre, und wir würden das schon irgendwie geregelt kriegen. Und die Lampe müssten wir natürlich bezahlen. Aber das ist uns ja sowieso klar.

Sonst ist hier nicht viel passiert. Außer einer Sache: Mein Bruder Sascha hat jetzt eine Freundin. Nele! Sie ist in seinem Pädagogik-LK. Ich kenne sie vom Schulhof. Eigentlich sieht sie ganz cool aus. Sie hat schwarz gefärbte Haare, einen alten Army-Rucksack und eine Hornbrille. Kai hat mir erzählt, dass Sascha jetzt mit ihr zusammen ist, und hat dabei Grimassen gezogen, als müsste er Fleischwurst essen, an der so wabbeliges Gelee klebt. Keine Ahnung, was er gegen Nele hat.

Sonntag, 17. Januar, 14.15 Uhr

Jetzt weiß ich es!!!

Er hat nichts gegen Nele. Er hat (natürlich) auch nichts gegen Sascha. Aber gegen Nescha. Oder Sale. Oder wie auch immer man die beiden jetzt nennen soll, wo sie anscheinend *eine Person* geworden sind. Genauer gesagt, eine Person mit dem Auftrag, aller Welt tierisch auf die Nerven zu gehen! Sie kleben aneinander wie siamesische Zwillinge und knutschen andauernd. Und zwar nicht nur in Saschas Zimmer, sondern überall, wo sie sich unbeobachtet fühlen. Und da Mama und Papa heute weg sind, haben sie überhaupt keine Hemmungen.

Eben hab ich sie im Keller erwischt. Ich wollte einfach nur Wasser holen, da bin ich auf ihre lebendige Knutschskulptur gestoßen. Was mich echt schockiert hat, vor allem, weil mein Bruder ... uargh ... seine Hand unter Neles Pulli hatte! Da wäre ich wirklich lieber auf eine zweiköpfige Spinne mit achtzehn Beinen gestoßen als auf das!

Montag, 18. Januar, 14.34 Uhr

Eben Termin in der Schule mit meinen Eltern. Mama und Papa mussten sich alle Details meiner Verkommenheit persönlich anhören. Dabei hat der Potthoff natürlich total übertrieben. Hat die Sache mit dem Wein so genüsslich ausgebreitet, als ob ich die Königin der Alkoholschmuggler wäre. Frau Hinterkausen ist ein bisschen netter gewesen und hat für mich Partei ergriffen, dass das ja nicht bewiesen wäre mit dem Wein und dass meine Freundinnen gesagt haben, dass wir damit nichts zu tun gehabt haben.

»Natürlich sagen sie das«, hat der Potthoff geschnaubt und ausposaunt, dass ich außerdem die Opfer des DDR-Regimes verhöhnt hätte, dauernd zu spät gekommen wäre und mich überhaupt so gut wie an keine Abmachungen gehalten hätte, von der Zimmerzerstörung und dem Verdacht des Ladendiebstahls einmal ganz abgesehen.

»Das war ich nicht!«, hab ich mich verteidigt, aber er meinte nur: »Wo Rauch ist, ist auch Feuer.« Dann hat er so tief geseufzt, als ob er wirklich persönlich bedauern würde, wie schlecht ich mich benommen habe. Und hat dann mit gehässigem Tonfall hinzugefügt, dass er sich mit Blick auf mein Verhalten und meine derzeitigen Noten größte Sorgen um meine Zukunft machen würde. »Wenn Ihre Tochter so weitermacht, sehe ich schwarz für sie«, hat er meinen Eltern gesagt.

Aber da hat Mama erwidert, dass sie solche »destruktiven Äußerungen« für völlig verfehlt halten würde, seine Aufgabe sei es schließlich, Schüler zu motivieren und nicht, sie fertigzumachen. Frau Hinterkausen hat ein bisschen geschmunzelt und Frau Sandorff hat das Gespräch abgeschlossen und gesagt, ich müsste mich sehr anstrengen in nächster Zeit, meine Noten seien wirklich nicht die besten, und wegen der Vorkommnisse in Berlin müsse ich bei der nächsten Verfehlung mit einem Schulverweis rechnen. *Schluck!* Und eine weitere Woche ~~Schandkorb~~ Schulhofdienst hab ich auch noch aufgebrummt bekommen. Ächz.

Erst wollte ich mit meinen Eltern danach noch scherzen, dass die das ja wohl total dramatisieren würden. Aber sosehr sie während des Gesprächs auf meiner Seite waren, umso krasser drauf waren sie hinterher. Im Auto war noch Stille, aber zu Hause musste ich in Mamas Arbeitszimmer mitkommen und da ging die Standpauke los.

Dass ich kein kleines Kind mehr wäre und wenn ich nicht wie eines behandelt werden wollte, dann müsste ich mehr über Konsequenzen nachdenken. Erwachsenwerden würde bedeuten, seine Pflichten zu erfüllen und Verantwortung für sein Handeln zu übernehmen, und klar wäre ich noch jung, aber sie würden schon erwarten, dass da langsam mal ein Lerneffekt eintreten würde und ich nicht einfach immer so weitermache, als hätte mein Tun keine Folgen. Weil meine Eltern es total hassen, wenn ich während einer Standpauke Widerworte gebe, hab ich die ganze Zeit auf das große Blechschild gestarrt, das über Mamas Schreibtisch hängt, auf dem in grüner Schrift *Schraders Mühle* steht und eine Windmühle neben einem Riesenbierglas abgebildet ist.

Auf jeden Fall ließ ich das Geschimpfe über mich ergehen und fand das alles einfach nur voll ungerecht: Abgesehen von der Sache mit der Lampe (die ich sogar noch zu verhindern versucht hatte!), hatte ich ja eigentlich gar nichts falsch gemacht. Das hab ich meinen Eltern auch gesagt, aber die haben nur geseufzt und Papa hat mit so einer Grabesstimme gesagt: »Denk einfach mal drüber nach, Ella.« Und dann meinte Mama noch, wenn Lehrer einmal eine schlechte Meinung von einem hätten, wäre es sehr schwer, seinen guten Ruf wiederherzustellen.

Irgendwie hab ich schon geahnt, was folgen würde, und ich hab noch versucht, davon abzulenken, indem ich mich bei Mama nach diesem Mühlenschild an der Wand erkundigt hab und wo sie das eigentlich herhat. Aber sie hat nur die Stirn gerunzelt und hastig gesagt, das würde jetzt nichts zur Sache tun. Mein Handy haben sie natürlich einkassiert. Ist das unfair oder ist das unfair???

Montag, 18. Januar, 19.15 Uhr

Hatte gerade noch mal einen Streit mit Mama. Sie hat ziemlich getobt, als sie in mein dunkles Zimmer reinkam, um mich zum Abendessen zu holen. »Ich dachte, du lernst!«, hat sie mich angemotzt. Aber ich bin nach der Strafpredigt vorhin wohl einfach eingeschlafen.

Da hab ich bockig gesagt: »Ich sollte doch nachdenken! Also hab ich nachgedacht.«

Mama hat die Augen verdreht und ist rausgestürmt. Na super. Da hatte ich eine tolle Woche in Berlin und kaum bin ich wieder zu Hause, geht alles den Bach runter – besonders meine Stimmung. Wenn das Erwachsenwerden sein soll, finde ich das doof!

Montag, 18. Januar, 22.15 Uhr

Bin hellwach, weil ich vorhin so lang geschlafen hab. Meine Laune ist allerdings immer noch mies. Wegen dem Stress in der Schule und mit meinen Eltern. Wer sagt eigentlich, dass man erwachsen werden muss? *Nur Erwachsene* sagen das! Weil sie keine andere Wahl haben, als erwachsen zu sein! Und deswegen wollen sie uns auch den Spaß verderben mit ihrem Gelaber über Konsequenzen und so. Kinder würden niemals sagen, dass man erwachsen werden muss. Weil sie viel vernünftiger sind und wissen, dass dann Schluss mit lustig ist. Und darauf hab ich keinen Bock. Erwachsenwerden kann mich mal!

Das hab ich Fee auch geschrieben – und was hat dieses verknallte Mädchen geantwortet?

Dass sie sich für das neue Jahr einen guten Vorsatz gemacht hat: Paul küssen.

Ich glaub, mich tritt ein Nilpferd!

Ich hab zurückgeschrieben, dass die Frist für gute Vorsätze schon am 1. Januar abgelaufen wäre. (Weil ich ihr nicht die Laune verderben wollte mit meiner ehrlichen Meinung, dass das ja wohl der blödeste gute Vorsatz überhaupt ist!)

Aber sie meinte, gute Vorsätze könnte man sich den ganzen Januar machen. Da hab ich aus Scherz geschrieben: »Du willst also Paul küssen. Etwa mit Zunge?« Hab erwartet, dass sie mit Kotz-Emojis antwortet. Stattdessen hat sie zurückgeschrieben: »Wenn schon, dann richtig.«

Uargh!!! Also echt. Küssen finde ich ungefähr so attraktiv wie knorpeliges Kotelett. Wie kann man so was nur freiwillig wollen?

KUNTERBUNT

Dienstag, 19. Januar, 16.19 Uhr

Shirin, Jule und Fee haben übrigens auch Ärger bekommen und müssen diese Woche mit mir Schulhofdienst machen. Und schon sieht die Welt viel bunter aus: Mit meinen Freundinnen ist sogar Strafarbeit lustig! Wir haben erst die Jungs beobachtet, die wie immer auf ihrer Bank an der Tischtennisplatte rumhingen. Jule, Shirin und Fee haben sich darüber unterhalten, wer von denen am nettesten, am coolsten und am hübschesten ist. (Alter, lass Hirn regnen, kann ich da nur sagen! Wen interessiert denn so was?)

Als sie gerade anfingen, eine richtige Hitliste zu erarbeiten, hab ich einen Pappbecher in einem Baum entdeckt (wie der wohl dahin gekommen ist?) und die Mädels schnell von ihren bescheuerten Boys-Charts abgelenkt, indem ich so getan hab, als wäre ich ein Langhalsdino, der in den Bäumen grast. Ich hab Dinogeräusche gemacht und mit der Greifzange in die Äste gepickt. (Der Dino klang allerdings wie eine Mischung aus Esel und Schwein, wir haben uns kaputtgelacht! – Ablenkungsmanöver hat also funktioniert!) In der Tanne daneben hingen jede Menge Zapfen und Jule kam auf die Idee mit dem Wettbewerb, wer die meisten Tannenzapfen abpflücken kann. Sie als Gina die Giraffe und Shirin als Pia der Pelikan. Fee hatte keine Greifzange, wollte aber auch mitmachen, weswegen sie versucht hat, mit einem Stein einen Zapfen abzuwerfen. Als der Stein das Fenster vom Lehrerzimmer knapp verfehlt hat und gegen die Mauer geknallt ist, haben wir aber sofort aufgehört! (Na also! Voll vernünftig!!!)

Später gab es noch Zoff mit den BBQs, die natürlich nicht die Gelegenheit ausließen, sich über uns lustig zu machen. »Schaut mal im Gebüsch, liegt da nicht eine Flasche Wein?«, hat Sara gesagt. Und Leyla: »Bestimmt, diese Freaks sind doch solche Schnapsdrosseln.« Kim und Romy haben daraufhin gekichert und Sara hat ihr Schokoriegelpapier vor uns auf den Boden geworfen und gesagt: »Hebt das mal schön auf!«

Als erzieherische Maßnahme hätte ich Sara gerne mit meinen klebrigen Gullyhandschuhen an den Haaren gezogen. Aber ich vermute mal, die Pausenaufsicht hätte dagegen irgendwas Kleinliches einzuwenden gehabt.

Mittwoch, 20. Januar, 17.31 Uhr

OMG! Karma ist meine Freundin!!!

Wir haben eine Einladung zu einer echten Party bekommen! Roman wird 14 und hat Jule, Shirin, Fee und mich am übernächsten Samstag eingeladen. Bin megaaufgeregt!!! Und das Coolste ist: Es ist eine Verkleidungsparty! Genauer gesagt, ist das Motto *Essen.*

»Wie, Essen?«, hat Shirin sich gewundert.

»Foodmotto. Ananas, Spiegelei und so«, hat Jule erklärt, während Fee sich gewundert hat, dass das gar nicht auf der Einladung gestanden hätte.

Aber das ist natürlich typisch! »Die wichtigen Einzelheiten werden mündlich überliefert«, hab ich gemeint. »Wie in der Steinzeit. Jungs halt.«

»Es ist eine Mottoparty.« Jule hat genickt. »Die Bling-BlingQueens standen vor mir in der Mensa und haben sich lang und breit darüber ausgelassen, wie sie sich verkleiden. Als sie gemerkt haben, dass ich sie belausche, haben sie biestig geguckt, als wollten sie nicht, dass ich weiß, als was sie kommen.«

Und ich hab gemeint, dass *das* wiederum auch total typisch ist: Damit wir nachher die einzigen Deppen sind, die nicht verkleidet kommen. Ha!

Mittwoch, 20. Januar, 20.43 Uhr

Gegen meinen Willen krasser Anfall von Vernunft. Obwohl ich es voll ungerecht finde, dass man nach einer Klassenfahrt direkt Arbeiten schreiben muss (diese Woche noch

Englisch und Deutsch!), hab ich gelernt wie eine Blöde. Hab nämlich noch mal überlegt. Auch wenn es keinen Spaß macht, seine Pflichten und anderen Blödsinn zu erfüllen: Sitzenbleiben macht auch keinen Spaß. Ich will ja mit meinen Freundinnen in einer Klasse bleiben. Zur Rettung des Spaßes muss man also ab und zu auch lernen!*

Donnerstag, 21. Januar, 16.18 Uhr

Fee ist sooooo lieb! (Auch wenn ich nicht weiß, warum sie ausgerechnet *mir* ausgerechnet *so was* schenkt!!!) Sie kam mit einem kleinen Päckchen an, um das eine rote Schleife drum war. Ich so: »Hä? Was ist los?« Und sie so: »Unter besten Freundinnen braucht man keinen Anlass, um sich was zu schenken.«

Da war ich richtig baff – und noch mehr, als ich es ausgepackt hab: Es ist ein kleines Schminkset mit Lidschatten, Kajalstift und Wimperntusche.

»Oh! Toll, Fee. Danke!«, hab ich rausgebracht.

»Du hast ja so was noch nicht«, hat Fee gesagt.

»Aber jetzt hab ich es«, hab ich geantwortet, weil ich nicht wusste, was ich sonst sagen sollte, und sie umarmt.

Und ich kann das auch gebrauchen.

Irgendwann mal bestimmt. Vielleicht.

....

* Alte Säge. Bin überrascht von mir selbst. Mit diesem Slogan könnte ich vermutlich als Schulsprecherin kandidieren.

Freitag, 22. Januar, 7.15 Uhr

Heute letzter Tag Schulhofknecht! Ich drück mir selbst die Daumen für die Deutscharbeit. Englisch war gestern. Hoffe, es hat einigermaßen hingehauen.

Freitag, 22. Januar, 14.40 Uhr

Deutsch war gruselig! **GEDICHTANALYSE!** Aber leider keine Gedichte über Schurkengurken und Gurkenschurken (die ich supergerne analysieren würde), sondern **Großstadtlyrik!** Ein lyrisches Ich, das Unsinn schwafelt. (Ist ihm das Mittagessen nicht bekommen? Vermisst es einen Buntspecht? Tut ihm das Knie weh? Wer weiß das schon!) Hab jetzt schon Bammel, wenn wir die Arbeit wiederbekommen …

Ansonsten keine besonderen Vorkommnisse. Der letzte Schulhofknechtdienst war ziemlich stressfrei. Was vor allem daran lag, dass wir mittlerweile wissen, in welcher Ecke der Hausmeister einen nicht sieht, und außerdem die BBQs heute anscheinend Besseres zu tun hatten, als sich über uns lustig zu machen.

Nur Kai ist nicht gut drauf. Hab eben gefragt, was los ist. Er meint zwar, alles wäre okay, aber er hat das ganz komisch gesagt. Da stimmt was nicht! Und ich werde schon noch rausfinden, was. Seine Noten sind es jedenfalls nicht. Für ein Affenhirn ist er ungewöhnlich schlau.

Fee ist weiter verliebt in Paul. Was sich im Moment darin äußert, dass sie ihn im Unterricht anhimmelt und je nachdem, ob er sie ansieht, anlächelt oder sogar anspricht, schwebt sie

auf Wolke fünf bis sechseinhalb. Ihn von sich aus anzusprechen, traut sie sich aber nicht. Ist vielleicht auch besser so, weil sie dabei immer noch seltsame Aussetzer hat im Gehirn.

Stattdessen hat sie sich angewöhnt, Laugenstangen mit Käse zu essen, weil Paul die auch immer isst. »So fühle ich mich ihm total nah«, sagt sie – und meint das ernst. Sie freut sich schon so auf die Party. Morgen in einer Woche! Da will sie ihren guten Vorsatz in die Tat umsetzen!!! Meiner Meinung nach ja eher ein *unguter* Vorsatz ... Ich bin gespannt und werde berichten.

Heute ist nicht so eiskalt. Gehe eine Runde Bälle werfen am Basketballkorb an unserer Garage.

Samstag, 23. Januar, 15.05 Uhr

Ich sollte eigentlich Mathe lernen. (Wir schreiben am Montag eine Arbeit!) Hab aber gerade im Internet eine Seite gefunden, die heißt: *100 brilliant ways to dress like food.* So cool! Da lernt man, wie man sich mit gelber Watte in Wackelpudding verwandelt oder mit Wollschnüren und braunen Styroporkugeln zu Spaghetti mit Fleischklöpsen wird. Fee und ich sind begeistert!

Samstag, 23. Januar, 19.34 Uhr

Kai ist doof.

Samstag, 23. Januar, 22.01 Uhr

Echt, mein mittlerer Bruder ist eine totale Nervensäge. Beim Abendessen hat er sich mit einer Warnweste an den Tisch gesetzt, weil es in meiner Nähe ja immer Unfälle gäbe. Frechheit! Dabei hat *er* den Unfall mit dem guten Service von Oma Frankfurt verursacht, an dem angeblich *ich* schuld sein soll.

Ich hab ganz normal gedeckt und (wie immer am Wochenende) die guten Teller aus dem Schrank im Wohnzimmer geholt, da hat er so getan, als ob er mir die Beine wegtreten wollte. Ich hab aus Reflex einen Kopfstoß angedeutet, wobei mir leider die obersten zwei Teller weggerutscht und auf den Boden geknallt sind. Schepper!

Ich dachte schon so: WTF, das gibt übel Ärger. Papa war auch total entsetzt und hat über »das schöne Elfenbeinporzellan« gejammert und wie seine Mutter ihm darauf immer Königsberger Klopse serviert hat und dass ihn das Elfenbeinporzellan-Service für immer an Königsberger Klopse erinnern wird. (Mich übrigens auch, weil Papa *jedes Mal* diese Story erzählt!)

Mama wirkte bei dem kleinen Unfall dagegen seltsam gefasst. Sie meinte, es wäre dann wohl besser, wenn wir das Geschirr gar nicht mehr benutzen, damit nicht noch mehr kaputtgeht. Dabei hat sie eigentlich ganz vergnügt gewirkt.

Und mir ist auch gerade eingefallen, warum: Weil das Geschirr nicht in die Spülmaschine darf und mit der Hand gespült werden muss, wie Papa immer betont. Was meistens an Mama hängen bleibt. Also hab ich dafür gesorgt, dass sie weniger Arbeit hat. Im Grunde war es also eine gute Tat!

Trotzdem: Bin immer noch sauer auf Kai. Er hat voll schadenfroh gelacht. Aber dann hab ich gedacht: »Hey, er ist bescheuert wie eh und je« – was mich insgeheim gefreut hat, weil es beweist, dass doch alles in Ordnung ist mit ihm.

Sonntag, 24. Januar, 16.35 Uhr

Nele war zum Mittagessen da. Weil sie Veganerin ist, isst Sascha jetzt auch keine tierischen Produkte mehr. Dabei hat Papa heute seine berühmte Pizza gemacht und Sascha hat voll neidisch auf meinen schön zerlaufenen Mozzarella geschielt. Er musste den veganen Käse nehmen, den Nele selbst macht aus Cashewnüssen und Tofu.

Selbst schuld, kann ich da nur sagen. Es ist total seltsam, Sale/Nescha zu beobachten. Wenn Nele lacht, lacht Sascha auch, und wenn er sich über irgendwas aus den Nachrichten aufregt, regt sie sich ebenfalls auf. Ich glaube, sie haben mittlerweile so viel Spucke ausgetauscht, dass ihre Gehirne miteinander verkoppelt sind.

Meine Theorie habe ich Fee erzählt, die dagegen meint, das sei einfach ein Zeichen, dass sie auf einer Wellenlänge sind. Aber ihr kann man in der Hinsicht momentan nicht trauen! Wer auf einmal eine Leidenschaft für Käselaugenstangen und Basketballschuhe entdeckt, weil ihr Schwarm das auch gut findet, ist in der Hinsicht keine verlässliche Quelle!

Da fällt mir gerade was Schreckliches ein: Was, wenn sie und Paul wirklich ein Paar werden? Wird sie dann auch nur noch das gut finden, was Paul gut findet, und machen, was er macht? Schluck! Das fände ich wirklich doof, ehrlich gesagt.

Sonntag, 24. Januar, 18.44 Uhr

Puh, bin endlich wieder sauber im Gesicht, nachdem Kai mich eben total ausgelacht hat. Hab mit dem Schminkzeug von Fee rumprobiert. Jule meinte ja, ich müsste mehr aus mir machen. Aber ich frage mich ernsthaft, wieso man »mehr« sein sollte, wenn man sich Farbe ins Gesicht malt!

Der Lidschatten hat verschiedene Bronzetöne, die angeblich »gut zu meinen blauen Augen« passen sollen und nicht so doll auffallen, hat Fee behauptet. Ha! Nicht so doll? Es fällt tierisch auf! Als hätte ich erst meine Hand in Paprikachips gebadet und dann am Auge rumgefummelt. Dabei hab ich mich ganz streng an das Schminktutorial auf YouTube gehalten. Sogar die Wimpern hab ich mir getuscht, obwohl ich schon so seltsam aussah. Und ausgerechnet da ist Kai ins Bad reingekommen und hat voll geschockt gerufen, was denn mit mir los sei, und dann: »Wirst du etwa auf einmal ein richtiges Mädchen?«

Da hab ich die Wimperntusche samt Pinsel ins Waschbecken fallen lassen, den nassen Waschlappen geschnappt und ihn mit voller Wucht nach meinem Bruder geschleudert. Damit hat er nicht gerechnet, weswegen er ihm schön ins Gesicht geklatscht ist.

»Hey Affenhirn, ich *bin* ein richtiges Mädchen«, hab ich gerufen, »und du gleich auch!« Dann hab ich ihn mit dem Rougepinsel bis in sein Zimmer verfolgt, wo er dann um Gnade gewinselt hat. Ha!

Sonntag, 24. Januar, 21.16 Uhr

Irgendwie spukt mir das noch im Kopf rum, was Kai gesagt hat über »richtige« Mädchen. Ich meine, wenn es »richtige« Mädchen gibt, müsste das Gegenteil ja »falsche« Mädchen sein. Soll das etwa heißen, dass ungeschminkte Mädchen falsche Mädchen sind?

Sonntag, 24. Januar, 21.35 Uhr

Habe beschlossen, dass das mit den richtigen und falschen Mädchen nur Blödsinn ist, den ein gewisses Affenhirn sich ausgedacht hat.

Montag, 25. Januar, 14.01 Uhr

Schade, dass mir mein Wissen über geniale Foodkostüme in der Mathearbeit kein bisschen geholfen hat. Statt mit der Herstellung von überdimensionalen Nudeln aus leeren Küchenpapierrollen hätte ich mich besser damit beschäftigen sollen, wie viele Murmeln von 8 mm Durchmesser in einen 10-Liter-Eimer passen. Hab ein sehr schlechtes Gefühl!

Und mach mir Sorgen, dass meine Eltern bei der Mathearbeit nachher *berechtigt* sind, an der Note rumzumeckern.

Wozu sie im Übrigen bei Deutsch und Englisch nicht berechtigt waren und *es trotzdem gemacht haben!* Die Arbeiten haben wir nämlich schon zurück. Die Lehrer mussten sich voll beeilen wegen der Halbjahreszeugnisse!

In meiner Eigenschaft als Dr. Ella Schrader, Schulexpertin, stelle ich deswegen die Forderung nach Umbenennung der Schulnoten auf. Da läuft nämlich gewaltig was falsch.

Eine Drei nennt man ja auch »befriedigend«. Und wenn etwas befriedigend ist, heißt das doch wohl, dass man friedlich gestimmt sein müsste. Mit anderen Worten: dass es nichts zu meckern gibt. Aber halten sich Erwachsene daran? Nö. Kein bisschen! Mama meinte, eine Drei (minus) in Englisch würde zeigen, dass ich zu wenig gelernt hab.

Ha!!!! *Zu wenig??!* Wenn ich *zu wenig* gelernt hätte, müsste ich MANGELHAFT gelernt haben. Und nicht BEFRIEDIGEND!!!!

Und die Vier in Deutsch fand sie auch nicht toll.

Hallo? Ich hab schwarz auf weiß, dass ich AUSREICHEND analysiert hab, was das lyrische Ich in der Großstadt für unzusammenhängendes Zeug brabbelt. Und *ausreichend* bedeutet ja wohl: genug! Wenn man zum Beispiel ausreichend zu essen hat, braucht man nicht mehr!

Was soll das Gemotze also? Ich glaube, Eltern könnten besser mit Noten umgehen, wenn sie umbenannt würden. Zum Beispiel so:

6 = Aufstehen, Mund abwischen, weitermachen!
5 = Das Positive ist: Es gibt noch Luft nach unten.
4 = Hier gibt es nichts zu meckern.
3 = Lächeln!
2 = Beifall!
1 = Konfettikanone!

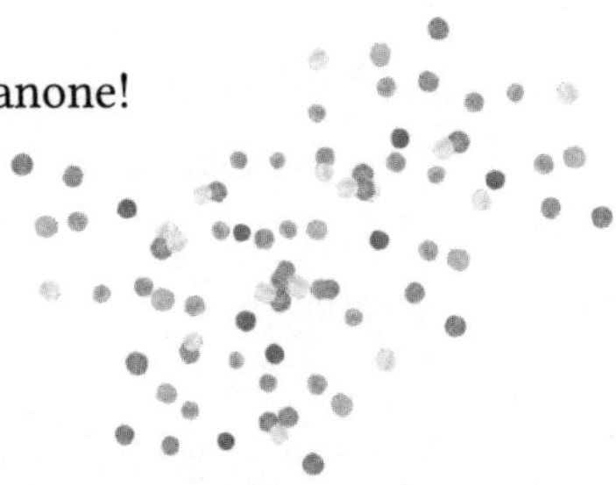

Dienstag, 26. Januar, 16.39 Uhr

Ich ahne, was mit Kai los ist und warum er so schlecht drauf ist, seit die Schule wieder losgegangen ist. Er wird gemobbt! Wir sind heute Morgen ganz normal zum Schuleingang gegangen, wo eine Gruppe Jungs aus Kais Parallelklasse rumhing. Unter anderem war da Aaron dabei, so ein Aggrolulatsch aus der Neunten, der auf dem Schulhof für Angst und Schrecken sorgt.

Da hat Kai auf einmal gesagt, er hätte was vergessen und ich sollte vorgehen. Er hat sich umgedreht und ist außen rum durch einen anderen Eingang gegangen. (Mir kam das so komisch vor, dass ich ihn verfolgt hab.)

Stellte sich raus: Kai hatte kein bisschen was vergessen, sondern ist einfach einen Umweg gelaufen. Ich glaube, das hatte was mit den Jungs am Eingang zu tun. Hab ihn eben drauf angesprochen, aber da hat er mich schroff abgewimmelt. Muss unbedingt mit Sascha sprechen. Wenn ich ihn mal alleine erwische. Denn Nele ist mal wieder hier. (Ich glaube, sie zieht bald hier ein!)

Mittwoch, 27. Januar, 17.06 Uhr

Mal wieder Katastrophenalarm! Mathearbeit versemmelt!

Fee hat eine Fünf! Ich hab gerade noch so eine Vier minusminusminus (ein halber Punkt weniger und ich wäre auch im roten Bereich!). Kann mich nicht darüber freuen. Denn Fees Mutter lässt sie zur Strafe nicht auf Romans Party am Samstag gehen!!! Mrs Chang denkt tatsächlich, Fees

Noten ließen sich verbessern, wenn sie zu Hause hockt und lernt. Fee ist natürlich maximal deprimiert. Weil sie doch Paul auf der Party küssen wollte!

Da hat sie auf einmal einen Schrecken bekommen, weil ihr eingefallen ist, dass jemand anders auch auf diese glorreiche Idee kommen könnte. »Ich auf jeden Fall nicht«, wollte ich sie beruhigen, aber da war sie schon total im Panikmodus, weil Paul ihrer Meinung nach so süß ist, dass jede ihn küssen will. »Ich auf jeden Fall nicht«, hab ich wiederholt, aber sie hat gar nicht richtig hingehört und ich hab ihr versprechen müssen, Paul am Samstag nicht aus den Augen zu lassen.

Donnerstag, 28. Januar, 22.29 Uhr

Morgen gibt es Zeugnisse! Kann vor Aufregung kaum einschlafen. Bitte keine Fünf in Mathe! Bitte keine Fünf in Physik!

Freitag, 29. Januar, 14.45 Uhr

Ich glaube, dem Potthoff macht es Spaß, Schüler zu quälen. Jeder musste einzeln nach vorne kommen, um sich sein Zeugnis abzuholen. Fee (Chang) war ziemlich früh dran, ich (Schrader) eher am Schluss. Bevor Fee aufstand, hat sie mir noch zugflüstert, dass es gar nicht mehr schlimmer werden kann, weil die Party ja schon gestrichen wäre. Ich wusste in dem Moment gar nicht, ob ich sie darum bemitleiden oder beneiden sollte.

Da sieht man mal, was die Zeugnisausgabe für einen Stress bei Schülern auslöst! Ich als führende Schulexpertin plädiere stark dafür, Zeugnisse ganz abzuschaffen. (Zumindest die schlechten.)

Als ich dran war, bin ich nach vorne und meine Schuhe haben sich angefühlt wie mit Lava gefüllt. Der Potthoff hat das Zeugnis in den Händen gehalten und mich vernichtend angestarrt. Hat nichts gesagt und sich nicht bewegt. Nicht mal, als ich die Hand ausgestreckt habe, um mein Zeugnis entgegenzunehmen. Er hat sich eine Ewigkeit Zeit gelassen, bis er es mir überreicht hat, mit den Worten: »Sie müssen wirklich etwas an Ihrer Einstellung ändern, Ella, sonst werden Sie dieses Schuljahr wiederholen.«

Dabei hab ich nur *eine* Fünf, in Physik. Und diese doofe Bemerkung über mein Sozialverhalten *(… muss lernen, respektvoll mit fremdem Eigentum umzugehen, blablabla).* Den Rest Vieren und in Sport eine Zwei.

Hätte also viel schlimmer kommen können! Was meine Eltern aber komischerweise nicht überzeugt hat. Sie haben sich tierisch aufgeregt über die Vier in Geschichte und Poli/Info und besonders über die in Religion. Dabei ist es schon eine Leistung, bei dem Geschwafel von Frau Klein wach zu bleiben.

Aber sehen meine Eltern das etwa ein? Nein.

Sie haben gesagt, jetzt wäre Schluss mit dem faulen Dasein und ab jetzt würde gepaukt und wenn ich mich nicht am Riemen reißen würde, müsste ich jeden Nachmittag zu irgendeinem Nachhilfelehrer gehen und dann wäre es aus mit dem schönen Leben.* Ich hab bei allem brav genickt und mich natürlich zum »am Riemen reißen« verpflichtet und immerhin sind meine Eltern doch ziemlich cool für Erwachsene: Sie lassen mich auf die Party gehen!!! (Bis elf Uhr zwar nur, aber trotzdem!!! Hab die besten Eltern der Welt!)

Samstag, 30. Januar, 17.23 Uhr

Kostüm »Kirscheis in der Waffel« sieht bei mir aus wie »halb gerupftes Huhn in Pappe«. Versuch abgebrochen. Warum wirkt alles in den Internettutorials so leicht und so schön und bei mir kommt nur Frikassee raus? Ich glaub, ich krieg den Kleber nie wieder von den Fingern. Auf gar keinen Fall gehe ich auf eine Verkleidungsparty unverkleidet wie so ein lahmer Langeweiler.

Letzte Hoffnung: Kostümkiste!

Samstag, 30. Januar, 18.35 Uhr

Hab das perfekte Kostüm! Von Sascha vom letzten Karneval. Passt bombe zu dem Motto. Ich sehe super aus und werde ein Topgast sein. Roman wird sich freuen, dass er mich

* Das ist kein wörtliches Zitat. Sie haben auf jeden Fall mit furchtbaren Drohungen nur so um sich geworfen, dass ich den Überblick verloren hab und mir fast schwindelig geworden ist. (Kann aber auch sein, dass der Schwindel vom Dauernicken kam. Hab richtig das Gefühl, ich bekomme Muskelkater im Nacken!)

eingeladen hat, was quasi schon die Garantie ist, auf die nächste Party eingeladen zu werden. Ich werde nichts kaputt machen und beweisen, dass Spaß und Verantwortung sich nicht gegenseitig ausschließen müssen.

OMG! WERDE ICH VIELLEICHT DOCH NOCH ERWACHSEN?????, hab ich Fee geschrieben, die die Partyvorbereitungen per WhatsApp-Liveticker miterlebt hat (während sie sich einen Romantische-Filme-Abend macht, als Ausgleich dafür, dass sie Paul heute nicht zu sehen bekommt).

Sie schickt mir ungefähr fünf Millionen Lachtränen-Emojis als Antwort. Hä? Sie nimmt mich anscheinend nicht ernst. Liegt das vielleicht an meinem Kostüm?

Samstag, 30. Januar, 23.18 Uhr

Bin wieder zu Hause! Ich weiß gar nicht, wie viele Eisberge ich heute gerammt hab. Hab den Überblick über die Katastrophen verloren! Ich weiß nur noch, dass ich mich selbst in einem Dancebattle besiegt hab. Und einen Gast geschlagen. Aus Versehen. (Was er aber ehrlich gesagt verdient hatte, dieser Blödmann!)

Was Paul so getrieben hat, nachdem Sara ihn nach draußen geschleppt hat, hab ich leider nicht mitbekommen, sodass Fee superenttäuscht war. Und mein Kostüm war zwar toll. Echt! Einsame Spitze. Nur leider war es doch keine Mottoparty. Ich werde mit Sicherheit NIE, NIE, NIEMALS wieder irgendwohin eingeladen.

Dabei bin ich so happy und aufgeregt gewesen, als ich Shirin und Jule vor Romans Haus getroffen hab. Obwohl es wirklich kalt war, hab ich ziemlich geschwitzt. Vor Aufregung und weil mein Kostüm so warm war. Jule trug ein schrill-buntes 1960er-Jahre-Minikleid mit weißen Lackstiefeln, die ihr bis zum Knie gingen.

»Aber das Motto ist Food«, habe ich gesagt und sie verwirrt angeguckt.

»Pfff. Du weißt doch, ich hab immer mein eigenes Stylingmotto.« Sie hat mit ihren schwarz umrandeten Augen geklimpert.

Shirin hatte zu Jeans ein violettes Rüschentop an und als ich sie gefragt hab, was das darstellen soll, behauptete sie, sie sei eine Weintraube. »Aber du siehst wirklich am krassesten aus!«

»Find ich auch«, hab ich gemeint und versucht, an meinem Kostüm herunterzuschauen, was mir nicht gelungen ist, weil es unter dem Kinn so aufgeplustert war.

»Nicht verführerisch, aber sehr originell.« Jule hat ihren hochtoupierten Haarberg betastet, der mit einem roten Band umwickelt war.

»Verführerisch? Wer will denn verführerisch sein?«, hab ich gerufen. »Heute wollen wir Spaß haben!«

Ich hab mich so super gefühlt: Es war eine Foodmottoparty und ich *war* das Motto. Genauer gesagt, ein Hotdog. Ich war eine Wurst in einem dicken weichen Brötchen, das sich um mich herum aufbauschte.

»So, Mädels, dann mal rein ins Vergnügen.« Jule hat auf den Klingelknopf gedrückt und ...

... mein Vergnügen dauerte ungefähr achtundneunzig Sekunden. So lange, bis der kichernde Roman uns in den Partykeller geführt hatte, den er wie der Ansager bei einer Modenschau betrat. »Und hier Ella Schrader in ihrem Outfit von Gucci.«

Ich hab breit gelächelt und bin in den überfüllten Raum hineingestapft. Wo ich dann feststellte, dass es kein bisschen eine Mottoparty war. Niemand war verkleidet! Und ich steckte in einem Brötchen mit Ketchup- und Senfspiralen auf dem Bauch und einer Wurstzipfelhaube auf dem Kopf.

Von allen Seiten ist Gelächter aufgebrandet, von den Wänden widergehallt und nur so durch meine Gehörgänge getost. Luke hat vor Lachen Limo in Tariks Gesicht geprustet und die BlingBlingQueens haben losgekreischt. Die BBQs waren alle in Glitzer und Schwarz und ich hab im ersten Moment echt gedacht, dass mein Herz einfach stehen bleiben und ich auf der Stelle an Blamagenschock sterben würde. Tat ich dann aber doch nicht.

Als ich gemerkt hab, dass ich noch lebe, hab ich kurz überlegt, ob ich nach Hause gehen soll, aber Jule sagte: »Siehst du, Ella, endlich fällst du mal auf!«

Luke hat mir ein Glas Cola in die Hand gedrückt. »Hier, Hotdog. Hau rein.«

Jule und Shirin haben sich dann sofort ins Gewühl gestürzt, es war nämlich ganz schön voll in dem Partykeller. Ich hab mich durch die Menge an den Rand gequetscht, dabei haben natürlich einige Witzbolde geschrien: »Vorsicht, heiß und fettig!«

Hab mich auf eine Bank gesetzt, was ziemlich unbequem war in dem Kostüm, aber das war mir egal. Ich würde eine Weile hier sitzen, hab ich mir vorgenommen, dann meinen Eltern schreiben, dass sie mich doch früher abholen sollten, und einfach hoffen, dass die Erinnerung an meinen peinlichen Auftritt im Rest der rauschenden Party so schnell wie möglich verblassen würde. Ich zog mein Handy aus der aufgenähten Gurkenscheibentasche, Fee hatte mir schon dreizehn neue Nachrichten geschickt. Ob ich schon da wäre und ob ich Paul gesehen hätte und ob die Geschichte von Edward und Bella nicht absolut *seufz, schmacht, schluchz* wäre. Ich hab ihr zurückgeschrieben: **Bin jetzt hier. Paul noch nicht. Keine Mottoparty! Ich hätte lieber Hausarrest.*** Da saß ich also und habe an meiner Cola genippt. Luke und Tarik haben sich grinsend vor mir aufgebaut und es folgten ein paar Witze, die sich um den besten Freund des Menschen drehten: die Wurst mit Gesicht.

»Tja, so ist das. Kaum ist man ein Hotdog, muss jeder seinen Senf dazugeben«, hab ich mitgewitzelt. Jule lief an uns vorbei und Tarik drehte sich zu ihr um. Mit einem »Hey, Jule« hat er ihre Fährte aufgenommen.

Die Musik wurde immer lauter. Romy (schwarz-goldenes Glitzerkleid = eine Mischung aus Discokugel und Lamettaknäuel!) hat sich auf die Tanzfläche gedrängt und wie ein Kreisel gedreht. Luke ist auf sie zugetanzt (oder so was in der Art) und hat versucht, die Chinesische Mauer zu erstürmen. Und da ist dieser komische Typ vor mir aufgetaucht. Ein Junge aus der Schule. Er hat so ganz seltsam blassblaue Augen mit dunkelblauem Rand und ist irgendwie ... *würg*. Ich hatte ihn schon mal auf dem Schulhof gesehen, wusste aber bisher nicht, wie er heißt und in welcher Klasse er ist. »Du siehst ja scharf aus«, hat er irgendwie so ganz schleimig gesagt. »Da bekommt man doch gleich Appetit.«

* Dass ich auch bei siebenmonatigem Hausarrest dankend auf die *Twilight*-Saga verzichten würde, schrieb ich nicht. Vampire – okay. Verliebte Vampire – nein danke.

»Das Büfett ist nebenan«, meinte ich nur und wollte ihn abwimmeln.

Da hat er so gegrinst und geantwortet: »Und witzig bist du auch noch. Du musst Ella sein. Mizzi hat mir von dir erzählt. Ich bin Noel, Mizzis Bruder.«

Das war Mizzis Bruder? Ich war so verblüfft, dass ich seine Hand schüttelte, als er sie mir hinstreckte. Aber er wollte mich gar nicht offiziell begrüßen, sondern meinte auf einmal, er hätte noch nie mit einem Hotdog getanzt, und hat mich hochgezogen. Aber erstens hatte ich überhaupt keine Lust zu tanzen (schon gar nicht mit ihm!), zweitens hatte ich da gerade Sara entdeckt, die mit einem Jungen im Schlepptau nach draußen ging. Und der Junge war Paul!

Ich hab mich schnell losgemacht, immerhin hatte ich ja eine Paul-Mission! War echt froh, dass ich mich nach draußen und von Noel weg verdünnisieren konnte, bin aber aufgehalten worden von Tarik, der sich mir in den Weg gestellt hat und irgendwie über Jule reden wollte. Was sie nachmittags gerne machte und so. Keine Ahnung, warum er das wissen wollte, ich hab jedenfalls gemeint, dass er sie doch einfach selbst fragen sollte – schließlich hatte ich es eilig! Aber als ich ins Wohnzimmer kam, waren Sara und Paul schon verschwunden.

Samstag, 30. Januar, 23.45 Uhr

Musste gerade noch mal mit Fee telefonieren und ihr wieder das Gleiche erzählen. Dass ich Sara und Paul zusammen hab rausgehen sehen, aber keine Ahnung hab, was sie dann gemacht hatten. (Was Fee ziemlich beunruhigt!) Und dass ich sie wirklich gesucht und mich dabei sogar noch mal mehr als nur hotdogmäßig blamiert hab.

Im Wohnzimmer war nämlich niemand, aber auf der Terrasse haben Camilla und Marlene aus meiner Klasse gesessen, in dicke Steppjacken gehüllt. Ich also raus. Draußen war es Winter. (Januar halt.) Ich hab den beiden gesagt, dass ich Sara und Paul suche.

Da hat Marlene Camilla einen bedeutungsvollen Blick zugeworfen und gemeint, dass sie gedacht hätte, Sara wäre mit Elias zusammen. Ich guckte sie nur groß an und nickte auffordernd und mit wippender Wurstzipfelhaube, damit sie weiterredete, weil mir das mit Sara und irgendeinem Elias null weiterhalf. Aber da waren sie schon wieder in ihr Gespräch vertieft.

Im Garten ist es fast ganz dunkel gewesen. Er wirkte total riesig und verlassen, ich hab gar kein Ende erkennen können. Da waren Bäume, die ihre Äste in den Nachthimmel streckten. Und Rasen, der aussah wie mit Zuckerguss überzogen. Dazwischen waren einige Kugellampen, die ein bisschen schummeriges Licht warfen. Ein Schuppen weiter hinten. Links neben mir ein Trampolin. Alles nicht besonders einladend. Wenn Fee mich nicht so gedrängt hätte, Paul zu beobachten, wäre ich sofort wieder rein.

Aber ich habe natürlich meine Freundinnenpflicht getan und mich im Garten ein bisschen umgesehen. In einem erleuchteten Fenster im ersten Stock habe ich plötzlich Bewegungen bemerkt. Vielleicht Sara und Paul?, hab ich gedacht und dass sie sich in Romans Zimmer zurückgezogen haben könnten, um in Ruhe zu … was auch immer. Leider habe ich von dort unten nicht mehr als Schatten erkennen können, weil das Fenster zu hoch oben war. Da hab ich eine geniale

Idee gehabt: das Trampolin und dass ich von dort vielleicht mehr sehen könnte. Es hatte weder Leiter noch Sicherheitsnetz und ich hab schnell ein Bein hochgeschwungen, mich mit Hotdogkostüm über den Rand gewuchtet, bin in die Mitte gerobbt und hab mich hingestellt. Da waren Leute hinter der weißen Gardine. Aber wer? Ich hab mich leicht abgestoßen, damit ich ein bisschen hochhüpfte. Und dann lief das ungefähr so: Da! ... Jump ... OMG ... Jump ... es war eine ... Jump ... Knutschskulptur! ... Jump ... aber wer? ... Jump ... waren das ... Sara und Paul?

Ich wollte gerade noch ein bisschen höher springen, hab so richtig Schwung geholt mit den Armen und bin in die Luft geflogen, da hat plötzlich jemand geschrien: »Ella! Pass auf!«

Ich hab nach unten geschaut und im letzten Moment noch meine Sprungrichtung korrigiert, indem ich mich nach vorne fallen ließ. Puuh! Das ist so knapp gewesen!! Beinahe wäre ich danebengesprungen, was bei einem Trampolin ohne Sicherheitsnetz echt ins Auge gehen kann.

Bin auf dem Kinn und auf dem Bauch gelandet. Es hat ein paar Mal nachgefedert und ich bin einfach nur keuchend liegen geblieben.

»Das war knapp«, hat Severin gesagt.

Ich hab mich auf den Rand gesetzt und musste erst mal richtig tief durchatmen.

»Endlich mal ein vernünftiges Partyoutfit!«, hat er gemeint und in seinem dünnen T-Shirt frierend die Schultern hochgezogen. Beim nächsten Mal würde er als Marshmallow-Man kommen, hat er versprochen, weil ihm dann auch warm wäre. Er ist reingegangen und ich hab mit den Beinen gebaumelt und überlegte, was ich machen soll.

Da ist in dem Schuppen ein Licht im Fenster aufgeblitzt.

Vermutlich von einer Handytaschenlampe. Ha!, hab ich noch gedacht, weil Sara und Paul vielleicht da drin waren. Ich habe mich vom Trampolin abgestoßen und bin vorsichtig in die Dunkelheit gelatscht. Das ist echt gruselig gewesen: Die Schatten der Bäume sind immer näher gekrochen, bis sie mich umzingelt hatten. Aber Hotdogs haben keine Angst.* Das Licht im Schuppen war erloschen. Ich bin näher ran und hab versucht, durchs Fenster zu spähen. Hab die Hände ums Gesicht gelegt und die Nase an die kalte Scheibe gedrückt.

Plötzlich eine Stimme von hinten. »Was machst du denn da? Spannst du etwa?« Es waren Leyla und Kim, die sich hinterrücks an mich herangeschlichen hatten!

»Blödsinn«, hab ich gesagt, bin zurückgetaumelt und dabei rücklings über einen kniehohen Busch gefallen. Und dann hab ich gemerkt, warum der Garten so riesig gewirkt hatte, denn hinter dem Busch war ein Abhang, der ziemlich steil nach unten ging. Platsch, bin ich auf einmal ins Kullern gekommen – und rollte immer weiter. Es war kalt und feucht, aber es hat ansonsten kein bisschen wehgetan, wegen dem Brötchenpolster.

Als ich nach einer gefühlten Ewigkeit ausgekullert hatte, bin ich auf dem Rücken liegen geblieben, irgendwo neben einem Felsen. Um mich herum finster. Über mir ein Baum. Und der Himmel. Ein einziger Stern ist zu sehen gewesen und es hat seltsam gerochen. Nach Weihrauch oder so. Plötzlich musste ich lachen. Wenn Fee mich so sehen würde, wie ich in der eisigen Pampa rumlag, anstatt im warmen

* Besonders, wenn sie auf Beste-Freundinnen-Mission sind!

Partyraum zu feiern!, habe ich gedacht und in dem Moment hat mein Telefon geklingelt und ich hab es aus der Gurkenscheibentasche gezerrt.

Es war Fee, die mich empört fragte, warum ich ihr nicht schreiben würde.

»Schuldige, Fee. Es ist einfach ...« Und da habe ich voll losprusten müssen, weil ich ihr gar nicht erklären konnte, was so lustig war.

»Schön, dass du dich amüsierst«, hat sie in den Hörer gebrummelt.

»Das ist es ja gerade. Ich amüsiere mich kein bisschen!«, habe ich erklärt und musste noch mehr lachen. Was natürlich blöd war für Fee, weil sie nicht dabei war. Sie hat gemeint, dass wir später sprechen würden, sie müsste jetzt das Ende von *Biss zur Mittagsstunde* gucken. Paff. Aufgelegt. Ich bin liegen geblieben und habe in die Stille gemurmelt: »Es ist zwar lustig hier, aber kein bisschen amüsant.«

Und da sagte neben mir eine tiefe Stimme: »Du bist ja wohl total verpeilt.« Und ich habe total aufgeschrien und bin hochgefahren wie vom Salamander gebissen.*

Denn der Felsen neben mir ist gar kein Felsen gewesen, sondern ein Junge in einem schwarzen Pulli, der auf einem Stein gesessen hat. »Spinnst du?«, hab ich gekeucht und gefragt, was ihm eigentlich einfallen würde, mich so zu erschrecken. Ich wollte aufspringen, aber das ja ging nicht so einfach, wegen dem aufgeplusterten Kostüm. Und was hat der Junge gemacht? Er hat nicht geantwortet, sich kein bisschen entschuldigt, sagte GAR nichts, sondern hat

---

* Wobei ich gar nicht weiß, ob Salamander überhaupt beißen können. Hab noch nie das Gebiss eines Salamanders gesehen!

nur achtlos einen Zigarettenstummel ins Gebüsch geschnippt und ist über mich hinweggestiegen, *als wäre ich eine Pfütze.*

Ich reg mich gerade schon wieder darüber auf, wie blöd dieser Blödmann war!! Aber na ja – ich hab mich ja an ihm gerächt. Unbeabsichtigt natürlich.

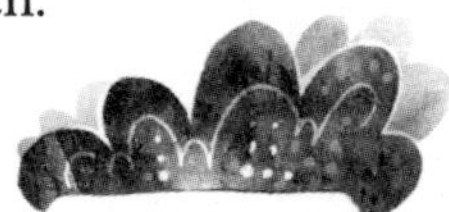

Sonntag, 31. Januar, 00.29 Uhr

Hab mir gerade die Zähne geputzt und werde auch langsam müde (und meine Hand tut vom Schreiben weh, puh!), aber ich bin auch noch total aufgedreht. Den Partybericht muss ich unbedingt noch zu Ende schreiben.

Ich bin dann den Abhang hochgekrochen und hab mich über diesen unverschämten Typen geärgert. Den hab ich beim Reingehen auch gleich entdeckt, inmitten der Jungs, die um das Trampolin rumstanden, auf dem Severin gerade einen Salto schlug. Roman ist mit einem Ball aus der Garage gekommen, den er Luke zugeworfen hat. Der hat den Ball mit dem Oberschenkel aufgefangen und zurückgekickt. Die Jungs bolzten mitten in der Dunkelheit um das Trampolin herum, nur der bescheuerte Idiot von eben hat einfach reglos dagestanden, die Arme vor der Brust verschränkt. Er hat ultrakurze Haare und sah total muffelig aus. Was war das für ein doofer Heini? Er war vielleicht zwei Jahre älter als die anderen, aber das war ja wohl kein Grund, so eine Spaßbremse zu sein.

Ich bin reingegangen. Shirin hat von der Terrassentür nach draußen gespäht. Dabei hatte sie so einen komischen Gesichtsausdruck. Irgendwie so, wie wenn man auf die

Karte vom Eiscafé guckt und einem vor lauter bunten Eisbechern das Wasser im Mund zusammenläuft. Aber da draußen waren ja keine Eisbecher, sondern nur Jungs.

Als ich sie gefragt hab, was sie da macht, hat sie sich anscheinend ertappt gefühlt und »Nichts, nichts« behauptet.

Ich hab ihr dann vorgeschlagen, dass wir uns eine Mousse au Chocolat holen, aber Shirin wollte lieber noch ein bisschen stehen bleiben und nach draußen starren. Sie meinte, das macht ihr Spaß.*

Wieder unten im Keller angekommen, wollte ich mich auf das Büfett stürzen, als auf einmal Noel aus dem Partykeller angeschossen kam. »Da bist du ja wieder! Du wolltest doch mit mir tanzen.«

»Wollte ich das?«, hab ich zurückgefragt und in dem Moment ist mir eingefallen, wo ich Noel schon mal gesehen hatte: in der Clique der Jungs, vor denen mein Bruder Reißaus genommen hatte.

Das hat mich mega verwirrt (also, über das normale Maß an Verwirrung hinaus), sodass ich mich von ihm auf die Tanzfläche hab ziehen lassen. Und wo ich schon mal da war, hab ich tatsächlich eine Runde getanzt. Gerade kam nämlich eines meiner Lieblingslieder: *Back Door* von Stray Kids.

Die BlingBlingQueens haben an der Bar so rumgetuschelt und neben Sara habe ich Paul entdeckt. Meine Mission konnte ich also nebenbei auch noch erfüllen! Perfekt. Noel (und sein albernes Gehampel) ignorierte ich weitestgehend. Ich hab einfach mit mir selbst getanzt. Mir doch wurscht,

* Spaß hat offensichtlich für jeden eine unterschiedliche Bedeutung. Sehr interessanter Gedanke! Vielleicht werde ich Spaßphilosophin, wenn ich groß bin, und forsche darüber, warum manche Jungs anglotzen wollen und andere lieber Nachtisch essen.

wie ich aussah! Das Lied war super und ich hatte gerade wieder richtig gute Laune bekommen, als ich auf einmal einen Stoß bekommen hab und gegen den Lautsprecherständer in der Ecke getaumelt bin. Im letzten Moment hab ich mich abgefangen und am Ständer festgeklammert. Der Lautsprecher schwankte, die Lichtorgel bebte, dann hatte ich alles wieder im Griff. Ich hab mich umgedreht.

Romy hat mich triumphierend angegrinst, während sie Noel eine Hand auf die Schulter legte und ganz nah vor ihm tanzte. Also echt. Die BBQs hatten uns reingelegt mit dem Wein *und* dem Foto im Klassenchat *und* mit der Mottoparty. Nur wegen ihnen bin ich hier so beknackt aufgelaufen! Und jetzt hat Romy mich auch noch abgedrängt, wo *ich* gerade Spaß hatte. Weil sie dachte, die Tanzfläche gehörte ihr! Weil die BlingBlingQueens sich für die Herrscherinnen der Klasse hielten. Ach was, der ganzen Welt! Aber jetzt und hier war Schluss damit!, habe ich in dem Moment beschlossen. Jetzt und hier war die Zeit der Revolution gekommen! Hotdogs aller Länder vereinigt euch!

»Klassenkampf ahoi!«*

Ich hab die Fäuste gereckt und bin energisch auf Romy zugetanzt. Ich habe genug TikToks von Charli d'Amelio gesehen für einen krassen Dancebattle. Die Menge ist zurückgewichen, sie hat meine Energie gespürt und meinen Mut, mich gegen die Vorherrschaft der BBQs aufzulehnen.

Ich habe Romy fixiert, den Kopf hin- und hergeruckt und mit den Armen gefuchtelt wie ein Kung-Fu-Kämpfer, wäh-

* Ich weiß! Ahoi ist nicht gerade ein anerkannter Kampfschrei. Aber mir fiel auf die Schnelle nichts Besseres ein!

rend ich auf sie zugetanzstampft bin. Romy hat die Stirn gerunzelt und auch Noel hat mich überrascht angeschaut.

Die Menge umkreiste uns. Es war wie im Film, wenn der Underdog auf einmal gegen alle Wahrscheinlichkeit den Favoriten herausfordert und am Ende besiegt und dabei vom Publikum bejubelt wird. Ich würde gewinnen, das habe ich richtig gespürt. Mir sind ein paar coole Moves gelungen und ich habe noch einmal »Ahoi!« geschrien und wollte eine dieser coolen Abschlussposen einnehmen, indem ich in den Ausfallschritt sprang, den linken Arm hochreckte und den anderen mit geballter Faust nach vorne. Damit hatte offenbar niemand gerechnet. (Ich ja auch nicht.) Denn in diesem Moment, wo ich in die finale Siegerpose gehopst bin, haben sich noch mehr Leute reingeschoben und die Tanzfläche wurde auf einmal kleiner und der bescheuerte Junge von eben ist mit seinem Kinn leider genau vor meine Faust geraten.

So, und jetzt bin ich so müde, *dass mir die Augen zufallen …*

Sonntag, 31. Januar, 18.28 Uhr

OMG! Diesmal echt Drama-Alarm!* Kai wird tatsächlich gemobbt! Wir haben eben ein paar Bälle auf den Korb an der Garagenwand geworfen (was bedeutet, dass ich Bälle geworfen hab und er danebengestanden hat). Hab ihm dabei erzählt, dass ich Noel McLennon auf der Party kennengelernt hätte. Da hat er ganz abwei-

* Und zwar so echt, dass ich mir sogar die geniale Abkürzung »Dralarm« verkneife.

send geguckt und nur so verächtlich »Wen interessiert's« gesagt.

Daraufhin hab ich ihm berichtet, was ich neulich bei meiner Verfolgung von ihm (Kai) beobachtet hatte, und hab ihn ein bisschen bedrängt, dass er mir erzählen soll, was los ist. So richtig wollte er nicht rausrücken mit der Sprache, aber er hat zugegeben, dass es da diesen Asi aus der Parallelklasse gäbe (Aaron!) und seine Asifreunde, zu denen auch Noel McLennon zählt. Als ich gefragt hab, was die denn machen würden, hat er nur abgewunken und gesagt: »Das sind halt Arschlöcher. Mehr nicht.« Ich wollte Genaueres wissen, aber da hat er auf die Uhr geguckt und gesagt, er wäre jetzt mit Birkan zum Onlinezocken verabredet.

Hab gerade kurz mit Sascha darüber gesprochen – ein seltener Glücksfall, dass ich ihn alleine erwischt hab. Ob er was mitbekommen hat von Kais Stress mit den Jungs aus der Parallelklasse. Hat er nicht. Was einigermaßen klar ist, wenn man seine Pausen knutschend verbringt.

Ich bleib da dran!

Montag, 1. Februar, 15.23 Uhr

Luke hatte am Samstag einen Unfall! Ist beim Trampolinspringen auf den Kopf geknallt – Platzwunde und Gehirnerschütterung!!! Er musste sogar eine Nacht im Krankenhaus bleiben. Da hab ich ja noch Glück gehabt. Ich hab mir auf der Party nur ungefähr fünftausend neue Spitznamen eingehandelt. Hier eine Auswahl:

- Wurst dressed ever
  (wie die BBQs im Klassenchat verbreiten)
- Dancing Wurstqueen (auch von den BBQs)
- Brutalobrötchen (Tarik)
- Hottie Hotdog (Jules Versuch, mich zu rehabilitieren)
- The Wurst Warrior
- Ninjawurst auf dem Kriegspfad

Den letzten Spitznamen hab ich Jannis zu verdanken. So heißt der Idiot aus dem Garten, der sich übrigens als Severins Cousin aus Berlin entpuppt hat. Das hab ich erfahren, nachdem ich ihn bei meinem Dancebattle-Abschluss geboxt hatte. Severin hat sich vor Lachen kaum eingekriegt.

Jannis hat sich das Kinn gerieben und mich verblüfft angestarrt. Normalerweise hätte ich mich ja sofort entschuldigt, aber ich war noch sauer auf ihn, weil er mich eben im Garten zu Tode erschreckt und dann liegen gelassen hatte wie eine olle Bananenschale.

»Pass doch auf«, hab ich ihn daher angeherrscht. »Hier einfach einen Dancebattle zu crashen ...!«

»War das ein ... Dancebattle?«, hat Jannis gefragt. »Sah mir eher aus wie eine Folge von *Ninjawürste auf dem Kriegspfad.*«

»Jannis, das ist Ella«, hat sich Severin eingemischt. »Ella, das ist Jannis, mein Cousin.«

»Ninjawürste auf dem Kriegspfad?«, hab ich wiederholt, ohne auf Severin zu achten.

Jannis hat genickt. »Genauer gesagt, der Teil, der es nie ins Kino geschafft hat.«

»Tsss«, habe ich gemacht und auf die Tanzfläche gedeutet. »Das war großes Kino! Ganz großes Kino.«

»Sicher, jetzt, wo du das sagst! Das war *Star Wurst – The*

Clone Wurst«, hat Jannis einen neuen Filmtitel vorgeschlagen.

Ich nur: »Ha. Ha.«

»*Das Wurst-Imperium schlägt zurück*«, hat jetzt auch Severin mit eingestimmt.

»*Fear the Walking Wieners*«, gab Jannis zum Besten. Die beiden sind offenbar ganz in ihrem Element gewesen und haben noch mehr bescheuerte Filmtitel aufgezählt, aber ich hab sie unterbrochen und ganz cool gesagt: »Ich würde mich ja gerne noch länger mit euch unterhalten, Jungs, aber eine Schüssel Kartoffelsalat ist origineller als ihr.«

Tja. Aber bis auf diesen einen Moment der Coolness (wie ich finde), hab ich von der Party leider keine Erfolge vorzuweisen. Und, wie gesagt, Fee hab ich auch enttäuscht, weil ich Paul nicht lückenlos überwacht hab. Bin nur froh, dass ich Jannis nie wiedersehen werde, wo er ja nur zu Besuch aus Berl

Montag, 1. Februar, 16.11 Uhr

Mama ist grad reingekommen und ich hab schnell das Tagebuch weggelegt und mir mein Chemiebuch geschnappt, damit sie sieht, wie fleißig ich bin und dass ich mir für das zweite Halbjahr viel vorgenommen hab und mich voll an mein Versprechen mit dem Am-Riemen-Reißen halte. Sie ist ganz zufrieden wieder rausgegangen.

Ich hab noch eine Weile in mein Chemiebuch gestarrt und bin dabei irgendwie auf den Knopf der Fernbedienung für den CD-Spieler gekommen, die neben dem Buch lag. Da war offensichtlich noch eine alte Hörspiel-CD von mir drin.

Über ein Mädchen namens Emily, das erst nicht schwimmen kann und dann plötzlich zur Meerjungfrau wird. (Ist ja quasi auch eine chemische Reaktion, deswegen hab ich es mit gutem Gewissen laufen lassen.)

Am Anfang der Chemiestunde heute gab es übrigens einen Schleimbattle. Im Mittelpunkt des Interesses: Paul. Die Kontrahentinnen: Sara und Fee!!!! Der Albrecht hatte uns schon beim Reinkommen zum Mitschreiben aufgefordert und den ersten Satz diktiert, bevor er überhaupt sein Pult erreicht hatte. Paul hat da noch in seiner Schultasche gekramt. Der Albrecht hat ihn angefahren, dass das mit dem Mitschreiben auch für ihn gelten würde.

Paul hat zugegeben, dass er weder Blatt noch Stift dabeihätte. Fee hat sofort ein Blatt aus ihrem Collegeblock gerissen und in ihrem Mäppchen nach ihrem Ersatzstift gesucht. Aber da hat Sara schon mit einem Papier gewedelt und gerufen: »Hiiiieeer! Ich kann dir welches geben, Paul.«

Fee ist ein bisschen in sich zusammengesackt, der Albrecht hat die Stirn krausgezogen und was vom Glück der Vergesslichen gemurmelt, bevor er angefangen hat, über Aktivierungsenergie zu labern.

Montag, 1. Februar, 17.35 Uhr

Ich hab jetzt über eine Stunde in das Chemiebuch gestarrt, aber nicht das Gefühl, dass es irgendwas genutzt hat. Aktivierungsenergie! Seltsame Sache. Emilys Aktivierungsenergie ist Wasser und damit wird sie auf einmal jemand anders und total cool. Das wäre wirklich toll, wenn ich auch auf einmal von selbst eine Streberin ... Oh! Wow! **Achtung, Achtung, die Autorin dieses Tagebuchs hat einen Geistesblitz!**

Mir ist gerade klar geworden: Ich bin eines dieser trägen Teilchen, von denen der Albrecht heute gesprochen hat. Er hat es ungefähr so erklärt: Ein sich selbst überlassenes System strebt immer das niedrigste Energieniveau an, den Grundzustand. Mit anderen Worten: Jedes Teilchen ist nur so aktiv, wie es gerade sein muss. Und *genau das* haben meine Eltern auch gesagt, als sie mein Zeugnis gesehen haben! Dass ich mich nur so durchmogele und viel zu wenig anstrenge und dass ich viel mehr leisten könnte, wenn ich fleißiger wäre und so weiter. Ha!

Und jetzt kommt die Chemie ins Spiel: Denn jedes Teilchen braucht einen Anlass, um sich in Bewegung zu setzen. Das nennt man Aktivierungsenergie. Mit der richtigen Aktivierungsenergie wird jedes träge Teilchen aktiv.

So etwas brauche ich! Und damit meine ich nicht, dass meine Eltern mir das Handy wegnehmen und mich zwingen zu lernen. Ich meine eine Aktivierungsenergie, die *mein ganzes System* von selbst auf das nächste Level ... Oh, was ist das für ein Geschrei?

Montag, 1. Februar, 17.58 Uhr

Kai ist ohne seine Jacke nach Hause gekommen, seine Jeans war total dreckig und er hat eine Schramme am Arm! Bin natürlich sofort in den Flur und hab durch die Tür mitbekommen, wie Mama ihn angeschrien hat, dass er endlich sagen soll, was passiert ist, und er hat zurückgebrüllt, sie soll ihn gefälligst in Ruhe lassen.

Kai hat die Flurtür aufgerissen und wieder zugeknallt. Mama hat ihm ganz besorgt hinterhergeguckt. Kai ist an mir vorbeigestapft, ganz rot im Gesicht, und hat sich in seinem Zimmer verbarrikadiert. Ich kenne ihn. Er braucht erst mal etwas Zeit, um sich abzuregen. Nachher spreche ich mit ihm. Bin so wütend auf diese Jungs!

Montag, 1. Februar, 20.06 Uhr

Kai ist echt fertig. Aaron und zwei andere haben ihn heute auf dem Nachhauseweg abgefangen und »Gummizelle« mit ihm gespielt. (Dabei wird einer in die Mitte genommen und rumgeschubst.)

»Und wo war Birkan?«, hab ich gefragt.

Aber Kai hat nur geseufzt und gesagt: »Du kennst doch Birkan.«

Natürlich kenne ich seinen besten Freund. Ich meine, Kai ist schon ein dürrer Hering, aber Birkan könnte sich locker hinter einer Straßenlaterne verstecken. Er kann jede Schachvariante und ist ein totaler Hacker am Computer. Aber in Sport wird er immer als Letzter gewählt.* Auf Birkan kann Kai jedenfalls bei so was nicht zählen – besonders gegen diese Jungs. Ich meine, Aaron ist riesig! Noch größer als Sascha.

Ich hab Kai geraten, es Mama und Papa zu sagen. Aber da hat er den Kopf geschüttelt und gemeint, dass »diese Arschlöcher« es bestimmt bald sein lassen würden.

* Ich hab ihn mal bei den Bundesjugendspielen gesehen. Er hat es beim Weitsprung nicht einmal geschafft abzuspringen. Er ist dreimal einfach in die Sprunggrube gelaufen!

Als ich wissen wollte, warum sie damit eigentlich angefangen haben, meinte er: »Ich hab auf dem Weg nach draußen nicht aufgepasst und den Riesen aus Versehen angerempelt. Das war alles. Sonst hab ich denen nichts getan!«

Ich kann mir das richtig vorstellen: Kaum ist der Unterricht vorbei, klebt Kai mit den Augen auf dem Handy und bekommt nichts um sich herum mit. Kai schlussfolgerte daraus aber leider, dass die auch von selbst wieder aufhören würden, weil er ja nur aus Zufall da reingeraten wäre. Außerdem würde es ihnen irgendwann langweilig.

»Sieht aber nicht so aus!«, hab ich gerufen und gesagt, dass ich ihm helfen will.

Aber Kai hat nur geschnaubt: »Ich lass mir doch nicht von meiner kleinen Schwester helfen.«

Das hab ich nicht kapiert. Wieso nicht?, hab ich gefragt und Kai meinte, das wäre doch voll peinlich, sich von einem Mädchen helfen zu lassen.

»Aber du weißt doch, dass ich dir helfen kann.«

»Ja«, hat er brummelnd zugegeben und ich hab ihn gefragt, wo also dann das Problem ist. Da ist er plötzlich ganz sauer geworden: »Ich krieg das schon hin. Irgendwie. Du hältst dich raus. Versprich es mir!«

Aber das kann ich ihm doch nicht versprechen! Und deswegen habe ich gesagt: »Kai, du bist zwar ein Affenhirn, aber du bist mein Bruder. Ich helfe dir immer. Aber ich verspreche, dass ich dich nicht blamiere. Okay?«

Damit ist er einverstanden gewesen, wobei ich natürlich keine Ahnung hab, was ich machen soll. Aber mir wird schon irgendwas einfallen.

Dienstag, 2. Februar, 15.08 Uhr

Was meinen Plan mit der Aktivierungsenergie angeht, hat Jule mich auf eine Idee gebracht. Ich hab ihr erzählt, dass ich vorhabe, im zweiten Halbjahr so richtig erfolgreich zu sein, und dafür nur einen kleinen Anstoß brauchen würde. Sie fand das eine gute Idee und meinte, Parfüm wäre das Richtige für mich.

Zuerst dachte ich: Quatsch. Wieso soll sich was ändern, wenn ich anders rieche? Aber ich hab ein bisschen recherchiert und rausgefunden, dass Düfte total die Gefühle beeinflussen und auch Erinnerungen auslösen.

Und das stimmt! Wenn ich zum Beispiel eine bestimmte Sonnenmilch rieche, denke ich sofort an den Wellenreitkurs in Frankreich, bei dem Mama mich immer so doll eingeschmiert hat, dass ich sogar Sonnenmilch *unter den Fußsohlen* hatte, was das Stehen auf einem Surfbrett nicht gerade leichter gemacht hat. Wenn ich jetzt diese Sonnenmilch rieche, denke ich immer an diesen Urlaub (und sehe mich sofort ins Wasser plumpsen).

Es gibt auch Kaufhäuser, die versuchen, mit Vanilleduft die Kunden zum Kaufrausch anzuregen. Weil die Nase Impulse ohne Umwege ins Gehirn leitet! Der Geruchssinn ist nicht beeinflussbar vom Denken, kann einen aber zu Handlungen motivieren. Ha! Also, hier mein Plan. Bisher halten mich meine Lehrer offensichtlich für eine chaotische Niete. Deswegen werde ich sie umprogrammieren, was meine Person angeht. (Und zwar unterbewusst – Agentenmodus, möchte ich fast sagen!)

Mit einem neuen Duft werde ich sie einlullen und mich vielleicht auch ein-, zweimal mehr im Unterricht melden, damit die Lehrer meine lausigen Leistungen vergessen und merken: »Hey, das ist ein neues Mädchen.« Und immer, wenn sie meinen Geruch erschnuppern, sind sie positiv gestimmt und guter Laune und geben mir bessere Noten. Meine Arbeitshefte könnte ich auch einsprühen, sodass sie beim Korrigieren der Arbeiten sich unbewusst gut fühlen. Gelebte Wissenschaft!

Dienstag, 2. Februar, 20.49 Uhr

Zum Glück hat meine Mutter einen ganzen Haufen von verschiedenen Parfüms. Hab mich durchgeschnüffelt und bin am Ende bei einem hängen geblieben, das *La vie en rose* hieß und wirklich total lecker riecht, obwohl es ein »Eau de Toilette« ist.

Fühle mich total motiviert und wie ein neuer Mensch! Morgen starte ich die Aktion »Streber-Ella«. Mit der Aktivierungsenergie der geheimen Duftstoffe!

Mittwoch, 3. Februar, 7.02 Uhr

Die Sonne scheint. Passend dazu hab ich heute zum ersten Mal die **AG Schule ohne Stress.** Eine AG wie für mich gemacht!

Operation »Streber-Ella« kann starten und bald hat niemand mehr was zu meckern – weder Lehrer noch meine Eltern.

Bin eingehüllt in Rosenduft und weiß einfach: Alles wird super!

Mittwoch, 3. Februar, 16.17 Uhr

Hab schon zweimal geduscht. Der Gestank ist vermutlich weg, auch wenn ich ihn immer noch in der Nase hab! (Die Röte aus meinem Gesicht lässt sich leider nicht wegschrubben. So peinlich!!!)

Jetzt habe ich eine ungefähre Ahnung, warum Kai mein Tagebuch **Book of bad ideas** nennt. Die Geschichte mit dem Parfüm ist dermaßen nach hinten losgegangen! Es war eine regelrechte Stinkbombe, die ich gelegt hab. Wobei ich für einige der Komplikationen überhaupt nichts konnte! Ich meine, wie hätte ich ahnen können, dass dieser Blödmann Jannis auf einmal heute an unserer Schule auftaucht!?!

Erste Stunde Erdkunde.

Ich hab auf meinem Platz gesessen, zweite Reihe außen, und hab mich in meiner Wolke aus Rosenduft wohlgefühlt. Frau Birken kam rein mit ihren klobigen Stiefeln, die besser zu einem Farmer passen, der den Suhlplatz seiner Schweine inspiziert. Hinter ihr ist Fee gerade noch so durch die zufallende Tür gehuscht und zu unserem Tisch gespurtet. Die Birken stellte ihre ausgefranste Korbtasche aufs Pult. Hielt inne und stutzte.

Fee hat sich in dem Moment erstaunt zu mir gedreht und gemeint: »Ella, was in aller Welt …?«

Im selben Augenblick hat die Birken statt einer Begrüßung gesagt: »O mein Gott, was stinkt hier denn so? Macht mal ein Fenster auf!«

In meinem Bauch wurde ein kleiner Sprengsatz gezündet. Noch habe ich gehofft, dass nicht ich gemeint war, sondern der Mülleimer, in dem irgendein Leberwurstbrot verschimmelte. Ich dachte noch: Stinken – ich könnte doch niemals stinken?! Es war ein *Parfüm* und es war dazu gemacht worden, dass es gut duftete.

Maurice ist natürlich sofort zum Fenster gerannt und hat versucht, es zu öffnen. Aber es war zugeschraubt wegen Einbruchschutz, weil es sich sonst zu einfach von außen aufdrücken lässt.*

»Mist«, hat die Birken gesagt und ein Gesicht gemacht, als müsste sie sich übergeben. Ich bin immer weiter auf meinem Sitz zusammengesunken, mein Herz hat gepocht und mir brach der Schweiß aus und plötzlich ist mir selbst mein Geruch auch richtig stechend in die Nase gestiegen.

Mizzi McLennon hat sich gemeldet und erklärt, dass das Parfüm *Rose* von L'Occitane wäre.** Roman rief daraufhin in die Klasse, er hätte eher an *Gülle* von Dior gedacht. Alle haben gelacht und ich habe Anstalten gemacht, aufzustehen und aus dem Raum zu flüchten, aber Fee hat mich festgehalten und leise gezischt: »Wag es nicht. Dann weiß jeder, dass du es bist.«

Also bin ich sitzen geblieben. Fee hat mich echt gerettet, schließlich habe ich schon genug schlimme Spitznamen, da muss ich nicht auch noch das Güllemädchen sein.

Laut hat Fee gesagt: »Ich glaub, das ist das Haarspray von Sara.«

»Die ist gar nicht da, Bitch!«, hat Kim gerufen.

Einer von den Jungs hat geschrien: »Los, Luke, lass einen fahren, dann stinkt es gleich besser!«

....

* Man hätte es natürlich auch schon längst mal reparieren können. Aber anscheinend hält man an unserer Schule frische Luft für überbewertet.

** Stimmt doch gar nicht!, hätte ich beinahe gerufen, blieb aber still.

»Lass selbst einen fahren«, hat Luke zurückgegeben. (Das Pflaster auf seiner Stirn ist übrigens ziemlich groß und dick wie ein Sofakissen.)

»Wir können doch alle gleichzeitig furzen«, hat Roman vorgeschlagen und gemeint, auch die Mädchen, weil es dann erst recht stinken würde.

Tumult brach aus, die Birken hat ihr gestresstes Gesicht gemacht und Leyla gebeten, die Tür zum Flur aufzumachen, gerade passend zur Ankunft von Paul, der mal wieder zu spät war.

Fee hat sich aufgerichtet und ihn angelächelt, bis sie gemerkt hat, dass Sara in Pauls Schlepptau folgte. Sie hat Fee spöttisch gemustert. Fee hat so richtig aufgeschnaubt vor Wut.

Und als dann die Birken zu einer Standpauke angesetzt hat, weil die beiden zu spät waren, hab ich mich auf die Toilette verdünnisiert.

Nie, nie, nie wieder werde ich Parfüm benutzen! Was für ein Höllenzeug! Auf der Verpackung sollten Warnhinweise stehen. **Achtung, Kampfstoff! Bitte nur im Freien benutzen. Oder wenn Sie vorhaben, einen Shitstorm auszulösen.**

Mittwoch, 3. Februar, 17.13 Uhr

Hab gerade noch mal das Fenster aufgerissen und mein Zimmer gelüftet, weil ich irgendwie immer noch finde, es stinkt. Was für eine Pestwolke!

Als ich auf der Schultoilette war, hab ich mir meinen Pulli runtergerissen, reichlich Papierhandtücher geschnappt und sie ordentlich nass gemacht. Damit habe ich über alle Stellen gerubbelt, an denen ich mich eingesprüht hatte. Leider half es überhaupt nicht. Die Haare! Die hatte ich auch eingesprüht.

In meinem Wahn fuhr ich mit der nassen Hand ein paar Mal über die kontaminierten Strähnen. Es wurde besser. (Der Geruch, nicht die Frisur.) Aber als ich den Pulli wieder überstreifte, merkte ich, dass alles Waschen nichts nutzte. Der Gestank haftete im Stoff fest. Den würde ich niemals loswerden!

Ich hab hin und her überlegt, was ich machen sollte. Krankmelden wäre die beste Lösung gewesen. Aber heute hatten wir eine Doppelstunde Mathe und da konnte ich mir keine Ausfälle leisten. Außerdem war am Nachmittag die Antistress-AG! Da wollte ich natürlich auf alle Fälle hin.

Plötzlich ist mir der Schrank der Klamottenleichen eingefallen. All das, was die Schüler jeden Tag in der Schule vergessen, sammelt der Hausmeister in einem großen Schrank in der Nähe seines Büros. Erstaunlicherweise holen die Leute ihr Zeug total selten ab. Als ich einmal dort nach meinen Sportschuhen gefahndet hab, hab ich sauteure Jacken von Hilfiger und Pullis von Nike gesehen. Dieser Schrank war meine Rettung!

Dachte ich. Konnte ja nicht ahnen, dass ich am Ende mit einem Riesen kämpfen und nur knapp dem Tod durch Erfrieren entgehen würde. Alte Säge. Komme mir schon vor wie in *Riverdale.*

3. Februar, 17.51 Uhr

Mama war gerade hier und hat gefragt, was das für eine Lederjacke an der Garderobe ist. Hab ihr die Kurzversion erzählt. Dass mir die ein Mitschüler geliehen hat, weil mein Parka noch in der Klasse hängt.

Hier die Langversion samt aller peinlichen Details:

Ich raste die Treppe runter. Der Hausmeister saß an seinem Schreibtisch vor den Überwachungsmonitoren.

»Hallo, Herr Komarow«, keuchte ich. »Ich müsste mal zum Schrank. Ich habe neulich meinen Pulli verloren.«

Als er seinen Kopf mit dem Specknacken zu mir umdrehte und mich mit zusammengekniffenen Augen fixierte, bekam ich erste Zweifel an der Qualität meiner Idee. Das letzte Mal hatte mich Komarow dabei erwischt, wie ich im Begriff war, ein (illegales) Geburtstagsgeschenk für meinen Bruder zu besorgen.

»Was für einen Pulli?« Seine Stimme war so tief, dass sie mir im Magen dröhnte wie das Bassgewummer aus einer Musikbox.

»Ähm. So einen mit zwei Ärmeln und einem eher schlichten ... ähm ... Schriftzug hier.« Ich machte eine unbestimmte Handbewegung.

»Farbe?«

Verdammt. Was war mit ihm los? Normalerweise winkte er einen nur durch zum Schrank. »Ähm. So eine Mischung aus ... ähem und schwarz.«

Er wuchtete seine hundertvierzig Kilo Lebendgewicht aus dem Stuhl. Konnte jetzt nicht mal ein Fünftklässler seinen Kopf durch das Geländer am Eingang stecken? Oder irgendein anderer Hausmeisternotfall passieren? Aber Herr

Komarow blieb hartnäckig neben mir, während ich kurz darauf das Angebot des Schrankes in Augenschein nahm. Es war alles durcheinandergewühlt und roch muffelig nach Generationen von Schülerschweiß.*

»Also, dann suche ich mal«, informierte ich Herrn Komarow. Er rührte sich nicht von der Stelle. Ich zog an einem schwarzen Zipfel und förderte eine Leggings zutage. »Nee, das ist nicht mein Pulli«, sagte ich und betrachtete als Nächstes ausgiebig eine Mütze.

»Ist das der Pulli?«, fragte Herr Komarow ganz ernst.

Ich lachte betont heiter. »Nein, wohl eher nicht.«

Da klingelte das Telefon in seinem Hausmeisterbüro und er zog ab. Endlich! Ich schaltete um auf Schallgeschwindigkeit und pflügte mich durch die Klamotten. Einen roten Pullover erwog ich kurz, entdeckte dann aber etwas Besseres. Ein langärmeliges T-Shirt in Petrol. Leider hatte es einen großen Fleck, der verdächtig nach saurer Milch roch. Als Nächstes: eine dunkelgraue GAP-Kapuzenjacke. Die könnte ich einfach überziehen und damit den Parfümgeruch einschließen. Groß genug war sie ja.

In dem Moment merkte ich, dass mich jemand beobachtete. »Ich hab es gleich«, sagte ich und drehte den Kopf, aber es war gar nicht Herr Komarow, sondern dieser Blödmann Jannis. Urplötzlich stand er einfach da, in zerschlissenen Jeans und abgewetzter Lederjacke und mit seinen raspelkurzen Haaren. Er grinste. Klar grinste er. Er war ein Idiot und ich wühlte mich durch den Klamottenschrank wie ein Obdachloser durch die Mülltonne.

* Das lenkte den Komarow bestimmt von meinem Rosengüllegeruch ab. Oder er war von diesem Schrankgestank schon abgehärtet. Ihn schien mein Parfüm jedenfalls nicht zu stören, er verzog keine Miene.

»Was machst du denn hier?«, fragte ich so frostig wie möglich.

»Ich frag mich vielmehr, was du hier machst«, gab er zurück.

Ich nahm die Kapuzenjacke und schloss die Schranktür. »Ich habe meine Jacke gesucht.« Ich schwang sie mir über die Schulter. Sie war ungefähr einen Kilometer zu groß. Meine Hände verschwanden in den Ärmeln und der untere Saum reichte mir bis zur Mitte des Oberschenkels. Ich zog den Reißverschluss hoch. Jannis glotzte weiter.

»Was?«, blaffte ich ihn an. »Oversize ist *der* Look. Aber von Mode verstehst du ja wohl gar nichts.«

»Im Gegensatz zu dir.«

»Ganz genau. Im Gegensatz zu mir.«

»Man erkennt sofort, dass du hier die Stil-Ikone bist.«

Ich nickte.

»Schon die Frisur schreit *Ich bin ein It-Girl«*, sagte er.

Ich griff mir an die vom Wasser verklebten Haarsträhnen und fragte mich, warum er nicht ein Idiot von der Sorte *Wortkarg* sein konnte. »Schade nur, dass du heute nicht dein Hotdogkostüm anhast«, redete er einfach weiter. »Aber dieses Zelt macht auch was her.«

»Bist du jetzt fertig?«, fragte ich.

»Wieso?«, gab er zurück. »Willst du mich zum Dancebattle herausfordern?«

»Nein. Aber du könntest gerne noch mal gegen meine Faust laufen, wenn du willst.«

»Sehr verlockend, aber ...«

Da tauchte plötzlich unsere Schulleiterin hinter ihm auf. »Entschuldige, Jannis«, rief Frau Sandorff keuchend. »Hallo, Ella!« Sie schien tatsächlich erfreut, mich zu sehen. Was aber nur daran lag, dass sie wollte, dass ich Jannis zu seiner neuen Klasse führte, damit sie irgendwelche dringenden Anrufe erledigen konnte.

Da traf mich die Erkenntnis wie ein Schlag: Jannis fängt auf unserer Schule an. In der 9b! In Kais Parallelklasse! Auch das noch!

Auf dem Weg zu seinem Klassenraum laberte er immer weiter, verlangte eine Suite mit Blick aufs Meer und fragte, wie der Zimmerservice hier wäre. Alte Säge, wenn es einen Preis für das Labern von Müll geben würde, Jannis hätte ihn schon dreimal gewonnen. Ich übte mich in mildem Lächeln und innerer Ruhe. Ich glaube, in der Antistress-AG werde ich ganz easy Klassenbeste!

Ich zeigte ihm seinen Klassenraum und verschwand wieder auf die Toilette, um den verseuchten Rosengüllepulli zu entsorgen, von dem immer noch ein ziemlich penetranter Geruch aus meinem Kragen quoll und der einfach viel zu warm war unter der Kapuzenjacke. Die zog ich dann einfach über mein graues Unterhemd mit Faultier Sid aus *Ice Age*.*

Ich krempelte die Ärmel hoch, damit die Jacke ein bisschen weniger schlackerte, und schaffte es pünktlich zur nächsten Stunde in die Klasse. Und ich hatte wirklich gedacht, damit hätten sich meine Probleme für diesen Tag erledigt, der von der Antistress-AG gekrönt werden sollte.

Aber was soll ich sagen? Mit mir wird es eben nie langweilig. LEIDER!!!

Oh. Abendessen. Gleich mehr.

....

* Sid ist nur noch verwaschen grün vorne drauf, ein kostbares Erbstück meines Bruders.

Mittwoch, 3. Februar, 19.04 Uhr

Echt. Ich finde, es sollte verboten werden, Schüler unter Vorspiegelung von Versprechungen in eine AG zu locken, die kein bisschen stimmen! Die Schule macht das andauernd!

Ich sag nur: Kettenreaktions-AG. Die hatte ich als Notlösung zur Tennis-AG angegeben, weil ich gedacht hatte, wir bauen da einen lustigen Dominosteine-Parcour auf, den wir johlend zum Umfallen bringen. Dass da alle nur von elektrischen Schaltkreisen und physikalischen Formeln reden würden, hat mir vorher keiner gesagt.

Und jetzt bin ich schon wieder reingefallen!

In der Antistress-AG soll man angeblich lernen, sich total zu entspannen. Kein Wort davon, wie *anstrengend* dieser Quatsch ist! Dabei muss man nämlich komplett die Klappe halten und darf keinen Mucks sagen und soll nur auf seinen Atem lauschen. Wie realitätsfern ist das denn – in der Schule? Vor allem wenn man dringende Angelegenheiten zu klären hat! Bei der Zirkus-AG musste man sich zwar zu einer Pyramide aufstellen (ich ganz oben, weil ich so klein und dünn bin), aber man konnte wenigstens mal den einen oder anderen Scherz machen. Aber bei dieser Antistress-AG ist nichts lustig, da herrscht Zucht und Ordnung und Schweigegelübde. Und kaum flüstert man nur eine Sekunde, wird die Lehrerin, Frau Haskamp, biestig. Wieso die die Antistress-AG macht, möchte ich mal wissen. Die ist ungefähr so entspannt wie eine Kakerlake im Zuckerrausch!

Jedenfalls hatte Fee ein echtes Problem, das sie mit mir besprechen musste, und da kann man als beste Freundin doch nicht einfach die Gedanken wegfliegen lassen »wie Wolken am Himmel«! Wir lagen also mit geschlossenen

Augen auf unseren Matten und sollten an nichts denken und auf einmal hat Fee neben mir geflüstert: »Oder hab ich doch zu dicke Beine?«

Von diesem idiotischen Satz bin ich immer noch völlig geschockt! Ich meine, Fee ist meine beste Freundin und ich finde alles toll, was sie macht. Aber in dem Moment musste ich erst ein bisschen prusten, weil ich gedacht hab, sie macht einen Witz, und dann musste ich mich darum kümmern, dass sie einsah, dass es nur ein Witz sein konnte!

Dass sie so was überhaupt nur für eine Sekunde gedacht hat, hängt natürlich wieder mit Paul zusammen. In der Pause davor ging das alles nämlich schon los! Wir haben in unserer Ecke gestanden und in die Gegend geguckt. Bedeutet: Wir haben zu den Jungs geguckt, zumindest meine Freundinnen. Aber ich heute auch, weil Jannis bei Severin und den Jungs aus unserer Klasse rumhing. Dieser Idiot! Ich wollte mich gerade wieder richtig schön über ihn aufregen, da hat Jule uns einen Vortrag gehalten über das Thema Bad Boys. Weil Jannis angeblich einer ist. Wegen seiner Lederjacke und seiner kaputten Hose und seiner ganzen Art.

Shirin fand auch, dass er mit seinen rasierten Haaren »echt wie ein Sträfling« aussehen würde, woraufhin Jule genickt und uns eine Spezialtheorie dazu präsentiert hat. Nämlich, dass Bad Boys in das Beuteschema von allen Mädchen fallen und dass man so einen Jungen wie Jannis einfach toll finden *muss*. Erstaunlicherweise musste außer mir keiner lachen. »Das meinst du nicht ernst«, hab ich verblüfft gefragt und Jule hat gesagt, sie meine das todernst. Bad Boys hätten unter der harten Schale einen weichen Kern, was Mädchen besonders reizen würde. »Sie wollen sein Herz erobern, indem sie seinem Geheimnis auf die Spur kommen«, sagte sie und hat ihre Theorie dann so auf den Punkt gebracht: »Bad Boys sind wie Überraschungseier, nur besser.«

Ich hab sofort protestiert: »Aber bei einem Überraschungsei ist die Schokoladenhülle das Beste! Innen drin ist doch nur Schrott-to-be.«

Shirin guckte mich verwirrt an und ich erzählte, dass ich am Wochenende einen ganzen Schuhkarton mit Minipuzzlen, Zusammenbaubaggern, Flitschekreiseln und hässlichen Figürchen entsorgt hätte. Daraufhin hat Shirin wissend genickt und wir haben noch mal zu den Jungs rübergeguckt.

Fee meinte auf einmal, dass Paul bestimmt auf Sara stehen würde, weil die viel hübscher wäre als sie. »Blödsinn«, hab ich sofort gesagt. Aber dann hat Fee sich aufgeregt wegen ihrer Haare (glatt, schwarz) und über ihre Größe (1,75 m) und ihre Schlupflider. Musste da erst mal nachfragen, weil ich »Schlumpflieder« verstanden hab. Sie hat mir dann erklärt, dass ihre Augenlider in der Augenfalte verschwinden würden, und das würde man Schlupflid nennen. Und ich so: »Ja, und?«

Und sie so: »Das ist blöd.«

Ich wieder: »Warum? Sieht super aus. Du bist total hübsch!« Aber sie hatte irgendwie beschlossen, an sich rumzumäkeln, und dann haben auch noch Jule und Shirin angefangen, Sachen von sich aufzuzählen, die ihnen nicht gefallen. Ich hab wirklich geglaubt, mich tritt ein Elch! Ich meine, was bringt das, sich über die Form seines Kinns oder seine Schuhgröße aufzuregen? Es war wie ein Spiel: Eine von ihnen hat was gesagt, was angeblich an ihr nicht schön war, und die anderen beiden haben so was entgegnet wie: »Aber dafür hab ich diese blöden Sommersprossen.«

Es war wie Schnick-Schnack-Schnuck mit Makeln (große Nase schlägt lange Ohrläppchen, unterliegt aber Doppelkinn) – nur, dass hier keiner gewinnen konnte. Ich hab mich echt auf die Antistress-AG gefreut, denn dann würde Fee sich entspannen, hatte ich gehofft. Aber kaum lagen wir da, kam sie auf die Idee mit den dicken Beinen, weswegen ich sie natürlich beruhigen musste, dass das Quatsch war. Wir waren total leise, aber die Haskamp war direkt aggro und hat uns an die jeweils entgegengesetzten Enden des Raums geschickt. Und als wäre das alles nicht schlimm genug gewesen, tauchte auch noch Jannis in der AG auf, weil die AGs jahrgangsübergreifend sind.

Er hat sich neben mich gesetzt und ich hab so getan, als ob ich voll aufmerksam der Haskamp lauschen würde, die was über verschiedene Entspannungstechniken erzählte. Da hat Jannis plötzlich mit einer kleinen Beatbox-Einlage angefangen. Pschpengzisch-babbbabbabba-pschpengzisch-unkunkbaba. Ganz leise.

Die Haskamp hat irritiert den Kopf geschüttelt. »Da läuft irgendwo ein Radio.«

Ich hab Jannis zugezischt, dass er aufhören sollte. Aber er hörte nicht auf. Ich hab mich weiter aufgeregt und eine Minute später sind wir dazu verdonnert worden, zusammen ein Referat über die Geschichte der Meditation zu halten. Danke, du Idiot! Danke für nichts! Ich bin natürlich megasauer auf ihn gewesen (bin ich immer noch), was dazu führte, dass die Haskamp uns zum Lehrerzimmer schickte, als ihr CD-Spieler gemuckt hat. Wir sollten einen neuen besorgen. Echt! Das ist die stressigste AG aller Zeiten!

Auf dem Weg wollte Jannis einen Schokoriegel aus dem Automaten ziehen. »Relax!«, hat er gesagt, als ich meinte, wir sollten uns beeilen. Er bewegte sich im Schneckentempo zum Süßigkeitenautomaten und ich latschte zum Schwarzen Brett, um mir die Zeit zu vertreiben.

Plötzlich hab ich eine harte Hand auf meiner Schulter gespürt und eine tiefe Stimme sagte: »Ey, du kleine Ratte hast meine Jacke geklaut!«

Die Pest. Ich hatte offensichtlich irgendwo ein Abonnement für die Pest und andere Katastrophen gebucht, ohne es mitbekommen zu haben!

Mittwoch, 3. Februar, 20.55 Uhr

Hab mir gerade mal eine Handvoll Studentenfutter aus der Küche geholt. Nüsse sind gut fürs Gehirn, sagt Mama immer. Und wo das mit dem Parfüm schon nicht geklappt hat, werde ich jetzt also versuchen, mit Nüssen meine Streberkarriere anzukurbeln.*

Ich mich also vor dem Schwarzen Brett umgedreht. Vor mir stand ein Riese. Ein Riese, den ich schon mal gesehen hatte. Es war Aaron von der Asiclique, die Kai bedrängt! Aus der Nähe betrachtet ist er übrigens noch Furcht einflößender. Er hat schon fast einen Bart. »Gib die Jacke her«, hat der Riese gegrollt. »Die hab ich schon ewig gesucht.«

»Die war im Schrank der Klamottenleichen. Ich hab sie mir nur geliehen«, hab ich gestammelt und todesmutig gesagt, dass er sie morgen wiederbekommen würde.

* Ich könnte dafür natürlich jetzt auch eine Runde Vokabeln lernen, aber ich muss noch schnell die Ereignisse des Tages aufschreiben. Da sieht man es mal: Zumindest im Tagebuchschreiben bin ich sehr gewissenhaft und fleißig und wurschtele mich nicht nur so durch!

»Nix da. Ausziehen. Hergeben. Sofort.«

»Das geht nicht, weil …« Ich nur das Sid-das-Faultier-Unterhemd drunter anhatte. Aber das hab ich natürlich nicht zugeben können! Ich hab überlegt, wie ich ihn zu einer Leihgabe überreden konnte, aber da hat Aaron schon seine Riesenpranke ausgestreckt, um mich zu packen.

Ich bin einen Schritt zurückgewichen, da bekam der Riese auf einmal einen Stoß und ist zur Seite getaumelt. »Ey, Arschloch, leg dich mit Leuten in deiner Gewichtsklasse an!«

Und jetzt kommt es: Der Angreifer entpuppte sich als kein anderer als Jannis! (Der allerdings auch nicht in der Gewichtsklasse des Riesen spielte, sondern einen halben Kopf kleiner ist und höchstens halb so breit.)

»Was willst du denn …?«, hat Aaron angefangen, aber seine Überheblichkeit ist in Sekundenbruchteilen zerbröselt, als ihn nämlich Jannis nach hinten gegen die Wand gestoßen, mit dem linken Unterarm seine Kehle zugedrückt und mit der rechten Faust auf seine Nase gezielt hat. Jannis ist kalkweiß im Gesicht gewesen und seine Kiefermuskulatur ist richtig hervorgetreten, so angespannt ist sie gewesen. Aaron hat nur ein Röcheln hervorgebracht.

»Aufhören!«, hab ich gerufen und dass Jannis ihn freilassen soll.

Aber Jannis hat den Riesen noch fester an die Wand gepresst und er hat so ausgesehen, als ob er gar nichts mehr mitbekommen würde!

Aaron ist langsam rot geworden. »Ist schon gut, Jannis, lass ihn«, hab ich noch einmal gerufen. »Ich geb ihm seine Jacke zurück. Jannis, hör auf!« Ich hab ihn am Arm gefasst und zurückgezerrt. Es dauerte noch ein paar Sekunden, die mir ewig lang vorgekommen sind, dann kam wieder Leben in Jannis und er hat sich von dem Riesen abgestoßen.

Der Riese hat sich an die Kehle gefasst und gehustet. »Alter, was ist denn mit dir los?«, hat er krächzend hervorgebracht.

Jannis hatte immer noch die Fäuste geballt und hat keinen Ton gesagt. Seine Augen haben so richtig geblitzt. Ich hab schon fast befürchtet, dass er sich wieder auf den Riesen stürzen würde, deswegen hab ich schnell die blöde Jacke ausgezogen und sie dem Typen zurückgegeben. Der hat sie sich geschnappt, sein Buch aufgehoben und ist abgehauen. Ich hab ihm kurz hinterhergeguckt, dann fiel mein Blick auf Jannis, der immer noch wie benommen wirkte. Erst, als er Sid auf meinem Tanktop (was angezogener klingt, als es war, denn mal ehrlich – es war nur ein Unterhemd) entdeckt hat, schüttelte er sich. Seine Kiefernmuskeln haben noch gezuckt und auch sein Blick hat irgendwie immer noch wild und unberechenbar gewirkt, aber langsam ist die Farbe in sein Gesicht zurückgekehrt.

»Alles klar?«, hab ich gefragt und er hat langsam genickt. Ein eisiger Wind ist durch den Flur gefahren und ich hab angefangen zu zittern. Wenn wir hier noch länger rumgestanden hätten, wäre ich nur mit Unterhemd als Eiszapfen geendet. Ich hab plötzlich total vor mich hin geschlottert, da hat Jannis seine Lederjacke ausgezogen und sie mir gereicht. »Hier.« Er hatte auch nur ein dünnes T-Shirt drunter.

»Nee«, hab ich abgewehrt. »Dann frierst du doch.«

Und da hat er so ganz komisch gelacht. »Das ist wirklich mein kleinstes Problem.« Er hat mir seine Jacke in die Hand gedrückt, sich umgedreht und ist weggegangen.

Auf seinem rechten Oberarm prangt übrigens eine frische

Tätowierung, die sich in Schwarz bis runter zu seinem Ellenbogen zieht.

Dienstag, 9. Februar, 21.19 Uhr

Hab fast eine Woche nichts geschrieben. War auch nichts Besonderes los. Jannis war nach seinem komischen Auftritt mit dem Riesen den Rest der Woche nicht in der Schule und ich hab Severin die Jacke zurückgegeben, weil Jannis ja bei ihnen wohnt. Meine Freundinnen haben sich nicht mehr eingekriegt, als ich ihnen von Jannis' Angriff auf Aaron erzählt hab.

»Er hat dich verteidigt!« Shirin hat dabei so richtig geseufzt. »Wie romantisch!«

»Da war nichts romantisch«, hab ich widersprochen und dass er ja offensichtlich nur einen Grund gesucht hat, sich zu prügeln. »Ihr hättet sehen müssen, wie er sich auf diesen Typen gestürzt hat. Ich dachte, er bringt ihn um.«

»Er hat dich beschützt!«, hat Jule gemeint. »Echt cool. Jungs, die Mädchen beschützen, sind echt cool.«

»Und er hat dir seine Jacke gegeben«, hat Fee gesagt. »Ach, wenn Paul mir doch auch mal seine Jacke geben würde! Wenn ein Junge dir seine Jacke gibt, dann hat das was zu bedeuten.«

»Höchstens, dass er nicht ein totaler Arsch ist, aber ansonsten hat das null Komma null was zu bedeuten. Ich meine, ich hatte nur ein Tanktop an und wäre fast zum Eiszapfen geworden! Jeder hätte da seine Jacke rausgerückt.« (Na ja, vielleicht nicht wirklich, aber es klang in dem Fall gut.)

»Du kannst dich da nicht rausreden, Miss Schrader!«, hat

Jule beharrt. »Du und Jannis, ihr beide habt eine Connection!«

Ja klar. Die Connection zum Chaos vielleicht.

Mittwoch, 10. Februar, 16.09 Uhr

Hier eine goldene Schülerregel: Wenn du kurzzeitig total beliebt sein willst, bring Süßigkeiten mit. Wollte ich heute machen und mich in der Antistress-AG einschleimen. Leider hab ich überhaupt kein Talent dazu.

Weil ich letzte Woche ein bisschen den Ablauf gestört hatte und dann eine Ewigkeit verschwunden war, wollte ich Punkte gutmachen, indem ich eine Riesentüte mit kleinen Schokoriegeln und Gummibärchentüten mitbringe.* Weil man in den Beutel, den ich mitgebracht hatte, nicht gut reingreifen kann, hab ich alles in so eine große Schüssel gekippt, die auf der Bank rumstand. Woher hätte ich wissen sollen, dass das eine heilige Klangschale ist???

Ich meine: Welcher Lehrer lässt so eine Schüssel in der Halle stehen, wenn er nicht da ist? Ist doch klar, dass Schüler damit Unfug machen! (Manchmal müssen auch Lehrer noch einiges lernen.)

PS: Jannis war übrigens auch da und total einsilbig und

* Ja, ich gebe zu, das war der Familienvorrat vom letzten Karneval, den wir (wie jedes Jahr) im Schrank vergessen und erst wiederfinden, wenn Mama die neue Beute vom Rosenmontagszug in die Kamelleschüssel füllen will. Dann sagt sie immer: »Ach, da war ja noch was vom letzten Jahr.« Und schüttet das alte Zeug (unter Beteuerung, wie leid ihr das tut) in die Tonne. Dieses Jahr bin ich ihr zuvorgekommen und hab die Reste an mich genommen für den guten Zweck!

muffelig und hat mich überhaupt nicht beachtet. Zum Glück!!!

Donnerstag, 11. Februar, 21.44 Uhr

Feuerwerk und Wunderkerzen! Etwas SUPERTOLLES ist passiert. Wir haben eine Einladung zu Mizzis 15. Geburtstag bekommen! Der ist zwar erst im März, ist aber eine große Sache, weil sie auf dem LANDSITZ ihrer Familie feiert, der irgendwo im Bergischen Land liegt, ungefähr vierzig Kilometer von Köln entfernt.

Als ich Fotos von der Villa gesehen hab, hab ich gedacht, ich bin in Hollywood! Riesenhaus. Riesenpool mit Wasserfall. Riesenpark drum herum. Das wird das Event des Jahres, das steht jetzt schon fest! Und das Allerbeste ist: Fee, Jule, Shirin und ich dürfen in einem der Gästehäuser übernachten! Fee hat ganz leuchtende Augen bekommen. Ich fürchte, sie heckt einen Plan aus, der sich um einen gewissen Paul dreht.

Freitag, 12. Februar, 14.39 Uhr

Gestatten, Ella Schrader, Wahrsagerin und Hellseherin.

Fee hat in der Tat einen Plan ausgeheckt, der sich um einen gewissen Paul dreht. Sie hat nämlich überlegt, dass sie in der Schule mit ihm nicht weiterkommt. Besonders, weil Sara andauernd an Paul dranklebt. »Deswegen müssen wir ihn öfter zufällig am Nachmittag treffen«, hat Fee verkündet.

»Wieso wir?«, hab ich zurückgefragt und sie meinte,

wenn sie alleine Paul auflauern würde, wäre das Stalking. Wenn ich mitkäme, wären wir einfach zwei Freundinnen, die was unternehmen. Klingt logisch.

»Deswegen hab ich uns für Montag beim TuS Nordsüd angemeldet. Da spielen die Jungs Basketball«, hat Fee verkündet. »Und wir treffen sie zufällig vor und nach dem Training.«

Das finde ich klasse, weil ich schon länger überlege, im Verein zu spielen und nicht nur vor unserer Garage. Vor allem, weil Sascha, mit dem ich sonst öfter eins gegen eins gespielt hab, wegen Nele keine Zeit mehr hat.

Ein bisschen gewundert hab ich mich trotzdem über Fees Vorschlag, weil sie eigentlich mit Basketball nichts anfangen kann. »Wir spielen ja auch kein Basketball«, hat Fee verkündet. »Wir tanzen.«

Das finde ich auch okay. Es ist zwar komisch, in einer riesigen hellen Sporthalle abzurocken, die so gar nicht partymäßig aussieht, aber für Fee mache ich gerne eine Ausnahme.

Freitag, 12. Februar, 10.07 Uhr

Am Sonntag ist ja Valentinstag. Und heute in der Schule haben die Abiturienten ihre Rosenaktion gemacht. Da kann man vorher bei ihnen Rosen für jemanden bestellen, die dann am Valentinstag (oder fast am Valentinstag, wenn der auf ein Wochenende fällt) von den Abiturienten an die jeweilige Person in ihrer Klasse verteilt werden. Ist natürlich eine große Sache, weil alle hoffen, eine zu bekommen (also nicht »alle« im Sinne von *ich auch,* aber meine Freundinnen hoffen es). Und dann wird natürlich genau geguckt, wer eine bekommen hat und von wem.

In unserer Klasse wurden die BBQs heute geradezu mit Rosen überschüttet. Wir sind uns aber sicher, dass sie sich die alle selbst und/oder gegenseitig gekauft haben. Fee, Jule, Shirin und ich haben uns vorher versprochen, das nicht zu machen.

Fee hat natürlich gehofft, eine von Paul zu kriegen. Hat sie aber nicht und deswegen ist sie ziemlich enttäuscht, auch wenn sie sich es nicht anmerken lassen will. Nur Jule hat eine bekommen!!! Und wir wissen überhaupt nicht, von wem die sein könnte. Jule ist natürlich megaaufgeregt deswegen und wartet nur darauf, dass sich ihr Verehrer outet.

Montag, 22. Februar, 19.05 Uhr

OMG!!! Die Welt braucht den Peinlichkeitsseismografen!!! (Und wenn nicht die Welt, dann wenigstens ICH!!!!)

Wenn ich den gehabt hätte, wäre ich heute auf gar keinen Fall mit Fee tanzen gegangen, sondern schön zu Hause geblieben und hätte Haare flechten geübt (oder mir irgendeine andere sinnlose Beschäftigung gesucht).

Am Anfang bin ich nur ein bisschen aufgeregt gewesen, weil ich gedacht habe, die anderen Leute vom Tanzkurs hätten bestimmt total coole Moves drauf und ich würde wie Hip-Hop-Horst dazwischen rumkaspern. Im Nachhinein weiß ich gar nicht mehr, warum ich so sicher gewesen bin, dass wir zu einem Streetdance-Kurs gehen würden. (Wahrscheinlich, weil ich niemals damit gerechnet hätte, dass meine beste Freundin uns zu irgendwas anderem anmeldet!) Die Katastrophe traf mich also mal wieder völlig unvorbereitet.*

Wir sind also zur Sporthalle geradelt. (Ja, die Dreifachhalle von unserer Schule. Da gibt es Trennwände, die runtergelassen werden, sodass man drei kleine Hallen nebeneinander hat.) Fee hat ganz aufgeregt gegluckst, als sie tatsächlich Paul vor dem Eingang rumstehen sah. »O mein Gott, er ist alleine«, hat sie nervös gemurmelt, während wir unsere Räder abgestellt haben. »Was sag ich nur zu ihm? Ich muss jetzt ganz cool bleiben. Vielleicht bringe ich das Gespräch auf Käselaugenstangen ... nein, besser auf Fortnite ... nein. Ella, was soll ich nur zu ihm sagen?«

Ging das schon wieder los! »Schlag ihm eine Runde Armdrücken vor.«

»Was? Nein. So was doch nicht. Ich sag einfach Hallo und dann sag ich ... was, wenn mir nichts einfällt, was ich sagen soll?«

»Dann lass ihn reden.«

»O ja, natürlich. Er kann ja auch reden.« Sie hat sich geräuspert und ihre Haare geschüttelt und weiter vor sich hin geredet, so von wegen dass es natürlich ganz zufällig und lässig wirken müsse, dass wir hier waren, und unheimlich cool. Und dass ich auch cool bleiben müsse und sie erst recht und den Rest hab ich nicht mehr verstanden, weil Fee schon losgelatscht war, während ich noch mit meinem Fahrradschloss gekämpft hab.

Fee hatte Paul fast erreicht, als sie gemerkt hat, dass sie

* Notiz an mich selbst. Möglicher Titel für meine Autobiografie: *Titanic-Momente. Ella Schrader – ein Leben voller Eisberge.*

mich abgehängt hatte. Sie hat sich umgedreht und ihr Gesicht verzogen, dass ich mich beeilen sollte, weil ich aber cool bleiben sollte, ging ich langsam zu ihnen rüber, während Fee das Gespräch mit Paul eröffnet hat. Sie hat dabei so laut gesprochen, dass ich alles mitbekommen habe, obwohl ich noch ein Stück entfernt gewesen bin. AARRGH!!! Fremdschämmodus ON!!!! (Sorry, liebste Fee!!!!)

»Bonjour Monsieur«, hat Fee ihm auf Französisch zugerufen und dabei keckernd gelacht. So viel zum Thema *Cool bleiben*. Im weiteren Verlauf des Gesprächs wechselte sie zwar ins Deutsche, hat aber mit völlig übertriebenem französischem Akzent gesprochen. Als ich sie endlich erreicht hatte, hab ich ihr einen verwirrten Blick zugeworfen und sie hat entsetzt zurückgeguckt, als ob ihr Sprachzentrum nicht mehr ihrer Kontrolle unterliegen würde, weil es von Außerirdischen gekapert worden war.

»Ella et moi«, sie zeigte auf sich, »gehön tanzön eute ier«, hat Fee verzweifelt weitergeschwafelt, »abär vielleischt können wir nach die Training zusammen noch ein heiß Chocolat trinkän gehän?« Sie hat ganz merkwürdig gegluckst, vielleicht hat das ein Lachen sein sollen.

Seltsamerweise hat Paul genickt. »Joa, das können wir vielleicht machen«, hat er gesagt und Fee damit von null auf Wolke sechseinhalb katapultiert. Mission also erstaunlicherweise erfolgreich. Hab mich voll für Fee gefreut!

Endlich hat mal alles nach Plan geklappt. In dem Moment sind die anderen Jungs der Mannschaft eingetrudelt, unter anderem Severin, der seinen idiotischen Cousin Jannis mitgebracht hat. Und gerade als ich noch gedacht hab: Hey, ausnahmsweise befinde ich mich bei einem Treffen mit ihm nicht in einer peinlichen Situation, da ist eine Mumie mit buntem Rock und rotem Fransenstirnband in der Glastür aufgetaucht, die mich durch dicke Brillengläser begeistert angestrahlt hat. »Da ist ja unsere jugendliche Verstärkung!«, hat die weißhaarige Frau uns zugerufen. »Ihr seid zum Tanzen hier, nicht wahr?«

Ich hab geschluckt und Fee verwirrt am Ärmel gezogen.

»Oui, oui, wir tanzen!«, hat Fee gerufen. Dann hat sie sich umgedreht und die bunte Mumie entdeckt, die uns mit ausgebreiteten Arme entgegenschmetterte: »Willkommen in der Tanzgruppe Savulka!«

Montag, 22. Februar, 19.58 Uhr

Musste mal kurz die Beine dehnen. Ich glaub, ich krieg Muskelkater. Anderthalb Stunden Folkloretänze vom Balkan hauen ganz schön rein!

Fee hat gesagt, sie hätte es nicht gewusst. »Da stand Tanzen. Einfach nur tanzen«, hat sie zum neunundachtzigsten Mal wiederholt, während wir völlig geschockt auf das lustige Treiben in Halle 3 starrten.

Es war ein Fiasko allererster Güte: Zu wirren Klängen von Akkordeon und Fidel sind die Mumien in ihren bunten Gewändern durch die Halle getanzt, schön in einer Reihe, dann sind sie stehen geblieben, haben mit dem Fuß aufgestampft, sich um die eigene Achse gedreht, mit roten Tüchern gewedelt und dabei geschrien, dann haben sie wieder mit dem Fuß aufgestampft und gelacht, während sie sich eingehakt haben, um menschliches Karussell zu spielen. Wie sich herausstellte, waren wir beim internationalen Folkloretanz gelandet!!

»Kommt, hakt euch unter!«, hat Mumie Nummer 1 gerufen. »Das ist ein mazedonischer Volkstanz.« Sie ist auf Fee zugesteuert und ein Mann mit einer farbenprächtig bestickten Kopfbedeckung hat mich anvisiert. Mein Fluchtreflex ist so was von aktiviert gewesen! Aber erstens war Fee nun für nach dem Training mit Paul verabredet und zweitens gab es kein Entkommen.

Schon sind wir mitgerissen worden. Der Rhythmus war unheimlich schnell, es wurde geklatscht und gestampft und geschrien und alle waren unheimlich fröhlich und sind supernett geblieben, obwohl wir dauernd über unsere Füße gestolpert sind.

Die Mumien waren erstaunlich zäh und haben uns immer wieder aufgefangen und haben uns gedreht und gedreht. Mir ist richtig schwindelig gewesen, als das Lied nach einer gefühlten Ewigkeit zu Ende war. Als ich zum Stehen gekommen war, hörte ich mich lachen und lachen. Es war so verrückt, dass es sogar Spaß machte!

Nach dem nächsten Tanz hat mir Fee total übermütig ins Ohr gerufen, dass sie Paul gleich einfach sagen würde, dass sie in ihn verliebt war. Auf dem Planeten Savulka herrschen offensichtlich andere Regeln. Hier braucht man sich keine Gedanken machen, ob man sich lächerlich machen würde, weil man sich sowieso schon lächerlich macht, und da kann man sich auch gleich noch seinem Schwarm offenbaren.

Natürlich konnten wir nicht gleich nach Verklingen der letzten Musik los, weil die Mumien erst mal wissen wollten, wie es uns gefallen hat, und Früchtepunsch haben wir auch noch bekommen. Fee hat irgendwann ganz entschlossen verkündet, dass wir losmüssten, und hat mich in das andere Hallenabteil geschleift. Pauls Mannschaft ist aber schon nicht mehr da gewesen, sondern die nächste Truppe hat sich gerade warm gemacht. Und mit dabei war der Riese! Der mit der Jacke. Aaron, der Kai mobbte. Er ist gerade mit Korblegern beschäftigt gewesen und mit Riesenschritten unter dem Korb hin- und hergelaufen und hat ein ums andere Mal den Ball im Netz versenkt.

»Los, komm«, hat Fee gesagt, weil wir ja verabredet waren, aber ich wollte noch kurz den Typen beobachten. Ich hab sie schon vorgeschickt, aber Fee hat wissen wollen, was los wäre. Sie kannte Aaron und seinen Ruf aus der Schule.

Ich hab ihr erzählt, dass er sich Kai als Opfer ausgesucht hatte, was Fee natürlich obermies fand. Sie hat sich auch total aufgeregt, drängte aber trotzdem zum Gehen. Da hat Aaron angefangen, Freiwürfe zu werfen, und ich hab auf einmal eine ziemlich gute Idee gehabt. Daher musste ich ihn und seine Würfe noch kurz studieren und als wir endlich aus der Halle raus waren, ist Paul schon weg gewesen und Fee total enttäuscht.

»Dann verabredetest du dich eben morgen noch mal mit ihm«, hab ich sie getröstet.

»Mal sehen«, hat sie gemurmelt. Die Euphorie vom Planeten Savulka war schon abgeebbt.

Dienstag, 23. Februar, 15.10 Uhr

Fee hat sich nicht getraut, Paul noch mal zu fragen. Ich hab ihr einen Clip mit mazedonischer Musik vorgespielt, aber auch das hat nichts genutzt. Sie meint, die Schulumgebung hemmt sie einfach. Ihre ganzen Hoffnungen ruhen jetzt auf Mizzis Party in drei Wochen.

Dienstag, 23. Februar, 18.21 Uhr

Hab Sascha zum Basketballspielen verdonnert. War mir egal, dass er sich dabei meistens nicht besonders anstrengt. Und erst recht egal war mir, dass er lieber mit Nele telefonieren wollte.

Ich hab gesagt, es wäre dringend und er müsste mit mir trainieren. Weil er nur Nele im Kopf hat, hat er mich erst so angeglotzt, als müsste er überlegen, wer ich bin. Aber ich hab ihn schnell daran erinnert, indem ich eine Schleudersocke vor seinem heiligen Plattenspieler rumgewirbelt und gedroht hab, sie loszulassen, wenn er nicht mitkommt.

Mittwoch, 24. Februar, 18.11 Uhr

Bevor heute die AG losgegangen ist, hab ich Jannis angesprochen wegen dem Meditationsreferat. Ich will es mal positiv formulieren: Stress macht sich der Junge wegen der Antistress-AG jedenfalls nicht.

Als ich ihn gefragt hab, wie wir die Zusammenarbeit gestalten sollen, hat er nur gegähnt und gesagt, dass es ihm egal wäre. Außerdem gäbe es doch bestimmt eine Wikipedia-Zusammenfassung, die wir benutzen könnten. Ich wollte mich gerade aufregen, weil ich nicht auch noch in so einer Dummbratzen-AG durchfallen will (meine Eltern würden vermutlich ausrasten!), da hat er seinen Pulli ausgezogen und das fand ich irgendwie ganz komisch, dass er (so dicht vor mir stehend) seinen Pulli auszieht. Für einen Moment rutschte auch sein T-Shirt hoch und ich bekam einen unfreiwilligen Blick auf seine Bauchmuskeln. Nee, also echt. Mit so was will ich nichts zu tun haben. Ich schnell zurück zu Fee, die gebannt auf Jannis' Tätowierung gestarrt hat, die unter dem Ärmel hervorgeragt hat.

Donnerstag, 25. Februar, 16.16 Uhr

Jannis' Tattoo war heute Gesprächsthema Nummer 1. Ob er überhaupt schon eine Tätowierung haben darf, hat Shirin gefragt. Jule hat sofort gesagt, dass Bad Boys völlig egal ist, was man darf und was nicht. Außerdem wäre die Bedeutung des Tattoos viel wichtiger. Darüber haben wir dann ziemlich gerätselt. Man konnte die Tätowierung wegen des Shirtärmels nicht im Ganzen sehen, nur den unteren Rand: irgendwelche schwarzen Pflanzenranken und die römischen Ziffern I XIII XV XVI, also 1 13 15 16.

Fee meinte, vielleicht seien das seine Glückszahlen. Shirin hat überlegt, ob es eine Geheimschrift sein könnte. Sie hätte mit ihren Schwestern früher auch einen Zahlencode entwickelt, um sich verschlüsselte Botschaften zu schreiben, die ihre Eltern nicht verstehen. »Ja!«, hat Jule begeistert gerufen, »das ist bestimmt ein geheimer Plan.

Wie bei *Prison Break!* Er hat sich einen Plan eintätowieren lassen.«

»Einen Plan für was?«, hab ich gefragt. »Wie er aus der Schule ausbrechen kann?«

Shirin und Fee haben gelacht und Jule guckte ein bisschen eingeschnappt. »Die Zahlen haben was zu bedeuten«, beharrte sie mit vorgeschobener Unterlippe.

»Ich wette, es ist die Kombination für sein Fahrradschloss«, hab ich eingeworfen, woraufhin Jule die Augen verdreht hat.

»Kann doch sein«, hab ich hinzugefügt. »Vielleicht vergisst er sie andauernd.«

»Wie auch immer«, hat Jule gesagt und verkündet, dass diejenige gewinnt, die Jannis' Tattoo zuerst ganz zu Gesicht bekommt und die Bedeutung erfährt.

»Und was gewinnt sie?«, hat Fee gefragt und Jule hat mal wieder voll aufgedreht und mit dramatischer Stimme geschwafelt: »Erkenntnis. Zugang zu seiner Seele. Und den göttlichen Schauder der Schönheit, denn sein Oberarm sieht nackt bestimmt unglaublich cool aus.«

Sie hat sehnsuchtsvoll rüber zu den Jungs geguckt und auch Fee und Shirin schienen offenbar darüber nachzudenken, wie Jannis wohl ohne T-Shirt aussieht. Pfff! Da stelle ich mir lieber eine Kuh beim Schlittschuhlaufen vor.

Sonntag, 28. Februar, 17.31 Uhr

Heute waren wir bei Oma Kikeriki (der Mama von Mama, die Hühner im Garten hält) zum Geburtstag. Leider waren da auch mein Onkel Ralf und Tante Nadja mit den Zwillingen Helga und Hannelore. Sie sind beide elf Jahre alt und tragen Faltenröcke und können stundenlang am Tisch sitzen, ohne mit der Gabel Streifen auf den Teller zu malen, Erbsenhockey zu spielen oder an ihren Handys zu daddeln. Sie versuchen nicht mal, unter dem Tisch mit den Schuhen eine Schneise in die Teppichfransen zu scharren. Kai und ich haben schon öfter überlegt, ob die beiden vielleicht Cyborgs sind, bei denen man vergessen hat, die Spaßelektroden einzubauen. Tante Nadja verhindert jedes Mal mit einer billigen Ausrede, dass wir zusammen spielen, und sagt so was wie: »Deckt erst mal ab, Heha!« (Sie spricht ihre Kinder gerne in Kombination an. Sehr effizient, die Frau. Befehle für zwei zusammengefasst in einem!)

Für mich hat sie auch eine Spezialanrede. Sie nennt mich immer noch Flausenkopf. Nur weil ich mich im Alter von sechs Jahren mal bei Oma Kikeriki auf der Toilette eingeschlossen habe und den Schlüssel nicht mehr drehen konnte. Weswegen ich aus dem Fenster geklettert war. Und weil ich dann zu den Hühnern gegangen war, hatte ich vergessen, den Erwachsenen Bescheid zu geben. Als sie die verschlossene Klotür vorfanden und ich nicht geantwortet hab, hat mein Papa in einem Anfall von Sorge die Tür aufgetreten. Na ja. Tante Nadja meint seitdem, ich würde nur für Chaos sorgen. Und auch wenn sie recht hat, geht sie das ja wohl mal gar nichts an!

Als wir eben nach Hause gekommen sind, schien es mir,

als hätte sich Mama irgendwie anstecken lassen von den braven Outfits meiner Cousinen. Sie hat mich jedenfalls gefragt, ob ich nicht auch mal ein Kleid haben wollte, und vorgeschlagen, dass wir ja zusammen shoppen gehen könnten. Ich so: Nee, danke. Da ist sie ein bisschen enttäuscht gewesen und hat mit der Einladung zu Mizzis Party angefangen und das wäre ja eine große Sache und da könnte ich mich schon mal schick machen und sie würde mir auch ein schönes Partykleid kaufen. Ich hab mich noch mal bedankt und gesagt, dass das nett von ihr wäre, aber in einem Kleid würde ich mich nicht so wohlfühlen. »Damit kann man auch schlecht klettern«, hab ich argumentiert, woraufhin Mama die Augenbrauen hochgezogen und gesagt hat, auf einer Party zum fünfzehnten Geburtstag würde man ja wohl kaum auf Bäume klettern.

»Kann man nie wissen«, hab ich geantwortet, »ein Mädchen muss immer für alles gewappnet sein.« Da hat sie gelacht und gesagt, okay, aber wenn ich es mir anders überlegen würde, sollte ich einfach Bescheid sagen.

Dienstag, 9. März, 17.52 Uhr

Man merkt, mein Tagebuch wird immer voller – und meine Einträge seltener. Hab viel Basketball trainiert. Fee ist immer noch verliebt, traut sich aber nicht, deswegen was zu unternehmen, und schmachtet Paul nur aus der Entfernung an.

Die Käselaugenstangenphase ist etwas abgeebbt, dafür lässt sie jetzt ihre Schnürsenkel offen, weil Paul das auch so macht. Kai hat öfter Magenschmerzen, wenn er in die Schule gehen muss. Sogar sein Musteraktiendepot, das er sich aus Spaß zugelegt hat, um (mit virtuellem Geld) an der Börse zu spekulieren, macht ihm keinen Spaß mehr. Mama weiß nicht, was los ist, und macht sich Sorgen und will mit ihm zum Arzt. Er will ihnen immer noch nichts sagen, dieses sture Affenhirn. Es wird Zeit, dass ich eingreife.

Morgen Referat über die Geschichte der Meditation. Damit hab ich mir echt Mühe gegeben und von *verschiedenen* Internetseiten Textpassagen zusammengetragen. Jetzt muss ich das morgen nur cool rüberbringen, dann passt es. Was Jannis dabei macht, ist mir wurscht. Ommmmm!

Mittwoch, 10. März, 16.23 Uhr

Es ist mir doch nicht wurscht gewesen. Weil Jannis so eine Art Panflötenbeat produziert hat, jedes Mal, wenn ich angefangen hab zu reden. Immer wenn ich abgebrochen hab, hat er auch aufgehört und mich ganz unschuldig angeguckt. Das hat mich total aus dem Konzept gebracht und ich hab ziemlichen Unsinn gestammelt. Die Haskamp hat genervt das Gesicht verzogen und die anderen haben gelacht. Als Jannis dran war, hat er ganz lässig irgendeinen Unsinn geredet, ungefähr eine Minute nur, aber ihm haben alle aufmerksam gelauscht. Ich hasse diesen Blödmann.

Freitag, 12. März, 7.23 Uhr

Kai will nicht zur Schule. Mama sagt, entweder er geht oder sie fahren zum Arzt. Ich weiß, warum er nicht will. Freitags steht Gummizelle auf dem Programm. Aber ich werde das verhindern und etwas dagegen unternehmen. Und zwar heute! Unseren Basketball nehme ich mit. Ich hab einen Plan. Keine Ahnung, ob er funktioniert.

Freitag, 12. März, 13.14 Uhr

Die gute Nachricht ist: Der Plan hat funktioniert. Die schlechte: leider nur am Anfang. Am Schluss ist alles in die Hose gegangen. Und zum ersten Mal seit einer Ewigkeit ist mir das Lachen vergangen. Denn der Eisberg hat mich mal wieder total erwischt und ich werde untergehen und verschwinden (für eine ganze Weile).

Leider kein Witz. Ich hätte den Schulverweis vermutlich heute schon kassiert. Aber weil Frau Sandorff auf irgendeiner Fortbildung war, ist meine Verurteilung auf Montag verschoben worden. Mama und Papa wissen noch nichts davon. Überhaupt weiß noch keiner davon. Außer Hausmeister Komarow. Sein Gesicht, als er mich entdeckt hat, wie ich in dem Basketballkorb steckte! Unbezahlbar!

Ich meine, eines muss man ihm lassen: Als Hausmeister ist er auf Zack. Hat seine Hebebühne geholt (eine Arbeitsplattform, die man ein paar Meter nach oben ausfahren kann), unter den Basketballkorb gerollt und das Ding hochgefahren, sodass ich von unten rausgedrückt wurde. Dabei hat er das Gesicht verzogen, als müsste er eine Campingtoilette leeren.

Kaum hatte er mich auf den Boden befördert, hat er mich zum Büro der Direktorin geschleift. Aber die war, wie gesagt, nicht da.

»Dann am Montag«, hat er zu mir gesagt und mich mit finsterem Blick durchbohrt. Ich hab genickt und mich bei ihm bedankt für seine gute Arbeit. Er hat nur geschnaubt und ist weg und ich bin direkt nach Hause. Oh, es klopft.

Freitag, 12. März, 13.43 Uhr

Das war Kai! Er war total gut drauf. Weil Aaron und seine fiesen Kumpels ihn in Ruhe gelassen haben! »Sie haben nichts gemacht, als ich an ihnen vorbei bin«, hat er immer wieder ungläubig wiederholt. »Dieser Noel ist sogar zu mir gekommen und hat mir gesagt, dass ich ab sofort safe wäre.« Er war so erleichtert, dass er meinem riesigen Plüschtiger, der am Fußende von meinem Bett liegt, ein paar Kopfnüsse verpasst hat.

Ich hab gelächelt und gesagt: »Das freut mich, Kai, echt. Endlich!«

Da hat er auf einmal misstrauisch die Augen zusammengekniffen: »Hast du irgendwas damit zu tun?«

»Nein«, hab ich schnell behauptet. »Wahrscheinlich haben sie einfach eingesehen, dass sie gemeine Arschlöcher sind, wenn sie sich weiter an dir vergreifen.«

Er hat langsam genickt und gemurmelt: »Ja. Wahrscheinlich.« Er hat noch einen Moment unschlüssig rumgestanden, dann ist er strahlend aus dem Zimmer, um mit Birkan eine Runde zu zocken. Wenigstens haben sich die Jungs an die Abmachung gehalten! Da hat sich die Sache also doch gelohnt. Was sind schon ein paar Tage Schulverweis dagegen?

Freitag, 12. März, 14.11 Uhr

Schluck. Eben mal gegoogelt. Ich hab gedacht, beim Schulverweis darf man ein paar Tage nicht in die Schule kommen. Aber im Internet steht, dass ein Schulverweis auch bedeuten kann, dass man von der Schule geschmissen wird!!!

Freitag, 12. März, 14.55 Uhr

Eben beim Mittagessen. Mama: »Wie war es in der Schule?«

Ich: »Gut.«

»Irgendwas Besonderes?«

Ich hab ein Basketballbattle gegen einen Riesen gewonnen und Kai gerettet und am Montag werde ich aus der Schule geschmissen.

»Nö.«

Sie hat kurz alarmiert geguckt, vermutlich, weil ich so ungewöhnlich einsilbig war, aber da hat Kai zum Glück angefangen zu plappern und noch einen Nachschlag verlangt und ich hab Mama angesehen, wie froh sie darüber war. Das, was heute passiert ist, werde ich nur in mein Tagebuch schreiben und danach niemals wieder ein Wort darüber verlieren.

Es war so:

Ich hatte rausgefunden, dass die 9 c am Freitag in der letzten Stunde Sport hat und dass die Turnhalle danach nicht belegt ist, weil der Vereinssport erst am Nachmittag losgeht.

Fee hab ich gesagt, dass ich die letzte Stunde (Erdkunde) schwänzen würde, weil ich was erledigen müsste wegen der Sache mit Kai. Sie wollte erst mitkommen, aber dann ist sie auf der Treppe über ihre bescheuerten offenen Schnürsenkel gestolpert und hat sich das Knie aufgeschlagen, weswegen sie zum Sanitätsdienst musste. Jule und Shirin sind mit ihr gegangen, um sie danach wieder in den Unterricht zu begleiten. Das ist mir auch mehr als recht gewesen. Es gibt Missionen, denen muss man sich alleine stellen.

Ich also in die Turnhalle und im Gang gewartet, bis die 9 c aufgetaucht ist. Ich hab alle an mir vorbeigelassen, bis Aaron aus der Halle gekommen ist. Ich hab mich ihm in den Weg gestellt und ihn zu einem eins gegen eins aufgefordert. Er hat sich erst umgeguckt (vielleicht hat er befürchtet, dass Jannis sich wieder auf ihn stürzen würde) und als er keinen anderen Gegner ausgemacht hatte als mich, hat er total gelacht. (Er ist ungefähr zwei Köpfe größer als ich.)

Seine Jungs haben sich um ihn rumgeschart, Noel war auch dabei. »Schrader, was willst du denn?«

Und da hab ich ganz ruhig gesagt: »Ich will, dass ihr meinen Bruder in Ruhe lasst.«

»Wer ist denn dein Bruder?«, hat Noel wissen wollen und ich hab es ihm gesagt und er so, voll erstaunt: »Du bist die Schwester von dem Lauch?«

»Er ist kein Lauch. Also, wollen wir jetzt alle unsere Stammbäume vergleichen oder sollen wir spielen?« Ich hab Aaron den Ball in den Bauch gedrückt und er hat die Herausforderung angenommen. Wer zuerst fünf Körbe wirft, ist der Sieger. Wenn ich gewinne, würden sie meinen Bruder in Ruhe lassen. Das war der Deal. Weil ich kleiner und jünger war, durfte ich als Erste angreifen.

Aaron ist zwar riesig, aber auch langsam. Ich hab es immer wieder geschafft, unter seinen Armen hindurchzutauchen. Bis er sich gedreht hatte, hatte ich Zeit, zum Korb zu ziehen oder zu werfen. Das war Glück, aber vielleicht auch die Konzentration, weil für mich so viel auf dem Spiel stand. Er ist langsam sauer geworden und hat mich dann gefoult, weswegen Noel mir einen Freiwurf zuerkannt hat, den ich versenkt hab.

Ich hatte gewonnen! Aber da ist Aaron erst so richtig sauer geworden und hat auf einmal eine Zusatz-Challenge ausgerufen: einen Slam-Dunk, wo man den Ball von oben in den Korb stopft.

»Wenn du das schaffst, hast du gewonnen!«, hat er gesagt und hämisch gegrinst.

»Ich hab eh schon gewonnen«, hab ich geantwortet.

Aaron hat mit den Schultern gezuckt und gesagt, das wären die Regeln und wenn ich einen Slam-Dunk mache, würde er meinen Bruder für alle Zeiten in Ruhe lassen.

Seine Asijungs haben dazu genickt, selbst Noel schien von der Idee überzeugt. Ich hab überlegt. Wie sollte ich den Ball durch den Korb stopfen mit 1,66 m? Da hatte ich eine Idee. Ich hab vorgeschlagen, dass ich mich selbst dunken könnte. Da haben diese Blödmänner natürlich doof geguckt, aber ich hab ihnen erklärt, dass ich selbst durch den Basketballkorb rutschen würde. Sie haben sich angesehen und gelacht und waren begeistert.

»Ich brauche nur jemanden, der mir hochhilft«, hab ich gesagt. Ich bin auf die Schulter von einem der Jungs geklettert (Zirkus-AG hat sich also doch noch gelohnt), hab den Ring zu fassen bekommen und mich auf den Korb hochgehangelt. Dann hab ich mich nach oben gestemmt, die Füße ins Netz gesteckt und mich auf den Ring gesetzt. Der ist mir auf einmal schon ein bisschen klein vorgekommen, aber ich meine, mir passen noch die Unterhosen aus der Grundschulzeit, da werde ich doch durch so einen Korb flutschen können!

Bevor ich mich reingleiten ließ, hab ich gesagt: »Ihr lasst ihn in Ruhe, versprochen?«

Noel hat genickt. »Aber so was von.«

Ich hab mich ins Netz gleiten lassen. Tja. Und dann ~~hab ich mir selbst einen Korb gegeben, wurde daraus ein Korbreinleger, eine total verkorbste Sache~~ … da sieht man es mal: Die Wortspiele, die mir dazu einfallen, sind nicht mal im Ansatz bescheuert genug für die Tatsache, dass ich auf einmal **STECKEN GEBLIEBEN BIN!**

Die Jungs haben erst gelacht und sind dann abgehauen. Und ich kann wirklich sagen: Das war ein Wendepunkt in meinem Leben. Wenn man in einer leeren Sporthalle drei Meter über dem Boden schwebt, sieht die Welt auf einmal ganz anders aus. Zum ersten Mal dachte ich, meine Eltern haben recht: Es macht doch Sinn, vorher über die Konsequenzen nachzudenken, bevor man sich mal wieder in eine ausweglose Situation manövriert.

Ich habe gerade überlegt, wie ich da rauskommen könnte (mein Handy hat leider in meiner Jacke auf dem Boden gelegen), da kam auf einmal der Komarow rein. Erst hat er mich nicht gesehen und fuhrwerkte irgendwas im Geräteraum rum. Aber dann hat er den Kopf gedreht und mich angeglotzt. Ich hab die Hand gehoben und gewunken.

Freitag, 12. März, 17.12 Uhr

Morgen ist die Party von Mizzi. Deswegen werde ich meinen Eltern auch erst am Sonntag von dem Schulverweis erzählen. Meine letzten Tage in Freiheit will ich noch genießen. Mit meinen Freundinnen!

Das Tagebuch ist fast voll. Und damit Kai niemals erfährt, dass ich ihn (und mich gleich mit) blamiert hab, verstecke ich es in meinem Geheimversteck.* Da kommt niemand drauf: Es befindet sich nämlich im Bauch von meinem Plüschtiger, dessen Bauchnaht ich mal bei einem spannenden Film (den ich eigentlich nicht gucken durfte) aufgepiddelt hab. Damals ist da einiges an Kunststoffwatte rausgequollen und ich hab gemerkt, dass der Tigerbauch ein Superversteck für alles Mögliche ist. So. Und da das Tagebuch eh fast voll ist, beende ich es. Ich will nicht sagen, dass Kai recht hatte. Aber irgendwie ist es doch ein **Book of bad ideas** geworden.

Na ja. Das nächste. Das nächste wird besser.

* Als er mal sauer auf mich war, hat er nämlich schon mal in meinem Tagebuch geschnüffelt. Ich sag ja: Affenhirn!!!

totally	völlig, total
nonsense	Unsinn, dummes Zeug
dramatic	dramatisch
(to) disagree (with)	anderer Meinung sein (als), nicht zustimmen

Samstag, 13. März, 13.09 Uhr

Hab gerade gemerkt, dass mir das Tagebuchschreiben doch irgendwie fehlt. Besonders, wo heute so ein aufregender Tag ist! Deswegen hab ich mir ein altes Vokabelheft genommen, in dem ich nur die erste Seite beschrieben hatte. Ich hab gedacht, ich hätte es verloren. Hab es aber eben beim Aufräumen unter einer uralten *Wendy*-Zeitschrift gefunden.*

Die *Wendy* hat mir Tante Nadja mal geschenkt, weil sie dachte, alle Mädchen mögen Pferde. Was auch stimmt! Ich mag Pferde sehr gerne. Sie sind lustig. Insbesondere, nachdem ich die Zeitschrift durchhatte. Hab allen Pferden Schnäuzer und Brillen und Hüte gemalt und Sprechblasen mit Kommentaren wie: *Hoffentlich merkt keiner, dass ich ein Esel bin.* Als ich die eben durchgeblättert hab, musste ich ein bisschen grinsen. Na also. Ich hab doch nicht immer nur schlechte Ideen!

* Kann in meiner derzeitigen Situation nur nützlich sein, wenn ich so brav wie möglich bin und freiwillig Ordnung schaffe, obwohl mich niemand dazu aufgefordert hat.

Samstag, 13. März, 14.43 Uhr

Mama kam gerade rein und hat nicht schlecht gestaunt, dass mein Zimmer so ordentlich aussieht. In ein paar Minuten werde ich abgeholt! Shirins Mama fährt uns hin!

Samstag, 13. März, 16.23 Uhr

Wir sind in unserem Gästehaus! Shirin, Jule, Fee und ich. Wir kommen vor Staunen nicht mehr raus. Das ist wirklich alles total Hollywood hier! Und das Wetter passt dazu! Heute ist es supersonnig, weswegen die Villa besonders strahlend und beeindruckend wirkt vor dem blauen Himmel. Aber vermutlich hätte die Villa uns auch im Nebel beeindruckt – mit ihren Säulen und dem Riesenbrunnen davor.

Als wir geklingelt haben, haben wir echt damit gerechnet, dass uns ein Butler aufmacht. Es war aber doch nur Mizzi. An ihr klebte ihr Freund Alberto, der Junge von ihren Fotos. Beide hatten Reitklamotten an und der Geruch nach Pferd umwehte sie. »Ihr seid zu früh«, hat Mizzi zur Begrüßung gesagt, während Alberto seinen Arm um ihre Taille gelegt hat.

»Mylady«, habe ich gesagt und einen Knicks gemacht. Fee hat gekichert, Jule durch die Zähne gepfiffen und Shirin gebannt ins Innere des Hauses geguckt, wo übrigens alles aus Marmor ist.

»Ihr seid im Duras-Haus. Die Party beginnt um 17 Uhr!«, hat Mizzi gesagt. Noch bevor ich fragen konnte, was das *Düra-Haus* sein soll (so wird das nämlich ausgesprochen), hat sie uns die Tür vor der Nase zugeworfen, während Alberto angefangen hat, an ihrem Hals zu knabbern, und sie spitz aufgekreischt hat.

Jule hat uns dann aufgeklärt, dass Marguerite Duras eine französische Autorin war (was die seltsame Aussprache erklärt) und das Haus also vermutlich nach ihr benannt worden ist. Seltsame Sache, einem Haus einen Namen zu geben!

Wir sind eine Weile durch den Park gewandert, vorbei an dem gigantischen Pool, bis wir das Haus gefunden hatten. Es ist ein mit blauen Blumen umranktes Steinhäuschen mit Sprossenfenstern. So schön! Wie im Film, echt! Neben dem Eingang ist in den Stein der Name **Marguerite Duras** eingraviert. Jule ist ehrfurchtsvoll mit dem Finger die silberne Schrift entlanggefahren. »Sie hat gesagt, ein Buch zu lesen, wäre wie das Erforschen eines Universums. Was für eine kluge Frau!« Jule hat noch einmal bewundernd geseufzt, dann ist sie uns hineingefolgt.

Innen drin ist das Haus noch schöner als von außen. Es hat zwei Zimmer mit Deckenventilatoren, Zimmerpalmen und Holzbildern von Elefanten. Und Himmelbetten! Fee und meins hat gedrechselte Pfosten und lila Vorhänge. Fee ist sofort mit Anlauf daraufgesprungen. »Das ist ja wohl das romantischste Bett aller Zeiten!«, hat sie gerufen und lachend die Arme ausgestreckt. Ich wollte erst einen Witz darüber machen, dass meine Anwesenheit in dem Bett das sofort ändern würde, da habe ich auf der Wand ein Zitat entdeckt. Es steht da in silberner Schrift und stammt von Marguerite Duras (was jetzt nicht so überraschend ist, wo wir in einem Haus mit ihrem Namen sind): **Very early in my life it was too late.**

Da hab ich ein bisschen geschluckt, weil ich daran denken musste, was wohl am Montag passiert. Aber das hab ich schnell wieder abgeschüttelt. Trübsal kann ich nächste Woche noch genug blasen. Wir sind hier an diesem unglaublichen Ort und heute Abend gibt es eine richtige Party und da werde ich mich amüsieren!

Samstag, 13. März, 16.53 Uhr

Meine Freundinnen rennen durchs Haus wie Paviane auf der Jagd nach der goldenen Banane. Haare, Make-up, Schuhe. Jule hat eben schon mit mir geschimpft, weil ich kein Kleid trage. »Ella«, hat sie gesagt, »du musst dem Universum schon ein Signal schicken, dass du bereit bist für die Liebe. Sonst wird das nichts.«

»Und mit so einem Kleid schicke ich dieses Signal?«, hab ich gefragt und auf Jules pink-grünen Fummel gedeutet (der übrigens bei jeder anderen bescheuert ausgesehen hätte, aber nicht bei Jule!). Jule hat ganz ernsthaft genickt. »Natürlich.«

Shirin trägt weiß (knielang), Fee schwarz-rot-kariert (Minirock und dazu schwarze Schnürstiefel! Gefällt mir super – sie hofft natürlich, Paul auch!) und ich Jeans, Chucks und ein dunkelgraues *Back to the Future*-Shirt.

Meine Botschaft an das Universum: Keine Liebe und auch sonst keinen Stress, bitte. Hatte genug Aufregung die letzten Tage.

Samstag, 13. März, 17.22 Uhr

AAAAARRRRGHHH! Ich sag ja, ich hab irgendwann ein Abo auf die Pest und andere Katastrophen abgeschlossen, ohne es zu merken! Kaum hat die Party angefangen, **will mich auch noch einer küssen!!!** Genauer gesagt, ausgerechnet Noel! Er ist ja Mizzis Bruder und deswegen auch hier. Uuäärgh! (So viel zum Thema Botschaft an das Universum!)

Musste mich gerade mal aufs Klo verziehen, bis die Luft wieder rein ist. Wobei der Begriff »Klo« es nicht ganz trifft. Die Gästetoilette ist ungefähr so groß wie unser Wohnzimmer. Es gibt mehrere Kabinen mit WCs und einen großen Vorraum mit Spiegeln und schicken Waschbecken und Blumen und Buddhaskulpturen. Da glimmt auch ein Räucherstäbchen, das nach Vanille duftet. Ist ganz angenehm und beruhigend! Sogar ein Sessel steht hier drin! Darauf lümmele ich gerade mal ein bisschen rum, bis Noel hoffentlich ein anderes Opfer für seine Knutschattacken findet. Vielleicht spielen sie ja gleich Flaschendrehen oder so und dann ist er beschäftigt. (Bei Mizzis Partyplanung würde mich jedenfalls gar nichts mehr wundern, denn sie ist mit dran schuld, dass Noel mich küssen möchte.)

Mizzi hat sich nämlich als Partygag Kindergeburtstagsspiele gewünscht. Das wäre ja noch ganz lustig gewesen, wenn sie Apfeltauchen und Eierlaufen gewählt und sich auch ansonsten an harmlose Spielregeln gehalten hätte. Aber nein!

Als Erstes war Luftballontanzen dran. Um die Paare zu wählen, sollten die Mädchen eine rote Karte und die Jungs eine schwarze ziehen und wer die gleichen Symbole auf der Karte hatte, war ein Paar. Meine Freundinnen sind gleich total aufgeregt gewesen und haben miteinander wie wild getuschelt. Fee hatte total Glück: Sie wurde Paul zugelost und grinste, als hätte sie den Lottojackpot geknackt.

Bevor sie zu ihm gegangen ist, hat sie mir noch zugeflüstert, dass sie es ihm heute sagen würde. Da hab ich natürlich viel Glück gewünscht! Die Jungs aus unserer Klasse haben ihre Karten verglichen und am Ende war Tarik mit Jule zusammen und Luke mit Shirin. In dem Moment sind auch Severin und Jannis aufgetaucht (mit dem Motorroller! Haben dicke Stiefel an und Motorradhelme unter dem Arm und ihre Haare waren komplett verstrubbelt!) und ich dachte erst mit Schrecken, dass ich vielleicht mit Jannis zusammengelost werde. Und gerade als ich beschlossen hatte, erst gar nicht mitzumachen, hat Noel plötzlich mit zwei Karten gewedelt und gerufen, dass er für mich gezogen hätte und wir ein Team wären. Schock!

Mizzi, die mit einem langen silbernen Kleid und Blumenkranz im Haar fast aussieht wie eine Frühlingsgöttin, hat in den ganzen Trubel hineingerufen, dass man sein Team nur verlassen könne, indem man sich mit einem Kuss befreit.

Noel hat mich angegrinst. »So, Schrader, wir beide also«, hat er gesagt. Woraufhin ich geantwortet habe: »Nee. Wir beide also nicht. Ich will nicht tanzen.«

Da hat er mich am Arm gepackt und gemeint, dann müsste ich ihn küssen.

»Geh weg, Alter«, hab ich gesagt. »Ich küss dich auf gar keinen Fall.« Aber da hat er sich ganz nah zu mir gebeugt und leise gesagt, dass ich ihm einen Kuss schulden würde. Erstens wären das die Spielregeln und zweitens, weil er Aaron von meinem Bruder abgebracht hätte.

»Quatsch«, hab ich erwidert, »das habe ich in einem fairen Kampf gewonnen!«

Aber Noel hat nur den Kopf geschüttelt und mit total herablassender Stimme gesagt: »Meinst du wirklich, nur weil Aaron gegen ein Mädchen verliert, würde er sich den Spaß verderben lassen?« Er schüttelte den Kopf. »Nee, das hast du mir zu verdanken.« Noel ist noch etwas näher mit seinem Gesicht gekommen und hat gedroht: »Wenn du mich nicht küsst, dann sag ich Kai, dass er ein totaler Lauch ist, weil er sich von seiner kleinen Schwester retten lässt.«

»Das wirst du nicht tun!«, hab ich gerufen und mich mit aller Kraft von ihm losgerissen. Er hat gelacht und gesagt: »Dann wirst du mich wohl küssen müssen.«

Tja, da hab ich erst mal die Biege gemacht und sitze hier jetzt auf dem Klo fest.

Samstag, 13. März, 17.49 Uhr

Fee ist mich suchen gekommen. Sie war ganz aufgeregt und meinte, es wäre so toll gewesen, mit Paul zu tanzen. Aber gesagt hat sie es ihm immer noch nicht. »Das mache ich gleich, wenn die Party richtig in Gang gekommen ist«, hat sie versprochen und gemeint, dass sie das aber vielleicht gar nicht zu tun braucht. »Denn ich glaub, er findet mich auch toll. Ich habe jedenfalls ein sehr gutes Gefühl.« Sie ist richtig quietschvergnügt gewesen eben.

Als ich ihr erzählt hab, warum ich abgehauen bin, fand sie Noel auch voll mies. Aber sie meinte, ich könnte mich nicht ewig hier verstecken. Er würde sicher irgendwann schon damit klarkommen, dass ich ihn nicht küssen will. (Ich hab Fee nichts von Noels Drohung gesagt, mich bei Kai zu verraten. Sie weiß noch gar nichts von der Aktion gestern, weil sie total traurig wäre, wenn sie wüsste, dass ich von der Schule fliege. Das würde ihr und Jule und Shirin die ganze Party verderben. Deswegen werde ich es ihnen erst morgen erzählen.)

Ich hab Fee gesagt, dass ich gleich kommen würde, und sie ist wieder abgezischt, weil sie hofft, auch das nächste Spiel mit Paul zusammenzumachen. Und jetzt hab ich mir Folgendes überlegt: Wenn Noel es Kai erzählt, wäre das zwar blöd und Kai wäre traurig und würde sich selbst fertigmachen, weil er sich selbst nicht wehren konnte. Aber ich weiß auch genau, dass mein Bruder niemals wollen würde, dass ich so eine Arschnase gegen meinen Willen küsse. Also: Wenn Noel seine Drohung wahr macht, dann ist es eben so. Auf gar keinen Fall küsse ich ihn. Punkt. Und jetzt gehe ich wieder zurück. Diese Kindergeburtstagsspiele sind vermutlich eh schon vorbei.

Samstag, 13. März, 18.55 Uhr

O Mann! **WIE VIELE EISBERGE LAUERN DENN NOCH AUF MEINEM WEG??**

Bin in unserem Gästehaus. Fee liegt auf dem Bett und schluchzt das Satinkissen voll. Es wird nix mit Paul. Er hat Sara geküsst!!! Die beiden haben richtig geknutscht eben und Fee musste es mit ansehen!

»Warum hab ich ihm bloß nie was gesagt?«, jammert sie die ganze Zeit. »Ich bin sicher, dass ich eine Chance gehabt hätte, aber die hab ich vermasselt. Und jetzt ist es vorbei! Jetzt ist er mit Sara zusammen!«

Ich hab ihr schon hundertmal gut zugeredet, dass Paul eh

nicht der Richtige für sie sei, wenn er sich in so jemanden wie Sara verliebt. Aber das hilft ihr nicht wirklich. Sie weint seit einer Viertelstunde (und ist jetzt grad im Bad verschwunden, um ihr Gesicht zu waschen, deswegen kann ich kurz aufschreiben). Sie tut mir so leid! Echt, ich sag's ja: Mit Verlieben ist absolut nicht zu spaßen!

Überhaupt herrscht auf dieser Party mal wieder totaler Katastrophenalarm! Als ich von meiner kleinen Auszeit aus dem Gäste-WC-Spa zur Party in den Garten zurückkam, hatte ich ja gehofft, die blöden Paarspiele wären vorbei. Aber nein! Als Nächstes stand Dreibeinlauf auf dem Programm, ein selten doofes Spiel. Zuerst habe ich noch gedacht, dass ich Glück gehabt hätte, weil alle Paare schon eingeteilt waren. Es war nur noch Jannis übrig, der aber offensichtlich nicht vorhatte mitzumachen. Perfekt!

Ich wollte mich gerade unter einen Baum hocken, da hat Mizzi mich erspäht und bestimmt, dass ich mit Jannis ein Team wäre. Ich bin aber nicht besorgt gewesen, weil ich sicher war, dass er sich drücken würde. Aber erstaunlicherweise hat er genickt und da ich nicht schon wieder eine Show abziehen und mich wie so eine Spaßbremse ausklinken wollte, habe ich zugelassen, dass unsere Beine zusammengebunden wurden. Kaum waren wir verschnürt, zog er seine Lederjacke aus, wobei er mir aus Versehen seine Hand gegen den Kopf knallte. »Sorry«, hat er gesagt und gegrinst.

»Hättest du das nicht vorher machen können?«, hab ich ihn angepflaumt, während mir der Geruch der Lederjacke in die Nase gestiegen ist.

»Nö«, hat er gemeint und die Jacke unter einen Baum geworfen.

Paul und Sara sind gerade Richtung Wendepunkt geeiert und ihre Konkurrenten (zwei, die ich nicht kenne) haben weit vorne gelegen. Aber Sara und Paul haben die ganze Zeit gelacht und schienen sich köstlich zu amüsieren. Fees Gesicht ist wie versteinert gewesen. Schließlich waren Jannis und ich dran, gegen Noel und Romy. Noel hat finster zu uns rübergestarrt und in meinem Kopf hat es nur einen Gedanken gegeben: *Ich mach dich alle, du Pfosten.*

Zu Jannis habe ich gesagt: »Wir gewinnen das Ding, verstanden?«

Er so: »Welches Ding?«

»Dieses Rennen natürlich.« Ich hab versucht, ihm einen strafenden Blick zuzuwerfen, aber er ist mir so nah gewesen, dass ich nur auf seinen Hals gucken konnte.

»*Dieses* Rennen oder das nächste?«, hat er zurückgefragt. War das zu fassen? Dieser Typ hatte anscheinend die Mission, mich auf die höchste Palme zu bringen! Aber ich bin ganz ruhig geblieben und hab ihm ein bisschen Dreibeinlaufnachhilfe gegeben und referiert, wie wichtig es sei, dass wir einen gemeinsamen Rhythmus finden, weil ... In dem Moment ist Jannis losgerannt, weil der Startschuss gefallen war, und wir wären beinahe schon einen Meter hinter der Startlinie auf die Fresse gefallen. »Du solltest schon mitlaufen«, hat Jannis mich angeranzt.

»Ach was, da wär ich nicht drauf gekommen!«, hab ich zurückgegeben und dann haben wir es tatsächlich für einige Meter geschafft, in einen Rhythmus zu kommen. Natürlich nur, weil ich kommandierte: Eins, zwei, eins, zwei. Vor der Wende dann das verhängnisvolle Missverständnis. Ich wollte rechts rum, er links um die Stange und wir zogen auseinander, wollten dann beide in die Richtung des anderen, wobei wir uns komplett verheddert haben. Im Reflex hab ich mich an Jannis' Arm festgeklammert, aber wir knallten trotzdem auf den Boden. Erst als wir dalagen, hab ich gemerkt, dass meine Hand auf seinem Tattoo lag. Ich hab seinen angespannten Muskel gespürt und die Haut darüber hat sich weich und warm angefühlt. Und er hat nach Lederjacke gerochen, obwohl er sie gar nicht anhatte.

Schnell hab ich die Hand weggezogen und dabei die Tätowierung im Ganzen gesehen: Es ist ein grinsender Totenkopf mit Zylinder, in dessen Krempe Spielkarten stecken. Er wird von schwarzen Rosen umrahmt und darüber steht der Schriftzug: La vida es una tombola und unter dem Totenkopf die Zahlen 1 13 15 16.

Ich hab fragend den Blick gehoben und er hat mich auch angeschaut und in seiner dunkelbrauen Iris hat sich der Himmel gespiegelt, was irgendwie seltsam war.

»Wollt ihr da noch länger rumliegen?«, hat Noel genervt gerufen, der mit Romy längst am Ziel angekommen war. Jannis und ich haben uns hochgerappelt und sind ins Ziel gehumpelt. Ich hatte gerade den Knoten von dem Seil gelöst und uns wieder getrennt, da habe ich Fee weinend Richtung Gästehaus laufen sehen. Auch das noch! »Bis gleich«, hab ich zu Jannis gesagt und er hat kaum merklich genickt und sich dann abgewandt.

Samstag, 13. März, 19.42 Uhr

Fee hat sich langsam wieder beruhigt. Sie gehört zu den beneidenswerten Menschen, denen man einen Heulanfall schon nach ein paar Spritzern Wasser ins Gesicht nicht mehr ansieht. Bei mir dagegen sieht es noch Stunden danach so aus, als wäre ich mit dem Gesicht in einer Feuerqualle gelandet!

Ich hab ihr weiter gut zugeredet, dass Paul es nicht wert wäre und dass sie ihn samt seiner offenen Schnürsenkel und Käselaugenstangen vergessen soll.

»Das mache ich auch«, hat Fee gesagt. »Ich werde ihn vergessen, wie noch nie jemand vergessen wurde, und die Käselaugenstangen gleich mit.«

»Genau!«, hab ich sie angefeuert. »Irgendwann lernst du jemand anders kennen. Einen, der weniger bescheuert ist. Vielleicht sogar einen, der richtig nett ist. Und am liebsten Schokocroissants isst.«

»Schokocroissants wären super!« Fee nickte zufrieden und war schon wieder viel besser drauf. Sie hat mir befohlen, zurück zur Party zu gehen, damit nicht alle denken, wir wären verschwunden. Sie will noch ihr Make-up auffrischen und nachkommen. Also gehe ich jetzt zurück. Eben ist das Büfett aufgebaut worden. Samt Einhorneisskulptur! (Ich hoffe sehr, dass es ab jetzt der einzige Eisberg des Abends bleibt.)

Samstag, 13. März, 20.16 Uhr

Hahahahahaha. Hysterisches Lachen! Hatte ich wirklich geglaubt, irgendwas würde mal glattlaufen? Friedlich und ohne große Aufregung? Hatte ich wirklich gedacht, die einzige weitere Herausforderung des Abends würde darin bestehen, eine gigantische Menge Windbeuteltorte und Mangocreme und Erdbeertiramisu zu futtern, ohne dass mir schlecht wird?

Hatte ich in der Tat. Dabei müsste ich mich doch inzwischen besser kennen!

Wobei es mal wieder keine Absicht war, dass alles schiefgelaufen ist. Es war ein totales Versehen, dass ich entdeckt habe, dass Mizzi ihren Freund Alberto betrügt. Ich frage mich echt: Was ist mit dieser Familie los? Haben die ein Knutsch-Gen zu viel?

Die Party hatte sich inzwischen aus dem Garten auf zwei gigantische Terrassen verlagert, zwischen denen der Pool schimmerte. An die eine Terrasse schloss sich der Wintergarten und die Villa an. Dort gab es auch einen Billardtisch und eine Cocktailbar. Auf der Terrasse an der Gartenseite gab es eine große überdachte Outdoorküche, wo in der Nähe auch das Büfett aufgebaut war. Ein Stück weiter lag noch unter Palmen und anderem schicken Grünzeug ein Poolhaus. Ich sag ja: voll Hollywood!

Kaum war ich wieder bei der Party angekommen und wollte mich aufs Büfett stürzen, da habe ich auf der anderen Seite des Pools Noel gesehen, der mich ebenfalls entdeckt hatte und sofort die Verfolgung aufnahm. Nicht das schon wieder! Ich mich umgedreht und durch einen Pfad von der Terrasse Richtung Poolhaus gelaufen. Nach ein paar Metern war ziemlich viel Gestrüpp links und rechts, was mir Deckung geben würde. (Hoffte ich!) Ich würde ums Poolhaus rumlaufen und auf der Terrasse auf der anderen Seite des Pools wieder rauskommen. Dort waren die Jungs am Billardtisch und Jule und Shirin. Bei ihnen wäre ich in Sicherheit – so mein Plan. Der Weg um das Poolhaus war länger, als ich erwartet hatte. Auf einmal hab ich Schritte hinter mir gehört und gedacht, Noel wäre dicht hinter mir. Ich schneller gerannt und als ich eine Tür gesehen hab, bin ich im Reflex kurz ins Poolhaus rein, um mich zu verstecken. Tja. Und im Poolhaus ist Mizzi gewesen, eng umschlungen mit einem rothaarigen Kerl, der eben mit einem Sportwagen vorgefahren war. Upps. Sie waren ganz vertieft in ihre Knutscherei, sodass ich erst gehofft hatte, sie hätten mich nicht bemerkt. Ich wollte schnell wieder raus, aber da hat Mizzi mich doch gesehen. Sie ist nicht besonders erfreut gewesen, um das mal vornehm zu formulieren.

»Lasst euch nicht stören. Tolle Party, Mizzi«, hab ich gesagt und mich verdrückt und bin den Weg weitergerannt bis zu der Terrasse neben dem Pool. Hab mich hektisch umgeguckt, ob Noel mir noch auf den Fersen ist. Und als ich gebannt Richtung Poolhaus spähte, stand Alberto auf einmal mit düsterem Blick vor mir und hat mich gefragt, ob ich Mizzi gesehen hätte. Er hat das richtig geknurrt, als ob er schon was ahnen würde.

Und ich hab mich irgendwie erschrocken, weil er so plötzlich aufgetaucht war und ich von der Flucht vor Noel abgelenkt. Und da hab ich einen Fehler gemacht. »Ja. Dahinten …«, ist mir rausgerutscht und ich hab auch noch Richtung Poolhaus gedeutet. Eine ziemliche Vollpfostenaktion, wie mir sofort bewusst wurde. Schnell hab ich versucht, ihn abzulenken. »Ich meine, dahinten am Büfett, da war Mizzi eben mit ihren Freundinnen.«

Aber Alberto ist da schon richtig aufgebracht abgedampft. Mist. Und als ich mir auf den Schreck eine Limo holen und zu Jule und Shirin wollte, packte mich Noel auf einmal am Arm und fing schon wieder damit an, dass ich ihm einen Kuss schulden würde. Wirklich. Die McLennons und ihre Knutschbesessenheit!

»Vergiss es«, hab ich gesagt und wollte hinzufügen, dass er dahin gehen soll, wo der Pfeffer wächst (was ziemlich gewagt gewesen wäre, weil er ja hier wohnt). Aber da hat sich auf einmal Jannis eingemischt, der mit Severin Billard spielte. »Lass sie in Ruhe«, hat er zu Noel gesagt und davon war ich mindestens so überrascht wie Noel.

»Was willst du denn?«, hat Noel ihn genervt gefragt.

»Ich will, dass du sie in Ruhe lässt.«

»Was geht dich das an?«

Jannis hat nicht geantwortet, sondern Noel nur angestarrt. Seine Fäuste spannten sich um den Billardstab, sein Gesicht war weiß, sein Kiefer angespannt. Ich hatte diesen Ausdruck schon mal gesehen: als er sich auf den Riesen gestürzt hatte. Hoffentlich gab es keine Schlägerei, hab ich noch gedacht, aber anscheinend merkte Noel, dass mit Jannis nicht zu spaßen war, und hat mich losgelassen.

»Ey, Alter, reg dich ab«, hat er gespielt heiter gesagt. »Wir machen einen Deal. Du kannst mit mir um den Kuss von Ella spielen.« Er hat auf den Billardtisch gedeutet und verkündet: »Wenn du gewinnst, gehört er dir. Wenn ich gewinne, bekomme ich meinen Kuss.«

»Moment mal!«, hab ich gerufen und wollte protestieren,

dass ich da ja wohl auch noch ein Wörtchen mitzureden hätte, aber niemand hat auf mich geachtet. Jannis hat nur genickt und geknurrt: »Einverstanden.«

Jule und Shirin hatten alles mitbekommen und fanden es megaaufregend. »Wie romantisch!« und »Er ist dein Ritter!« und so einen Unfug haben sie gelabert und ich hab nur gesagt: »Die spinnen doch beide. Die können nicht einfach bestimmen, dass ich bei so was mitmache. Ich meine, da mache ich nicht mit!«

»Also willst du keinen von beiden küssen?«, hat Jule mit großen Augen gefragt und ich hab gesagt: »Natürlich nicht!«

Das Spiel ging los. Beide Jungs haben lässig mit den Queues* hantiert, als wären sie auf einem Billardtisch aufgewachsen. Und ich? Ich wusste überhaupt nicht, was ich machen soll. Ich bin auf einmal richtig durcheinander gewesen und erst mal wieder aufs Klo, um mich von dem Vanilleduft beruhigen zu lassen und zu überlegen. Ich meine, kann diese Party noch verrückter werden?

Samstag, 13. März, 20.55 Uhr

Sie kann. Natürlich kann die Party noch verrückter werden!**

Bin klatschnass, weil Mizzi mich in den Pool gestoßen hat.

----

* So heißen die Stäbe, mit denen man Billard spielt. Man spricht es »Kö« aus. Warum schreibt man das dann nicht auch so? Echt ein ziemlich beknackter Angebername.

** Schließlich bin ja ich dabei! Gestatten, Ella Schrader, staatlich geprüfter Master of Disaster, Königin der Katastrophen und zuverlässige Produzentin von schlechten Ideen. Ich sollte mir Visitenkarten drucken lassen, damit auch jeder weiß, worauf er sich einlässt!

Mir ist kalt und ich zittere, deswegen hier nur kurz das Wichtigste:

Ich bin vom Gäste-WC zurück auf die Terrasse, weil meine Neugier zu groß war, und hab gerade noch mitbekommen, dass Jannis das Spiel gewonnen hat. Fee war mittlerweile auch wieder da und hat nicht schlecht gestaunt, was abging. Noel hat wutentbrannt seinen Queue auf den Boden geworfen und mit gehässigem Ton gesagt: »Okay. Dann hol dir deinen Gewinn.«

Jannis hat in meine Richtung geguckt und mein Mund war auf einmal vor Aufregung ganz trocken. Irgendein Horst (namens Luke) fing an zu schreien: »Kuss! Kuss!«

In dem Moment trat Mizzi aus der großen Schiebetür der Villa und kam in ihrem schimmernden silbernen Kleid auf mich zu. Alberto ist an ihrer Hand hinterhergedackelt. Anscheinend waren sie noch zusammen und ich hatte doch keinen Zoff zwischen ihnen ausgelöst. Erleichterung!* Mizzi hat auch gar nicht wütend ausgesehen, im Gegenteil. Sie hat gelächelt. Um ihr zu zeigen, dass mir ihre Fremdknutscherei völlig schnuppe ist, hab ich zurückgelächelt. Deswegen war ich auch total überrascht, als sie die Hand nach vorne streckte und mich quasi aus dem Nichts in den Pool gestoßen hat.

Ich hab das Gleichgewicht verloren, bin zurückgetaumelt und da unter mir auf einmal kein Boden mehr war, klatschte ich rückwärts in den Pool. Bevor ich unterging, hab ich noch gehört, wie Mizzi so getan hat, als wäre das keine persönliche Rache gewesen, sondern ein Riesenspaß. »Pool-

* Ich meine, was die beiden machen und mit wem sie alles knutschen, ist mir ziemlich egal. Ich will nur nicht in so was mit reingezogen werden!

party!«, rief sie, weswegen noch mehr Leute in den Pool jumpten, obwohl es noch viel zu kalt war zum Schwimmen.

Als ich wieder an der Oberfläche war, hab ich nach Luft gejapst, bin an den Rand des Beckens zur Leiter geschwommen und rausgeklettert. Das Wasser ist so richtig in Strömen an mir heruntergeronnen und ich hab mir übers Gesicht gewischt. Jannis hat zu mir rübergeguckt und ich meinte zu ihm: »Tja, da ist der Wetteinsatz wohl ins Wasser gefallen.«

»Kuss, Kuss!«, hat Luke wieder losgeschrien und die anderen Jungs, Paul, Roman, Tarik und Severin, haben die Sache gespannt verfolgt und ich war total verwirrt und klatschnass und in dem Moment ist Fee vorgetreten und hat verkündet: »Ich springe für Ella ein. Die beste Freundin darf immer einspringen, wenn es um Wetteinsätze geht.«

Sie ist zu Jannis gegangen und hat ihn geküsst und er hat sie zurückgeküsst und alle haben losgejohlt, bis auf Paul, der blöd geglotzt hat.

Ein Windstoß fuhr über die Terrasse und mir ist in meinen nassen Klamotten eiskalt geworden. Noel hat Romy, die sich gerade an ihn ranschmeißen wollte, zur Seite geschoben und schleimig gerufen, dann würde er den Trostpreis nehmen. Er ist schon wieder auf mich zugekommen und wollte mich packen und, ohne nachzudenken, habe ich ausgeholt und ihm eine schallende Ohrfeige gegeben.

Und dann bin ich losgerannt. Hab mich durch die Menge gedrängt, an den anderen vorbei, unter den Lichterketten und Heizstrahlern hindurch, über den Rasen und zu unserem Gästehaus.

Bin aber noch nicht rein, weil ich drinnen nicht alles klatschnass machen will. Stehe hier und schaue Richtung Villa. Der Pool leuchtet wie eine türkisfarbene Lagune.

Überall Lichterketten und fröhliche Menschen. Und ich …? Ich bin hier und ich zittere. Vor Kälte, aber auch weil ich so aufgewühlt bin. Deswegen muss ich schnell alles aufschreiben. Vielleicht beruhigt mich das. Fee hat Jannis geküsst. Sie hat mich einfach nur retten wollen, ich weiß, aber irgendwie fühlt sich das nicht richtig an. Was soll ich jetzt tun?

Zur Party kann ich nicht zurück. Ich hab bei der Gastgeberin und ihrem Bruder ein für alle Mal verkackt. Fee hat Jannis geküsst. Es ist alles so ein Riesendurcheinander und wo ich das hier gerade aufschreibe, fängt auf einmal mein Herz an zu rasen, es bummert immer schneller und obwohl mir kalt ist, bricht mir der Schweiß aus.

Ich habe gerade mein Handy aus der Hosentasche gezogen, was für ein Glück, dass es wasserdicht ist, das Display zeigt 21.07 Uhr. Ich hab das Gefühl, ich breche gleich zusammen, und vielleicht sollte ich Fee anrufen, damit sie bei mir ist, falls ich hier zusammenklappe. Aber sie ist vielleicht auch noch mit Knutschen beschäftigt.

Puh, mir ist auf einmal schwindelig geworden, *ich bin grad fast umgekippt, das Handy ist mir aus den Fingern gerutscht und ich muss mich an der Hauswand abstützen. Plötzlich wird es heller um mich herum, das ist total irre: Am Horizont geht die Sonne wieder auf, in rasender Geschwindigkeit steigt sie den Himmel hoch, das Licht wird gleißend und ein eisiger Windstoß fährt mir in den Nacken und dann*

~~Samstag, 13. März, 21.08 Uhr~~

Mittwoch, 13. Januar, 12.35 Uhr?????

O MEIN … ICH …

ALTE SÄGE, WAS IST HIER GERADE PASSIERT????!!!

Mittwoch, 13. Januar, 12.37 Uhr?????!!!?????

Bin total geschockt. Gelähmt. Fassungslos. Wie einmal, als ich elf war und mir beide Bremsen vom Rad gerissen sind, während ich einen Berg runtergesaust bin. Am Ende des Schotterweges ist eine scharfe Linkskurve gewesen und auf die bin ich zugerast. Die Kurve kam näher und näher, dahinter Bäume und Steine und anderes Naturzeug, mit dem man ungern zusammenknallen möchte. Ich bin immer schneller geworden, der Lenker vibrierte unter meinen Händen und ich war kurz davor, die Kontrolle über das Rad zu verlieren, und wusste, dass mein Leben gleich ein tragisches Ende nehmen würde. Für die Ewigkeit von ungefähr zehn Sekunden war ich sicher, dass ich an einem Felsen zerschellen würde. Und gleichzeitig hab ich mir ganz fest gewünscht, einfach aufzuwachen, und dass alles nur ein Albtraum war.

Genauso fühle ich mich im Moment. Weiß gar nicht, wo ich anfangen soll. Muss schnell mal ein paar Notizen machen, um meine Gedanken zu sortieren.

1. Ich war eben noch im Garten der McLennons irgendwo im Bergischen Land. Dann ist mir schwarz vor Augen geworden und jetzt bin ich auf dem Alexanderplatz in

Berlin. Kein Zweifel. Auf dem Eingang zur U-Bahn-Station steht es weiß auf blau: Alexanderplatz.

2. Ich trage meinen Camouflage-Parka und die rote Bommelmütze und habe meinen Rucksack dabei. Es ist saukalt.

3. In dem Rucksack ist mein Tagebuch. Das mit dem Regenbogenglitzereinband, das mein Bruder mir zum Geburtstag geschenkt hat und das ich gestern, am Freitag, den 12. März (ich weiß noch genau, es war am Tag vor Mizzis Party), vollgeschrieben im Bauch meines Tigers versteckt hab!
Aber hier und jetzt ist es fast noch leer und der letzte Eintrag stammt von Mittwoch, 13. Januar, 12.09 Uhr!!! Es ist der Eintrag, den ich auf der Klassenfahrt in der Umkleide vom Kaufhaus am Alexanderplatz geschrieben hab.

4. Mein Handy zeigt mir an, dass heute angeblich der 13. Januar ist. All die Bilder von der Partyvorbereitung, alle Nachrichten, die meine Freundinnen und ich uns in den letzten Wochen geschickt hatten – weg! Habe eben ungefähr tausend Mal nachgesehen: Meine letzte WhatsApp ging um 12.34 Uhr an Fee: **Es ist halb eins! Wir kommen zu spät zur Gedenkstätte! Wo bist du?**

5. Für einen Traum fühlt sich alles äußerst real an. Der Wind fegt eisig über den Platz, in meinem Gesicht spüre ich Nieselregen. Um mich herum jede Menge echte Menschen. Ein dicker Mann in schwarzer Steppjacke streift dicht an mir vorbei und schreit in einer fremden Sprache in sein Handy. Eine junge Frau mit bunter Mütze schiebt ein Rad, auf dem hinten ein Kind sitzt. Von links kommt ein Obdachloser in einem zerschlissenen Mantel, der mit

einem zerbeulten Pappbecher die Passanten anbettelt. Schräg hinter ihm rennt ein Mädchen mit roter Jeansjacke und kariertem Rock Richtung Bahnhof. Ein Junge mit brauner Jacke und Pudelmütze fährt auf seinem Roller vorbei. Fast stößt er mit einem heranbrausenden Fahrradboten zusammen, der einen leuchtend orangenen Rucksack auf dem Rücken trägt. Es ist alles so echt. Und gleichzeitig so unwirklich!

6. WTF!!!
7. Was hab ich jetzt schon wieder angestellt? Überlege fieberhaft, was passiert sein könnte. Aber auch mit meinem grenzenlosen Talent für Chaos und meiner (für eine Dreizehnjährige beeindruckenden) Katastrophenbiografie kann ich für diese Situation überhaupt keine Erklärung finden! Hoffe, dass es nur eine Halluzination ist.

Mittwoch, 13. Januar, 12.40 Uhr

Halluzination hält an.

Mittwoch, 13. Januar, 12.42 Uhr

Vielleicht ist das ein ganz perfider Partytrick von Mizzi. Eine virtuelle Realität, in die sie mich reinkatapultiert hat zur Erheiterung der Gäste. Vielleicht beobachten mich gerade alle über eine versteckte Kamera und essen Hähnchenspieße und Käsecracker und lachen sich kaputt, wie ich vor Angst schlottere.

»Es ist saukalt!«, habe ich gerade mal sicherheitshalber in

den eisigen Wind geschrien. »Nur deswegen hab ich Gänsehaut, ihr Vollpfosten an den Monitoren!« Die Oma im Pelzmantel, die mir alarmierte Blicke zugeworfen hat, habe ich mit den Worten beruhigt, dass ich nicht sie gemeint habe. Sie hat ihren Pudel trotzdem schnell an mir vorbeigezogen.

Auch wenn ich mir fast sicher bin, dass sich gleich alles als harmlos entpuppen wird, kriecht mir langsam, aber sicher das Grauen den Nacken hoch.

Mittwoch, 13. Januar, 12.44 Uhr

Hab gerade festgestellt, dass meine Unterhose mit Pflastern an meinem Bauch festgeklebt ist. Man munkelt, diese Situation hatte ich schon mal. Macht die Sache nicht besser. Im Gegenteil!!!!

Mittwoch, 13. Januar, 12.46 Uhr

Ich höre ein Martinshorn. Ein Polizeiwagen braust heran, dann Rettungswagen. **Ich glaub, mich boxt ein Känguru!** Ich meine, das ist ja **wie damals auf der Klassenfahrt!**

Mittwoch, 13. Januar, 12.47 Uhr

Und wenn es nicht *wie* auf der Klassenfahrt ist? Sondern einfach **exakt die Klassenfahrt?!**

Mittwoch, 13. Januar, 12.50 Uhr

Auch wenn Mizzis Eltern steinreich sind, weil sie irgend so ein faltbares Picknickgeschirr erfunden haben, bezweifele ich, dass Mizzi das hier als Partygag inszeniert haben könnte. Sie kann sich meinetwegen gleichzeitig links und rechts die Nägel lackieren, aber hier so eine unglaublich echte Show abzuziehen – niemals! Ich kenne auch sonst keinen, der technisch so was zustande bekommen würde. Wie auch? Ich meine: Ich habe, abgesehen davon, ja noch nicht mal eine VR-Brille an (hab's gerade gecheckt!), die mir eine so echte Umgebung vorgaukeln könnte.

Damit bleiben zwei logische Schlussfolgerungen:

1. Ich bin endgültig verrückt geworden.
2. Ich bin durch Zeit und Raum gesprungen.
3. Oder beides.

Da ich mich weigere, mich für verrückt zu erklären, bleibt nur der Zeitsprung als Erklärung.

Mittwoch, 13. Januar, 12.54 Uhr

Rätselfrage: Du stellst fest, dass du in der Zeit zurückgereist bist. Was tust du?

Äääähhhm. Ich nehme Antwort d.

Mittwoch, 13. Januar, 12.55 Uhr

Hysterischer Lachanfall! Kicher, prust, japs!

Mittwoch, 13. Januar, 12.57 Uhr

Als ich vor zwei Jahren mit dem Rad den Berg runtergerast bin und sicher war, dass ich mir beim Zusammenprall mit dem Felsbrocken alle Knochen brechen würde, hab ich im letzten Moment etwas weiter rechts eine Lücke zwischen zwei Bäumen entdeckt. Ich hab den Lenker so festgeklammert, dass ich noch Tage danach Muskelkater in den Unterarmen hatte, bin über die kleine Böschung am Wegrand gesprungen, über Steine und Erdhaufen geholpert, während ich die Lücke angesteuert habe. Ich hoffte einfach, dass ich da haarscharf durchpassen würde. Hab mich unter Zweigen durchgeduckt und tierisch Glück gehabt, denn ich bin gefühlt drei Millimeter an den Bäumen vorbeigeratscht. Kniehohes Laub und diverses kleines Grünzeug haben mich gebremst und meinen Sturz abgefangen. Bis auf ein paar Schrammen und die Pusteln im Gesicht von einer kleinen Brennnesselkolonie war mir nichts passiert.

So. Und in dieser Situation muss ich auch einfach nur die Lücke finden.

Mittwoch, 13. Januar, 13.01 Uhr

Genieverdächtige Hirnaktivitäten! Komme mir vor, als könnte ich gleichzeitig einen Vanille-Himbeer-Bananen-Milchshake kreieren, diverse Matheaufgaben lösen und mit drei Tellern jonglieren. Habe die Antwort auf meine **Rätselfrage** gefunden!

Wenn du feststellst, dass du in der Zeit gereist bist, überlegst du natürlich als Erstes, wie du wieder zurückkommst. Ich hab zwar von Zeitreisen keine Ahnung, aber immerhin weiß ich, dass man dabei meistens durch irgendwelche Portale springen muss. Die tun sich auf, wenn man etwas Bestimmtes berührt oder sich irgendwo hinstellt. Einen verwunschenen Felsen. Ein magisches Baumhaus. Ein animiertes Hologramm. So was gibt es auf dem Alexanderplatz natürlich nicht.

Aber dort gibt es ... tatatataaa ... die Weltzeituhr!

Passender geht es wohl nicht! Ich meine: Sie ist eine UHR. Sie ist rund und aus Metall und hat einen Durchmesser von mehr als fünf Metern. Rundherum sind die Namen von Städten der ganzen Welt eingraviert. Obendrüber rotiert ein Modell des Sonnensystems. Voll mystisch! Die Weltzeituhr steht auf einer hohen, etwa anderthalb Meter dicken Säule, die mitten in das Bodenmosaik einer Windrose gebaut worden ist. *Wenn* es ein geeignetes Portal für Zeitreisen gibt, *dann ja wohl das.* Was bin ich auf Zack! Hab den Fall gelöst.

Mittwoch, 13. Januar, 13.37 Uhr

Hab den Fall doch nicht gelöst. Sitze jetzt in der Bahn nach Hohenschönhausen, deswegen ist meine Schrift hier etwas wackelig. Nach meinem vergeblichen (und ja, ich gebe es zu: durchaus peinlichen) Versuch, durch das Weltzeituhrportal zurück zu Mizzis Party zu reisen, hab ich beschlossen, dass es im Moment keine bessere Lösung gibt, als einfach dem Plan vom 13. Januar zu folgen, wenn doch heute offensichtlich (schon wieder) der 13. Januar ist.

Erst hab ich gedacht, das mit dem Portal wäre ein Kinderspiel.

Ich habe das Mosaik mit der Windrose betreten und schon in diesem Moment erwartet, dass irgendwas passieren würde. Dass mir schwindelig würde und das Licht sich änderte und ich wieder zurücksausen würde zu Mizzis Party. (Ich hätte sogar liebend gerne Noel noch mal eine geknallt, nur um eindeutig zu wissen, dass ich wieder in meinem normalen Leben wäre!) Es ist aber nichts passiert.

Ich hab mit der Hand gegen die Säule getippt, ohne Erfolg. Aber ich bin so fest davon überzeugt gewesen, dass das doch einfach gehen musste! Es musste, es musste, ES MUSSTE! Ich hab die Arme um die Säule gelegt und sie ganz fest umarmt. »Bring mich zurück!«, hab ich gefleht und dabei die Wange an den kalten Beton gepresst. »Bitte!«

Nichts tat sich. Und mir ist klar geworden: Die Weltzeituhr ist kein Portal. Und ich bin offenbar doch kein Genie, trotz meines hyperaktiven Gehirns.

Da hab ich eine Stimme hinter mir gehört: »Alles okay mit dir?«

Ich hab die Säule losgelassen und vor mir stand eine wild geschminkte Frau mit erdbeerfarbenem Lippenstift. Es war … Denise!! Die BH-Verkäuferin! Sie hat mich neugierig angeglotzt und dabei Churros mit Schokoladensoße aus einer Papiertüte gegessen. »Das sah eben irgendwiiiiiieee …« Sie hat die Stirn gerunzelt und gefragt: »Brauchst du vielleicht Hilfe?«

Und da ist mir der nächste Geistesblitz gekommen: Mein aufgewühltes Gehirn schlussfolgerte nämlich, dass Denise meine Kontaktperson sein musste, die mir gleich erklären würde, was hier eigentlich los war. Weil es das doch immer in solchen mysteriösen Geschichten gibt, in denen die Heldin auf einmal eine besondere Fähigkeit entwickelt. Irgendeine Randfigur taucht auf und wird auf einmal megawichtig, weil sie über alles Bescheid weiß und die arme, in Not geratene Hauptfigur über ihr besonderes Talent aufklärt und sie unterrichtet. Vielleicht war Denise mein Yoda, die mich die Macht lehren würde, schoss es mir (genieverdächtig!) durch den Kopf.

Ich habe Denise bedeutungsschwer angeguckt und genickt. »Ja, ich brauche Hilfe«, sagte ich. »Ich muss zurück.«

Sie hat in eine der fettigen Teigstangen gebissen. »Wohin?«

»Auf die Party. Bei Mizzi McLennon.«

»Hm. Keine Ahnung. Ist die berühmt?«, hat sie immer noch etwas unverbindlich zurückgegeben, woraufhin ich ihr deutlich und mit Augenklimpern zu verstehen gegeben habe, dass ich dahin ZURÜCKmuss, weil ich EBEN NOCH DORT GEWESEN bin.

»Dann geh doch zurück«, hat sie mir, immer noch kauend, geraten, woraufhin ich ihr geantwortet habe, dass ich das nicht könne.

Sie nur: »Warum nicht?«

»Weil die nicht HIER ist«, habe ich gesagt und sie eindringlich angeblickt. »Und nicht JETZT. Eben WANN ANDERS.« Mehr Hinweise würde sie ja wohl nicht brauchen, hab ich gedacht und fand, dass sie sich jetzt mal langsam als meine Verbündete zu erkennen geben könnte.

»Hm«, hat Denise nachdenklich gesagt. »Klingt wie 'n Problem.« Schokosoße ist auf ihr Kinn getropft, während sie mich weiter ratlos gemustert hat. »Ich würde an deiner Stelle einfach Mittag essen. Die Churros sind bombe!« Und damit ist sie davonspaziert.

Ich hab kurz überlegt, ob ich ihr hinterherlaufen sollte. Sie war zwar irgendwie bekloppt, aber immerhin die einzige Person, die ich hier kannte.

Da hat mein Handy geklingelt und ich habe gebannt aufs Display gestarrt, weil ich fast damit gerechnet habe, einen Anruf von Big Brother oder so zu bekommen, der mir jetzt offenbarte, dass alles nur ein Spaß war (oder dass mich jetzt die Männer in den weißen Kitteln abholen würden).

Aber es war Fee. Zitternd nahm ich den Anruf entgegen. »Endlich!«, hat sie gerufen. »Wo bleibst du denn?« Sie hat sich komplett normal angehört.

»Ich ... ähm ... hab hier gewartet? An der Weltzeituhr?«

»Sorry, dass ich schon gefahren bin. Paul und ich

haben uns so gut unterhalten. Wahnsinn, oder? Ich hab mich ganz normal mit ihm unterhalten, so als wäre ich ein normaler Mensch, hihihi! Ich wollte mich eigentlich früher melden, hatte dann aber Funkloch.«

In meinem Kopf hat es gerattert. Sie tat so, als wäre alles bestens. Dabei war mein Leben gerade komplett umgekrempelt worden. »Ja … ähm …« Ich wusste nicht weiter.

»Alles klar bei dir?«, hat Fee am anderen Ende der Leitung gestutzt, während ich mich geräuspert hab und beschloss, sie einfach zu fragen: »Du hast eben Jannis … ich meine, ist Jannis auch da?«

»Wer? Was redest du? Was für ein Jannis? Oh … scheiße. Beeil dich, Ella. Die Führung geht gleich los. Und der Potthoff guckt schon ganz griesgrämig.«

Ratlos hab ich mein Handy eingesteckt. SIE KANNTE Jannis nicht. Aber wenn heute wirklich der 13. Januar war, dann war das richtig so, denn auf der Klassenfahrt hab ich ihn schließlich auch noch nicht gekannt. Aus einem mir unerfindlichen Grund war ich erleichtert, dass Fee nicht wusste, wer Jannis war. Was nämlich auch bedeutete, dass sie ihn nicht geküsst hatte. Aber das war nur eines der vielen seltsamen Gefühle und Gedanken, die mir durch den Kopf schwirrten.

Ich hab noch eine Weile in totaler Verwirrung an der Weltzeituhr herumgestanden und gefroren. Schließlich hab ich tief durchgeatmet und bin meine Optionen durchgegangen: Ich könnte stehen bleiben und hoffen, dass sich die Weltzeituhr doch noch als Portal für Zeitreisen herausstellen würde. Ich könnte Churros essen (bei dem Anblick war mir das Wasser im Mund zusammengelaufen). Oder ich könnte nach Hohenschönhausen fahren, wo Fee war.

Und wenn du eine beste Freundin hast, dann ist klar, was du machst.

Mittwoch, 13. Januar, 14.57 Uhr

Hab meine Einzelhaft angetreten. Dieses Mal wusste ich ja, was kommen würde, und hab mich gleich freiwillig gemeldet. Lendenschurz hab ich auch schon gebastelt. Es ist so bizarr, dass sich wirklich alles wiederholt. Der Potthoff hat vorhin wie damals hinter dem Zaun auf mich gewartet und mich erwartungsgemäß angemotzt, weil ich zu spät gekommen war.

Ich hatte eigentlich nicht vorgehabt, ihm einen blöden Spruch reinzudrücken. Aber vermutlich bin ich gerade in einer Art Adrenalinrausch!* Auf jeden Fall herrschte er mich an, wo ich gewesen wäre, und ich hab, ohne viel nachzudenken, geantwortet: »Auf einer Party im März.«

Er hat mich mürrisch angeglotzt und dabei seine hässliche Katzenkrawatte gestreichelt. »Sie belieben zu scherzen, Ella. In einer Situation, in der Heiterkeit kaum angebracht ist. Aber es ist Ihre Entscheidung, ob Sie Ihre Zeit zum Lernen nutzen oder sie mit Albernheiten verschwenden.« Damit drehte er sich um und stiefelte davon.

* Kein Wunder – hab ja anscheinend so eine Art Achterbahnlooping durch die Wurmlöcher der Raumzeit hinter mir!

»Ha! Was für ein Blödsinn!«, hätte ich ihm beinahe hinterhergerufen. Ich meine, Heiterkeit ist *immer* angebracht. Gerade in Situationen, in denen keine angebracht ist. Gestatten, Ella Schrader, Meisterin des Galgenhumors. Denn wäre es wirklich besser, rumzuflennen und zu jammern, ich will nach Hause? Nö!

Und so habe ich also hinter den Mauern von Hohenschönhausen beschlossen: Wenn ich halt wieder hier bin, wo ich schon mal war, kann ich auch das Beste draus machen, bis der Spuk vorüber ist. Und wenn ich dabei Spaß haben kann, umso besser.

Mit trippelnden Schritten bin ich dem Potthoff in das ehemalige Stasigefängnis gefolgt. »Wo warst du denn so lange?«, hat Fee mir ins Ohr geflüstert, als ich zu meiner Klasse aufgeschlossen hatte. Ob sie vielleicht gerade dasselbe erlebte?, hab ich mich plötzlich gefragt und wurde ganz aufgeregt. »Fee«, flüsterte ich zurück, während unsere Gefängnisführerin ihren Vortrag begann. »Kommt dir das hier auch alles … *bekannt* vor?«

Der Potthoff hat mir einen bösen Blick zugeworfen, weil wir während der Führung tuschelten, aber ich musste versuchen, das so schnell wie möglich mit Fee zu klären.

Die guckte mich jedoch nur fragend an. »Wenn du meinst, ob mir das hier bekannt *langweilig* vorkommt, dann ja«, antwortete Fee grinsend. »Oder was meinst du?«

Ich wusste überhaupt nicht, wo ich anfangen sollte. *Stell dir vor, ich bin gerade aus der Zukunft gekommen?* So einen Satz haut man nicht einfach so raus, schon gar nicht, wenn einen der Lehrer auf dem Kieker hat. »Ähm. Ja, genau«, hab ich also schnell geantwortet.

Von der anderen Seite der Gruppe hat Sara zu mir rübergestiert, Leyla in die Seite gestoßen und die beiden fingen an zu kichern, was natürlich auf Romy und Kim übergriff.

»Was ist denn mit denen?«, wollte Fee wissen.

»Erzähl ich alles nachher«, hab ich nur gebrummt und sofort den Finger gehoben, als ein Freiwilliger für ein paar Minuten Isolationshaft gesucht wurde. »Genau, steckt die Ladendiebin in den Knast!«, hat Sara natürlich gerufen und fies gelacht.

»Und Mobberinnen gleich mit«, habe ich etwas lahm erwidert und bin fast erleichtert gewesen, als die Tür hinter mir ins Schloss gefallen ist. Puh, dachte ich, endlich Zeit, ein bisschen nachzudenken. Was mir immer leichter fällt, wenn ich mir dabei in meinem Tagebuch Notizen machen kann.

Es steht also fest, dass ich drei Monate in der Zeit zurückgesprungen bin. *Wie* das passiert ist – keine Ahnung! Vielleicht gehöre ich zu einer Familie von Zeitspringern und bin genetisch in der Lage, das Zeit-Raum-Kontinuum zu durchbrechen? Coole Vorstellung. Andererseits: Wenn ich sehe, wie meine Eltern sich mit ihren neuen Handys abrackern, kann ich mir schwer vorstellen, dass sie schon mal in der Zukunft gewesen sind. Vielleicht hab ich von einem meiner Großeltern ein Zeitspringer-Gen geerbt? Hm. Gewagte Theorie. Oma Frankfurt ist bekannt für ihre Königsberger Klopse und hat als Sekretärin von irgendeinem Minister gearbeitet. Jetzt vergisst sie alles und wohnt in einem Heim. Opa Frankfurt ist gestorben, als ich noch klein war. Oma Kikeriki hat nie geheiratet, kann wirklich tollen Bienenstich backen und war früher mal Sängerin in einer Bar. Spricht irgendwas dafür, dass sie eine Zeitspringerin sein könnte? Eher nicht.

Das ist also vermutlich eine Sackgasse. Hm. Was für Gründe gibt es noch, jemanden durch die Zeit zu schicken? Moment, ich weiß es! Vielleicht habe ich eine Mission! Eine Aufgabe, die nur ich bewältigen kann. So was gibt es in Fantasygeschichten andauernd: Suche das Elixier, mit dem der Dämon die Weltmacht an sich reißen wird, und rette die gesamte Menschheit. Überbringe eine Botschaft, die den Krieg zwischen den Drachenreitern und den Königen der Schatten verhindern wird. So was in der Art. Was könnte meine Aufgabe sein?

Oh. Die Tür geht auf! Klar, das ist Mizzi.

Hm. Ich bin von ihrem Landsitz aus abgereist ... neuer Einfall! Vielleicht ist das Marguerite-Duras-Gästehaus so was wie das Gleis Neundreiviertel bei Harry Potter?

Mittwoch, 13. Januar, 18.31 Uhr

Der Tag verläuft weiter wie bekannt. Zum Abendessen gab es Gemüseauflauf. (Die Strafe fürs Zeitspringen, haha!) Zum Glück haben wir jede Menge Knabberzeug für die Party mit den Jungs gekauft. Fee, Jule und Shirin wühlen sich durch ihre Klamotten und planen ihre Partyfrisuren (Panikmodus). Gelegenheit, mein neues altes Tagebuch auf den aktuellen Stand zu bringen.

Das Gespräch mit Mizzi in der Zelle war sehr aufschlussreich. Allerdings nur, was Mizzis Allgemeinbildung angeht.

Hier ein Ausschnitt aus dem Protokoll:

Ich: Mizzi, was weißt du über Zeitsprünge?

Mizzi (ohne mit der Wimper zu zucken): Anstrengend und langweilig.

Ich (aufgeregt): Echt? Du kennst dich damit aus?

M: Würd ich nicht behaupten.

Ich: Aber du hast es schon mal gemacht.

M: Haben wir doch alle schon.

Ich: Hä????

M: Bei diesen beknackten Bundesjugendspielen.

Wer Zeitspringen für eine leichtathletische Disziplin hält (laut Mizzi »das mit der Grube«), ist sofort disqualifiziert. Von ihr also keine Aufklärung zu erwarten.

Immerhin am Ende meiner Haftzeit eine Vorstellung als Musterschülerin gegeben. Kaum hatte die Gefängnisführerin nach meiner Erfahrung in der Zelle gefragt, hab ich runtergerasselt: »Nach einer so kurzen Zeit kann man natürlich noch nicht nachempfinden, wie es den Insassen dieses Gefängnisses damals ergangen sein muss. Erst durch ihre Dauer wird die Isolationshaft zu einem Folterinstrument. Die psychischen und physiologischen Folgen sind …« Während meines Kurzreferats hat mich Maurice die ganze Zeit irritiert angeguckt und ich habe nur gedacht: Haha! Wenn mir einer vorsagt, bin sogar ich zu Streberleistungen in der Lage.

Der Potthoff jedenfalls hat beeindruckt genickt. »Sehr gut, Ella. Da sehen Sie es: Wenn man Ihnen eine zweite Chance gibt, dann nutzen Sie sie auch.« Zufrieden hat er sich umgedreht und ist der Gefängnisführerin gefolgt. Unsere Klasse hat sich hinter ihnen durch den Gang geschoben.

Fee hat neben mir gekichert. »Du hast gerade fast geklungen wie die Nacktschnecke. Richtig gruselig.«

»Ja«, habe ich grinsend erwidert, »aber es war für einen guten Zweck, wo ich schon zu spät gekommen bin. Jetzt hält der Potthoff mich vielleicht nicht mehr für eine totale Flasche!«

Ahhh! Krass! Wo ich das hier aufschreibe, schießt mir auf einmal ein Gedanke durch den Kopf. Eine Erkenntnis. Eine fast schon wieder genieverdächtige Transferleistung! Mir prickelt auf einmal richtig die Kopfhaut vor lauter Denken!

Mittwoch, 13. Januar, 18.43 Uhr

Ich glaub, ich hab endlich voll den Durchblick! Hab einen sensationellen Plan für gleich.*

Ich, Ella Schrader, Mädchen mit (bisher) schlechten Ideen, werde mich als Schlamasselverhüterin betätigen – denn durch den Zeitsprung bin ich ja quasi höchstselbst zu einem Peinlichkeitsseismografen geworden. Ich weiß, was beim letzten Mal alles schiefgelaufen ist, und kann es geradebiegen und ... OMG! Ich kann sogar vielleicht dieses neue (alte) Tagebuch in ein **Book of brilliant ideas** verwandeln! Ha! Bin gerade total am Durchdrehen vor Begeisterung. Heimlich natürlich, denn meine Mädels dürfen ja nichts darüber wissen, dass ich sämtliche Pannen kenne,

* Weswegen ich mein Vorhaben, Fee so schnell wie möglich in meine heutigen Erlebnisse einzuweihen, erst einmal aufgeschoben hab. Sie flippt mit Jule und Shirin sowieso schon genug aus, weil die Jungs gleich kommen. Wenn ich ihr jetzt noch erzähle, dass ich durch ein Wurmloch der Raumzeit gesaust bin und weiß, was alles passieren wird, würde sie komplett durchdrehen.

die uns eigentlich erwarten. Sie würden vermutlich sonst total verkrampfen. (Und auf der Verkrampfskala sind sie jetzt schon ganz weit oben!)

Ich meine, in der ursprünglichen Version des Abends des 13. Januar ist wirklich einiges danebengegangen.

Hier die katastrophalsten Ereignisse des (Original-) Abends:

- **Make-up-Desaster**
- **Lampenzerstörung**
- **Schwelbrand durch bescheuerte Lichtdekoration**
- **Alkoholfund**
- **Cybermobbing durch die BBQs**

Aber heute gibt es den 13. Januar in der neuen, korrigierten Fassung. Ich, Ella Schrader, werde – Kraft meines unfreiwillig verliehenen Amtes als Zeitspringerin – für eine epische Party mit Happy End sorgen und das Leben meiner Freundinnen enorm verbessern, glamourifizieren und überhaupt einfach alles sensationell gut machen.

Muss nur an den richtigen Stellen eingreifen, um die Weichen für eine glorreiche Zukunft zu stellen. Beziehungsweise für einen glorreichen Abend. Ja, genau. Fangen wir mal mit dem Abend an. Mit dem Rest der Zukunft beschäftige ich mich, wenn das hier über die Bühne gegangen ist. Und ich dann immer noch hier sein sollte. Was aber eigentlich sogar ganz cool wäre. Weil, ich meine: Schiefgegangen ist auch nach der Klassenfahrt so einiges! An Katastrophen hat es bei mir noch nie gemangelt. (Auch ein schöner Titel für eine Biografie.) Aber wo ich jetzt weiß, was alles auf mich lauert, wird damit endgültig Schluss sein, muahaha-muahaha!

So, und jetzt muss ich aufhören mit Träumen. Zeit zu handeln! Fee hat gerade ihr Make-up-Zeug ausgepackt.

Mittwoch, 13. Januar, 19.13 Uhr

Oha! Verbesserungen schwieriger als erwartet. Leider hab ich mit äußerst störrischen Protagonisten zu tun, die überhaupt nicht wissen, was gut für sie ist. Obwohl ich Fee einfach die Wahrheit gesagt hab. »Fee, du bist so hübsch. Du brauchst dich gar nicht schminken.«

»Natürlich brauch ich das nicht«, hat sie geantwortet, »aber ich will.« Hat sich den ersten braunen Strich ins Gesicht gemalt und gesagt: »Ich hab heute einfach mal Lust auf Wangenknochen.«

»Ähm«, brachte ich hervor. »Ich verstehe ja, wenn man Lust auf Pommes hat. Oder darauf, ein Rad zu schlagen. Aber Lust auf Wangenknochen?«

Fee hat genickt, ohne das Gesicht zu verziehen. »Ich möchte heute mal welche haben.«

»Fee, ich verrate dir ein Geheimnis: Du hast schon welche«, habe ich ihr mitgeteilt, woraufhin sie behauptet hat, die würde man aber nicht sehen. Ich wollte ihr gerade sagen, dass das völlig egal wäre, aber da ist ihr Jule zur Seite gesprungen und hat ein so leidenschaftliches Plädoyer fürs Gesichtscontouring gehalten, als wäre sie die Generaldirektorin der globalen Kosmetikindustrie. Auch Shirin ist der Meinung, dass Make-up so eine Art Zauberelixier ist, mit dem sich jeder in einen Hollywoodstar verwandeln kann.

»Mädels, das kann ja alles sein!«, hab ich gerufen. »Aber stellt euch vor, wir machen mit den Jungs eine Kissenschlacht und Fee bekommt eins ins Gesicht und nachher ist auf dem Kissen ein großer brauner Fleck drauf!«

Die drei haben sich angeguckt und angefangen zu prusten.

»Du bist so bekloppt, Ella«, hat Fee schließlich gesagt. »Du würdest auch behaupten, die Welt geht vom Schminken unter, nur weil du selbst nichts davon hältst.«

Ist das zu fassen? Ich halte hiermit fest: Hab's echt versucht!

Mittwoch, 13. Januar, 19.35 Uhr

Hab alle Hände voll zu tun, diese Chaosschwestern im Zaum zu halten. Konnte Fee nicht von ihrem Wangenknochenwahnsinn abbringen. *Obwohl* ich versichert hab, ich hätte gar nichts gegen Schminke, nur gegen *zu viel* Make-up.

Zum Beweis hab ich es sogar zugelassen, dass Jule mir mit einem Rougepinsel im Gesicht rumwedelt. Weil ich ja wusste, dass sie meine Ungeschminktheit nachher als Argument für ihre bescheuerte Lichtdekoration benutzen würde. »Aber nur so, dass ich ungeschminkt aussehe«, hab ihr also gesagt und Jule hat begeistert gelächelt. »Sich so zu schminken, dass man ungeschminkt aussieht, ist eine der besten Varianten!«, befand sie. »Zumindest für eine casual Party.«*

Shirin wollte mir erst noch an die Haare, aber mir hat es

* Warum man sich überhaupt schminken soll, um am Ende ungeschminkt auszusehen – bleibt für mich eines dieser Rätsel der Menschheit!

an Verschönerungen schon gereicht. Außerdem hat Jule bereits tatendurstig die Deckenlampe ins Visier genommen und wollte gerade auf den Stuhl steigen. Zum Glück habe ich früh genug eingreifen können! »Solche Lampen gehen ganz schnell kaputt. Wir holen besser eine Stehlampe aus dem Aufenthaltsraum«, habe ich vorgeschlagen.

»Aye, aye, Sir«, hat Jule überrascht gesagt und jetzt gerade ist sie mit Shirin los, um Schüsseln für das Knabberzeug zu holen. Und jetzt – pünktlich auf die Sekunde! – kommt auch Saras Nachricht, dass sie mich sprechen will. Hab zurückgeschrieben, dass wir kommen. Es wird spannend!

Mittwoch, 13. Januar, 19.58 Uhr

Hahahahaha! Schwebe auf einer Wolke aus Zuckerwatte! Was für ein Triumph über die BlingBlingQueens!

Wir haben ihre Intrige nicht nur vereitelt, sondern auch noch selbst Erpressungsmaterial gegen sie gesammelt. Die sind wir erst mal los! Brillante Idee, check!

Als Fee und ich Richtung Aufenthaltsraum aufgebrochen sind, hat Fee mich beruhigen wollen, was ihr Make-up angeht. Sie meinte, sie hätte alles mit einem Finish versiegelt, da könnte gar nichts verschmieren. »Ich bin für alles gewappnet«, hat sie fröhlich behauptet.

Hab kurz überlegt, ob ich ihr vielleicht gleich ein Probekissen ins Gesicht klatschen sollte, nur zur Sicherheit. (Bin aber unsicher, ob das auch in die Kategorie Brillante Ideen gehört oder eher die Stimmung schon vor der Party kippen lässt.)

Wir sind den Flur entlangspaziert, auf dem unser Zimmer

liegt. Von Romy und Leyla keine Spur. Fee wollte einen Schritt schneller gehen, damit wir auf jeden Fall rechtzeitig zurück wären, wenn die Jungs anrückten. Aber ich hab mich erst mal hingehockt, um mir meine Schnürsenkel zu binden. Fee meinte gleich (völlig Paul-fixiert): »Paul lässt immer die Schnürsenkel offen. Das sieht wirklich cool aus, finde ich.«

»Solange man nicht drüber stolpert«, hab ich geantwortet.

»Paul ist noch nie gestolpert«, hat Fee geschwärmt. »Er kann einfach alles!«*

Endlich kamen Romy und Leyla um die Ecke. Da ich ja wusste, was sie vorhaben, merkte ich erst richtig, wie auffällig ihr Verhalten war: Romy hatte ihre Handtasche dabei (da war bestimmt der Wein drin!) und sie haben uns ganz untypisch, nämlich freundlich zugenickt, als wir an ihnen vorbeigegangen und um die Ecke gebogen sind. Ich wartete noch eine Sekunde, dann habe ich Fee am Arm festgehalten. »Warte!«

Sie hat mich verwirrt angeguckt. »Was ist?«

Vorsichtig habe ich in unseren Flur gelinst und wie erwartet, verschwanden die BBQs in unserem Zimmer.

»Was wollen die denn ...?«, hat Fee gestaunt.

»Na, uns reinlegen natürlich. Los, komm!«

Wir sind zurück zu unserem Zimmer gerannt, das Handy

* Wieder mal interessant geschlussfolgert – allein aus der Tatsache, dass er unfallfrei die Füße voreinandersetzen kann. Das Gehirn von Verliebten ist offenbar ein einziger Sauhaufen, zumindest was Logik und Vernunft angeht. Gestatten, Dr. Ella Schrader, Spezialistin für Liebe und andere Geisteskrankheiten.

im Anschlag und extra auf Fotoserie gestellt. Ich in unser Zimmer gesprungen und sofort auf den Auslöser gedrückt – und zack! Super Foto gemacht, von Romy mit der Weinpulle in der Hand!!! Exakt in dem Moment, als sie die Flasche unter mein Kissen schieben wollte.

»Was macht ihr denn da?«, hat Fee geschrien.

Leyla hat ziemlich erschrocken geguckt, aber Romy ist nicht mal rot geworden. »Die hab ich gerade bei euch gefunden«, hat sie behauptet und die Flasche in der Hand geschwenkt.

»Erzähl das Peppa Wutz«, hab ich gesagt. »So, und jetzt raus hier. Und nimm deine Scheißflasche mit.«

Romy war einen Moment unschlüssig, aber Leyla hat sie am Ärmel gezupft und zur Tür gezogen.

»Und sag Sara einen schönen Gruß. Falls sie vorhaben sollte, ein mieses Bild von mir in den Klassenchat zu stellen, dann bekommen alle das von dir zu sehen.« Ich hab mit meinem Handy gewedelt. Da hat Romy so blöd geglotzt, dass ich am liebsten gleich noch mal fotografiert hätte. Kaum waren die beiden weg, haben Fee und ich uns totgelacht! Irgendwann meinte Fee: »Woher wusstest du, was die beiden vorhaben?«

Ich hab mit den Schultern gezuckt und gemeint, dass das doch typisch für die BBQs wäre und dass ich »nur so ein Gefühl« gehabt hätte, als Sara uns zu sich gerufen hat. (Ich werde ihr morgen alles auf der Rückfahrt erzählen. Da hab ich genug Zeit, ihr alles von Anfang an zu erklären.) Jetzt sind gerade Shirin und Jule zurückgekehrt, mit den Schüsseln und der Stehlampe, und gleich kommen die Jungs!

Okay, es geht also los. Jugendherbergsparty 2.0! Die meisten Katastrophen heute Abend hab ich schon verhindert.

Hab wirklich ein super Gefühl, dass das eine coole und total happy-endige Party wird!!

Mittwoch, 13. Januar, 20.59 Uhr

Okay, die Party ist gelaufen. Und obwohl ich alle Katastrophen verhindert hab, fühlt sich der Abend überhaupt nicht wie ein Erfolg an. Im Gegenteil. Alle sind irgendwie trübselig und gar nicht gut drauf. Dabei wollte ich ein ganz tolles neues Ende für unsere Klassenfahrt!

Es ist aber nicht alles schlecht gewesen. Die erste gute Nachricht ist: Im Vergleich zu unserer 15-Minuten-Chaosparty haben wir uns zeitlich echt verbessert. Diesmal hat sie satte 22 Minuten gedauert. Das ist eine Steigerung um mindestens ... ach, egal, wie viel Prozent.

Die zweite bis siebte gute Nachricht ist: Ich hab Fee vor ihrem Make-up-Schmierfleck-Trauma bewahrt! Paul hat sich sogar auf ihr Bett gesetzt, der Potthoff ist nicht aufgetaucht und hat auch meinen Fingerkuli nicht einkassiert (weswegen ich hier wunderbar in Glitzertürkis weiterschreiben kann!). Außerdem ist die Deckenlampe nicht kaputt und gebrannt hat es auch nicht – nicht mal geglimmt! Das ist doch total super, oder?

Was natürlich dumm gelaufen ist, ist, dass das Knabberzeug weg ist. Aber das ist ja nun wirklich keine Katastrophe. Okay, rumgeknutscht oder verliebt hat sich hier heute auch niemand ... Vielleicht sind Fee, Shirin und Jule deswegen bedrückt? Aber sie wissen ja auch nicht, dass wir um die Kissenschlacht mit Kackfleck und um tausend Jahre Schulhofknechterei herumgekommen sind!!

Die Stimmung ist jedenfalls seltsam in unserem Zimmer. Wahrscheinlich, weil die Jungs so schnell abgedampft sind. Aber dafür kann keine von uns was. Trotzdem beschleicht mich das Gefühl, dass es meine Schuld ist. Fee ist jedenfalls plötzlich seltsam einsilbig zu mir. Was hab ich falsch gemacht, wo ich doch diesmal alles richtig gemacht hab?! Oder etwa nicht?

Hier der genaue Ablauf der neuen Party am (zweiten) 13. Januar im Zimmer 403 in der Jugendherberge Berlin-Ostkreuz, die vielleicht als zweitkürzeste Party aller Zeiten in die Geschichte der Partys eingehen wird.

20.07

Die Jungs kommen. Da meine Freundinnen in ihren lässigen Posen verkrampft sind, mache ich auf. Tarik, Luke, Roman und Paul stürmen rein. Severin fehlt.

Luke schnappt sich mein Kuschelmonster vom Bett und macht damit Frau Hinterkausen nach. »Oh, Paul«, ruft Luke mit hoher Stimme und wackelt mit dem Kuschelmonster. »Ich friere ja so, wenn ich dich in deinem dünnen T-Shirt sehe. Soll ich dich ein bisschen wärmen?«

In dem Moment sehe ich, dass Jule doch das Tuch auf die Stehlampe gestülpt hat, obwohl ich ihr gesagt hab, dass sie es lassen soll.

»Geh weg, Alter!«, ruft Paul lachend, reißt Fees Kissen unter ihrem Arm weg und wirft es nach Luke.

20.08

Ich zur Lampe hin, hektisch das Tuch runtergezogen, während Luke mit dem Kissen die Windmühle macht. Die Deckenlampe kriegt was ab und knackt ein bisschen, hält aber.

Fee überprüft ihre Überkreuzte-Beine-Position. Luke wirft das Kissen, ich hechte heldenmutig in die Flugbahn und fange es wie einen Football ab, bevor es Fee treffen kann. Aus irgendeinem Grund (Adrenalinrausch? Irrsinn? Klassisch Ella?) laufe ich weiter bis zur Wand, schleudere das Kissen auf den Boden, reiße die Arme hoch und schreie: »Touchdown!«

Die Jungs sind sofort angestachelt. »Kissenrugby!«, schreit Tarik und wirft sich auf unser Flugobjekt. Paul feuert uns von der Seite an. Luke und Roman wetteifern darum, den Ball (= das Kissen) zugeworfen zu bekommen. Ich verteidige gegen Tarik, der sich nicht entscheiden kann und schließlich das Kissen fachmännisch in die Mitte wirft, wo der Tisch mit den Schüsseln steht.

20.10

Ungeachtet des mit Speckbällen, Zwiebelringen und Chips übersäten Bodens geht das Kissenrugby weiter. Es knirscht (Zwiebelringe), kracht (Speckbälle) und knistert (Chips) jedes Mal, wenn einer einen Schritt macht. Klingt wie der Soundtrack eines Films über Knochenbrecher. Jule, Shirin und Fee glotzen angespannt in ihren lässigen Sitzhaltungen.

20.12

Ich rufe keuchend: »Time-out!«

Alle halten inne. »Ich glaub, der Potthoff ist im Anmarsch!«, warne ich. Alle setzen sich hin und tun unschuldig. Paul hockt sich tatsächlich auf Fees Bettkante und weil sie an der Wand lehnt, hat sie einen perfekten Blick auf seinen Rücken. Ich freu mich für sie! Jule und Shirin fegen das Knabberzeug auf.

20.18

Schleppende Unterhaltung fast bis zur Peinlichkeit. Hab Sorge, dass die Jungs es langweilig finden und abhauen. Sie sollen sich wohlfühlen und Paul sich in Fee verlieben, verdammt noch mal!! Versuche, die Stimmung zu heben, indem ich ein Filmzitatequiz vorschlage. Stelle fest: Die Jungs kennen sich gut aus mit Marvel-Verfilmungen, besonders Roman.

20.27

Potthoff nicht aufgetaucht. Das ist der Beweis, dass die BBQs ihn in Partyversion 1 auf uns angesetzt hatten! Bin wirklich sehr zufrieden mit meiner Planvereitelung!

20.28

Luke zieht sein Handy aus der Tasche. Er hat gerade eine Nachricht bekommen. »Ey, Alter!«, ruft er. »Rosakiley haben Wein in ihrem Zimmer! Los, alle zu denen!«

20.29

Die Jungs sind weg. Shirin fragt verwundert: »Rosakiley? Wer ist das denn?«

»Romy, Sara, Kim, Leyla«, schnaubt Fee.

»Diese dämlichen BlingBlingQueens!«, motzt auch Jule. »Locken die Jungs mit Wein zu sich!«

Hab den Eindruck, dass sich Enttäuschung breitmacht, deswegen sage ich schnell: »Aber unsere Party war gut! Kurz, aber lustig.« Meine Freundinnen starren mich irgendwie komisch an.

»Ja, *du* hast dich auf alle Fälle amüsiert«, sagt Jule. »So viel steht fest.«

Ich schaue erschrocken zu Fee, aber die weicht meinem Blick aus und verschwindet im Bad.

Mittwoch, 13. Januar, 21.39 Uhr

Liege jetzt im Bett und starre an die Decke. Hab die ganze Zeit den Klassenchat im Blick, aber Sara hat das Bild von mir bis jetzt nicht gepostet. Besser so, vor allem für sie!

Ich bin zwar total müde, kann aber nicht schlafen. Muss eh noch aufschreiben, was eben passiert ist. Leider nicht besonders viel! Aber hoffentlich wird mir Fee morgen vergeben (ich weiß zwar immer noch nicht, wofür), spätestens dann, wenn wir hinten bei den Jungs im Bus sitzen!

Die Stimmung in Zimmer 403 ist immer noch offiziell niedergeschlagen. Dabei gibt es eigentlich keinen Grund, Trübsal zu blasen. Finde ich. Hab eben versucht, Fee aufzumuntern. »Paul hat sich neben dich gesetzt«, hab ich gesagt, als sie aus dem Bad kam.

»Pff«, hat sie zurückgegeben. »Aber mit dem Rücken zu mir.«

Es hätte viel schlimmer kommen können, hätte ich am liebsten gesagt. Bei unserer Party 1.0 am 13. Januar hat Fee um diese Uhrzeit geheult wie ein Schlosshund und gedacht, sie könnte Paul und den Jungs nie wieder unter die Augen treten. Dagegen ist der heutige Abend ein absoluter Erfolg gewesen!!

Ich würde ihr so gerne alles erklären, aber sie hat sich schon gewaschen (= sieht wieder aus wie Fee), die Zähne geputzt, sich ins Bett gelegt und die Decke bis über die Ohren gezogen. Auch Jule und Shirin machen sich schlafbereit.

Und das um nicht mal zehn Uhr am letzten Abend der Klassenfahrt!

Hab kurz überlegt, ob ich auch Jule und Shirin einweihen soll. Aber ich finde die Story »Ich bin in der Zeit gesprungen« so abgedreht, dass sie (zumindest erst mal) eine Beste-Freundinnen-Exklusivangelegenheit ist. Das ist nichts, was man gleich in der großen Runde besprechen sollte – vor allem nicht in so einer komischen Atmosphäre! Muss morgen im Bus unbedingt mit Fee reden. Falls sich die Gelegenheit dazu überhaupt ergibt. Wenn wir so nah bei den Jungs sitzen, können wir vielleicht nicht offen sprechen.

Donnerstag, 14. Januar, 9.23 Uhr

Totaler Flop!!! Die Jungs haben uns *nicht* die vorletzte Reihe freigehalten. Die BBQs haben sich dort breitgemacht! Wir sitzen in der Mitte, aber *noch weiter vorne* als auf der Hinfahrt. Sogar Marlene und Camilla sitzen weiter hinten als wir und die haben als Hobby *Querflöte* und *Stricken*. (Oder irgendwas anderes aus der Abteilung *Gähn.*)

Das ist also die Strafe dafür, dass wir diesmal das Zimmer nicht zerstört und keinen Alkohol versteckt haben! Wir haben den Titel *Master of Disaster* nicht verliehen bekommen und wurden nicht ins Epizentrum der Coolness eingeladen. Wirklich – kaum ist man mal brav, bekommt man dafür die Quittung!

Zum Glück wissen meine Freundinnen nicht, dass wir bei der ersten Version der Rückfahrt direkt vor den Jungs gesessen hatten. Sonst wären sie jetzt noch enttäuschter!!!

Fee ist heute Morgen immer noch reserviert zu mir. Obwohl ich besonders nett zu ihr gewesen bin und ihr sogar den letzten Rest Schokoflakes überlassen hab. Würde wirklich gerne wissen, was ich falsch gemacht hab – ich hab sie doch gerettet! ... aber das weiß sie natürlich nicht.

Leider laufen die ganze Zeit Leute durch den Gang und im Bus ist so eine Unruhe, dass ich sie das noch nicht fragen kann. Na gut. Gucke ich eben aus dem Fenster und tue so, als ob mich das große Display an der Haltestelle, auf dem gerade eine Werbung für Erdnüsse gezeigt wird, brennend interessiert. Aber dann wechselt das Display und zeigt die aktuelle Schlagzeile der Berliner Zeitung. Und die interessiert mich tatsächlich brennend. Denn dort steht: **Tod auf den Gleisen! Schrecklicher Unfall am Alexanderplatz.**

Ich muss schlucken. »Fee, sieh mal.« Ich deute auf die Schlagzeile. »Ich war gestern da, als das passiert ist.«

»Krass«, hat Fee nur gesagt und ihre Kopfhörer in die Ohren gestöpselt. Wenn wir gleich losgefahren sind, frage ich sie, was los ist.

Donnerstag, 14. Januar, 11.42 Uhr

Alte Säge, das ist mies! Aber jetzt weiß ich wenigstens, was los ist! Fee denkt tatsächlich, ich hätte mich gestern **absichtlich in den Vordergrund gedrängt!** Sie meint, mit dem Kissenrugby und dem blöden Filmzitatequiz hätte ich die Jungs voll in Beschlag genommen, obwohl ich doch gewusst hätte, dass sie, Jule und Shirin da nicht mitreden können. Bin voll geschockt. Aber endlich kapiere ich, warum sie so eingeschnappt gewirkt hat. Und es tut mir natürlich total leid, dass sie das denkt.

»Das wollte ich überhaupt nicht!«, hab ich sofort gerufen. »Ich wollte, dass das eine super Party wird. Für dich. Und Jule und Shirin. Wirklich, Fee! Die Jungs sind mir völlig egal, aber ihr nicht. Schon gar nicht du!«

»Weiß ich doch«, hat Fee zugegeben. »Es war nur ... irgendwie komisch. Du hast dich auf einmal geschminkt und dich vor den Jungs total produziert.«

»Aber das war nur, weil ...«, hab ich angefangen und tief Luft geholt. Ich hab gewusst: Jetzt oder nie. Jetzt musste ich ihr endlich erzählen, was mir gestern Verrücktes passiert war. Ich hab mich kurz umgeschaut und zum Glück haben um uns herum alle Musik gehört oder geschlafen oder beides, sodass wir ungestört flüstern konnten.

»Es war nicht nur *komisch* gestern«, hab ich die Sache eingeleitet, »sondern wirklich **extrem seltsam.** Und du wirst es vermutlich nicht glauben ...«

Ich hab ihr einfach die Wahrheit gesagt. Dass ich von Mizzis Party im März zurückgesprungen bin zur Klassenfahrt und daher gewusst habe, was in der ersten Version der Party alles schiefgelaufen ist. Und dass ich nur versucht habe, das zu verhindern, damit wir keinen Ärger bekommen und keine Schulhofknechte sein müssen! Fee hat sich alles angehört und endlich hat sie wieder gegrinst. »O Mann, was für eine Geschichte!« Sie hat gekichert. »Du bist echt eine Nummer, Ella Christina Schrader.«

»Du auch, Fabienne Sumi Chang«, hab ich erleichtert gesagt.

»Sehr originell, das muss ich dir lassen«, hat Fee weitergeredet. »Sogar für deine Verhältnisse!«

Da hab ich gestutzt – weil: Fee glaubt mir nicht!

Sie meinte, ich könne ihr auch erzählen, dass mein Bruder ein Alien wäre und ich ihn nächste Woche mit meinem Raumschiff nach Hause bringen würde. »Du bist meine beste Freundin. Und besten Freundinnen glaubt man alles.« Sie hat mir zugezwinkert und deutlich bessere Laune gehabt als vorher.

Aber dafür bin *ich* jetzt traurig, weil Fee mir nicht glaubt!

»Aber es stimmt!«, hab ich noch mal betont und Fee hat gelacht und mir den Arm gestreichelt. »Ach, Ella, alles wieder gut zwischen uns. Entschuldigung angenommen. Sache ist vergessen. Paul wird schon noch merken, was ihm entgeht, wenn er sich nicht für mich interessiert. Und jetzt schlafe ich erst mal eine Runde. Falls ich aufwache und du bist weg, weiß ich ja, dass du zurück in die Zukunft gereist bist.« Sie hat gegrinst und sich in ihren Sitz gelehnt und die Augen zugemacht.

Verdammt, was mache ich denn jetzt, wenn mir nicht mal meine beste Freundin glaubt?!

Donnerstag, 14. Januar, 12.18 Uhr

Bin gerade ziemlich deprimiert.

Ich fürchte, für *echt* brillante Ideen hab ich kein Talent. Was ich für brillante Ideen halte, sind einfach nur normal bekloppte Ideen. Und für brillant kann man meine Ideen (wenn überhaupt) nur dann halten, wenn man weiß, wie bescheuert die *davor* gewesen ist.

Mit anderen Worten: Wenn keiner weiß, was vorher war, kann natürlich auch keiner wissen, dass ich gerade eigentlich einen Pokal verdient hätte!* Und wie sollen die anderen das jemals erfahren, wo sie ja nicht mit mir in der Zeit gesprungen sind?

Echt – was ist das schon wieder für ein Riesenschlamassel! Klar ist schon mal: Zeitreisen machen nichts als Ärger!!!

Donnerstag, 14. Januar, 12.34 Uhr

Oder Kai hat doch recht und ich bin einfach die Königin der schlechten Ideen?? Ach, mir jetzt auch egal. Ich versuche jetzt zu schlafen.

Freitag, 15. Januar, 10.03 Uhr

Bin wieder zu Hause.

Meine Eltern haben sich echt gewundert, wieso ich nicht viel mehr begeistert gewesen bin von der Klassenfahrt. Sie haben mich ein bisschen besorgt angesehen. Hab einfach gesagt, dass ich müde bin. Mama hat gefragt, ob irgendwas passiert wäre, aber ich hab nur den Kopf geschüttelt.

Ich werde ganz sicher *nicht* erzählen, dass sie sich glücklich schätzen können, am Montag *nicht* in die Schule zitiert zu werden, weil ich aufgrund eines Zeitsprungs jeglichen Ärger mit den Lehrern vermeiden konnte.

Zeitreisen sind echt eine komplizierte Sache, weil man sie einfach nicht beweisen kann.

* Möglicher neuer Titel meiner Biografie: *Miss Verstanden – Memoiren einer gescheiterten Zeitspringerin*

Freitag, 15. Januar, 15.29 Uhr

Bin gerade in meinem Bett aufgewacht und wusste erst nicht, wo ich bin. Kurz hab ich gedacht: Vielleicht war alles nur ein Traum? Vielleicht war ich gar nicht in der Zukunft, sondern hab nur total intensiv geträumt? Oder hab mir alles nur eingebildet?

Oder: Vielleicht bin ich auf einmal doch verrückt geworden, ohne es zu merken!

Samstag, 16. Januar, 11.04 Uhr

Hab jetzt seit gestern nachgedacht und bin zu folgenden Schlüssen gekommen:

Fakt 1: Ich bin nicht verrückt und definitiv in der Zeit gesprungen. Als Kai mir vorhin erzählt hat, dass Sascha jetzt eine Freundin hat, hab ich nur genickt und gesagt: »Nele.«

»Woher weißt du das?«, wollte Kai erstaunt wissen.

»Ich kann hellsehen, ist doch klar«, hab ich gegrinst. Hab beschlossen, dass ich Kai nichts von meinem Zeitsprung erzähle. Erstens glaubt er mir wahrscheinlich (wie Fee) sowieso nicht, zweitens würde es ihm nur Angst machen, wenn er erfährt, dass er bald ein Mobbingopfer wird.

Fakt 2: Auch wenn mir keiner glaubt, bedeutet das noch lange nicht, dass ich mein geheimes Wissen nicht gewinnbringend einsetzen kann.

Fakt 3: Die Titanic wäre auch woanders langgeschippert, wenn ein Zeitspringer an Bord gewesen wäre.

Fakt 4: Ich werde meinen Job als Katastrophenverhüterin

nicht aufgeben, nur weil meine Freundinnen nicht kapiert haben, wie viel pannenärmer unsere Party 2.0 in Berlin war.

Fakt 5: Im Gegenteil. Jetzt werde ich erst richtig loslegen.

Fakt 6: Schließlich weiß ich, wo die Eisberge in meinem Leben auftauchen und werde sie aber so was von umschiffen.

Fakt 7: Ich werde die beste Zeitspringerin aller Zeiten. Muahahamuahaha.

Fakt 8: Ich sollte aufhören mit dieser irren Lache, sonst gelte ich vielleicht doch bald als verrückt.

Fakt 9: Bevor ich voll strategisch plane, wie ich die Zukunft zum Besten verändere, steht Recherche auf dem Plan. Es gibt haufenweise Zeitreisefilme, da werde ich mir doch sicher ein paar Tricks abschauen können.

Samstag, 16. Januar, 12.18 Uhr

Meine Recherche hat nix gebracht. Hab mir auf YouTube eine Zusammenfassung der besten Zeitreisefilme angeguckt (damit konnte ich die Fernsehkindersicherung von meinen Eltern umgehen) und schon vom Zuhören ist mir die Schädelplatte geplatzt. Zum Beispiel in *Terminator:* Da kommt ein Killer aus der Zukunft, um die Mutter eines noch ungeborenen Rebellenanführers zu töten, die aber Beistand bekommt von einem Freund des Rebellenanführers aus der Zukunft, der dann der Vater des Rebellenanführers wird. Ich sag dazu nur: Ich bin raus!

Außerdem gibt es in jedem Film eine andere Methode, mit der die Figuren durch die Zeit reisen: mithilfe von Telefonzellen, Autos mit Flux-Kompensator-Antrieb, Gegenständen von undefinierbarer Art, einem hässlichen Riesenhasen, futuristischen Zukunftstechnologien, Quantenkohärenz ... Totale Hirnturbulenzen!!! Wirklich – ich brauche keine weiteren irren Storys mehr. Meine eigene reicht mir. Damit hab ich mehr als genug zu tun. Besonders, da ich also weiter auf mich allein gestellt bin.

Samstag, 16. Januar, 14.57 Uhr

Hab mit mir selbst gebrainstormt und die Schlamassel der letzten Zeit aufgelistet, die dringend korrigiert werden müssen. Hab wirklich reichlich zu tun! Hier also die Katastrophenverhinderungs-To-do-Liste von Ella Schrader, professionelle Eisberg-Erspäherin.

1. Kai und die Mobber. Klare Sache: Kai darf kein Opfer werden. Und das wird er auch nicht!
2. Fee und ihre Schwärmerei für Paul. Weiß noch keine Lösung: Entweder sie muss sich schnell entlieben. Oder mit ihm zusammenkommen. Auf keinen Fall darf er mit Sara knutschen, wenn Fee noch in ihn verknallt ist.
3. Romans Party. Klare Sache: Fee muss mit (und darf also keine Fünf in Mathe schreiben!). Und ich verzichte auf das Hotdogkostüm. Die erste Party meines Lebens sollte nicht ein Höhepunkt der Peinlichkeiten werden. Auf die Spitznamen *The Wurst Warrior* und *Dancing Wurstqueen* kann ich nämlich verzichten. Und ich werde auch freiwillig keine anderen Leute schlagen. (Nicht mal Jannis.)

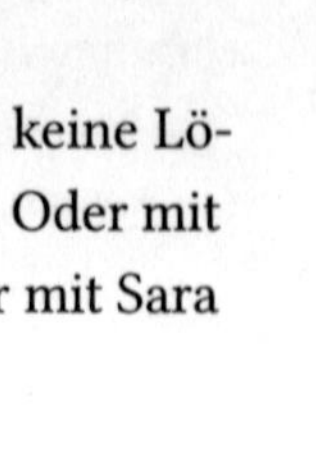

4. Jannis. Irgendwie war jedes Treffen mit ihm eine Katastrophe, deswegen weiß ich gerade gar nicht, was ich dazu alles aufschreiben soll.

Und ich bin mir ziemlich sicher, dass da noch was war, was verbessert werden muss.

Samstag, 16. Januar, 15.13 Uhr

Ach ja. Meine Noten.

Samstag, 16. Januar, 15.29 Uhr

Tschakkatschakkatschakkatscho! Triumphgeheul allererster Sahne! Mir ist gerade erst klar geworden, dass Zeitreisen einfach nur genial sind. WEIL ICH nämlich weiß, was in den nächsten Klassenarbeiten drankommt!

Samstag, 16. Januar, 16.55 Uhr

Hab mir eben im Internet alle Interpretationen zu dem Großstadtgedicht *Wolkenlicht* durchgelesen, das uns Frau Hinterkausen in Deutsch vorsetzen wird. Hahaha! Ich werde so strebermäßig abrocken! Schreibe gleich an Fee, dass sie sich auch auf dieses Gedicht vorbereiten soll. Was gleichzeitig dazu führen wird, dass sie mir glauben muss. Immerhin kann ich ja genau vorhersagen, welche Aufgaben in der Arbeit gestellt werden!

Sonntag, 17. Januar, 10.32 Uhr

Fee hat geschrieben, dass ihre Mutter denkt, dass ein anderes Gedicht drankommt. Verdammt noch mal, Fee. Deine Mutter *denkt* es. Aber ich *weiß* es!

Na ja. Spätestens am Freitag in der Arbeit wird sie sehen, dass ich recht hatte. (Leider dauert das noch fast eine ganze Woche!!!)

Sonntag, 17. Januar, 13.36 Uhr

War gerade im Keller und hab auf der Treppe extra laut gesungen, damit Sascha und Nele wussten, dass ich komme, und ich sie nicht beim Fummeln erwische. Hat geklappt.

Haben sich voneinander gelöst, bevor ich um die Ecke kam. Ha! Einen fiesen Anblick erspart. Vielleicht sollte ich mir ein T-Shirt mit der Aufschrift **Ich weiß. Ich war schon mal hier** drucken lassen. (Das It-Piece von Zeitspringern.)

Sonntag, 17. Januar, 14.38 Uhr

Bin so megamotiviert, dass ich sogar Englisch gelernt hab, weil ich beim letzten Mal in der Arbeit die Übung zur indirekten Rede ziemlich verkackt hab. Kai ist richtig erschrocken gewesen, als er mich beim Lernen erwischt hat. Er hat mich gefragt, ob ich in Berlin auf den Kopf gefallen wäre. Oder ein Körperfresser sich meine Hülle einverleibt hätte. (Ich sag's ja: Einmal Affenhirn, immer Affenhirn.)

»Kann ein Mädchen nicht mal einen Streberanfall haben,

ohne dass es gleich genervt wird?«, hab ich würdevoll geantwortet. Bin ganz langsam aufgestanden und Kai hat mich aufmerksam angeguckt. Dann habe ich blitzschnell meinen Riesentiger vom Bett gerissen und ihn am Schwanz in Richtung Kai geschleudert. Aber der hat mit so was wohl schon gerechnet und ist sofort geflüchtet. Dabei hat er gelacht und gerufen: »Sie ist es, sie ist es, Ella lebt!«

Ha! Affenhirn vertrieben. Leider hat mein Tiger dabei was abbekommen. Aus seiner Bauchwunde quillt immer mehr Watte raus. *Doktor Schrader, bitte in den Operationssaal!*

Sonntag, 17. Januar, 15.25 Uhr

OMG!!! Feuerwerk und Wunderkerzen!!!

Etwas Unglaubliches ist passiert! Ich wollte meinen Tiger verarzten und die ganze Watte zurückstopfen und mit dem Tacker die klaffende Wunde zutackern, da hab ich im Bauch des Tigers mein Tagebuch gefunden! **Das Original-Regenbogenglitzereinband-Tagebuch, das Kai mir zum Geburtstag geschenkt hat! Mit allen Originaleinträgen von der Klassenfahrt bis zu Mizzis Party!**

Es ist total krass – denn ich hab das Tagebuch jetzt zweimal: einmal voll und einmal halb voll. Das ist zwar eigentlich komplett verwirrend, aber auch wieder nicht. Und das Allerbeste ist: Damit kann ich Fee beweisen, dass ich wirklich in der Zeit gesprungen bin!

Sonntag, 17. Januar, 19.21 Uhr

So. Jetzt ist es offiziell: Ich hab ein **Book of bad ideas** und ein **Book of brilliant ideas.** Von außen sehen beide Tagebücher gleich aus und darin habe ich meine Erlebnisse aus demselben Zeitraum aufgeschrieben, aber sie sind GRUNDVERSCHIEDEN!!!!

Fee weiß Bescheid und glaubt mir endlich! Ich bin eben zu ihr gesaust mit dem Rad, beide Tagebücher im Rucksack. Fee war ganz erstaunt und gespannt, was los ist, weil ich so aufgeregt gewesen bin. Ich hab gesagt, dass ich beweisen könnte, dass das mit dem Zeitsprung stimmt. Und dass sie dafür mein Tagebuch lesen solle. (Das originale **Book of bad ideas,** natürlich.)

»Dein Ernst?«, hat sie gefragt, denn klar – es passiert ja nicht oft, dass man jemand anderem sein Tagebuch zum Lesen gibt.

Aber diesmal war es ein Notfall und Fee ist außerdem meine beste Freundin und sie weiß ja sowieso (fast) alles.

Erst ist sie noch skeptisch gewesen. Vielleicht weil sie gedacht hat, ich hätte das Tagebuch gefälscht und seit gestern einfach alles neu geschrieben.

Aber ich habe einen Beweis, dass die Originalversion echt ist! Denn bei der ersten Klassenfahrt hat der Potthoff ja meinen Fingerkuli einkassiert, weswegen ich danach keinen einzigen Eintrag mehr in Glitzertürkis schreiben konnte! Und Fee weiß, wie sehr ich meinen Gummifingerkuli liebe. Ich schreibe immer mit dem!

Fee hat sofort die Sache mit dem Glitzertürkis überprüft und gestutzt und mich dann mit aufgerissenen Augen angestarrt. Und dann hat Fee gelesen. Und ich habe die ganze Zeit neben ihr herumgehibbelt, weil ich es nicht ausgehalten habe! Ich wollte unbedingt, dass sie über alles Bescheid weiß, damit ich mich endlich mit ihr über diese ganze irre Zeitreise austauschen kann!!

Bei der Originalversion unserer Party in Berlin hat sie die ganze Zeit gemurmelt: »Ach du Scheiße, o mein Gott.« Bei dem Spruch von Tarik zu dem Schmierfleck hat sie eine Grimasse gezogen. Sie hat das Tagebuch sinken lassen und ist ganz rot geworden. »Ich hab mich wirklich total blamiert«, hat sie gestammelt und ich hab genickt und sie gedrängt, schnell weiterzulesen.

Es ging weiter mit unserem Schulhofdienst und der versemmelten Mathearbeit, weswegen Fee nicht auf Romans Party durfte. Ich hab an manchen Stellen ein bisschen auf meiner Lippe gekaut, weil ich Sorge hatte, dass sie die Sachen, die ich über sie und Paul geschrieben hab, krummnehmen könnte. Aber sie hat nur mit dem Kopf geschüttelt und gemurmelt: »Auweia. Ich klinge ja wirklich bescheuert.«

Zwischendurch hat sie auch voll gelacht, über unseren Auftritt in der Tanzgruppe Savulka zum Beispiel, und dann war sie richtig erschüttert wegen der Sache mit Kai und Aaron. Und auch davon, dass ich ihr nichts von meinem Schulverweis gesagt hab, um sie vor Mizzis Party nicht traurig zu machen.

Und dann hatte sie alles durch. Sie hat das Tagebuch weggelegt und mich total fest umarmt und gesagt, ich wäre einfach super und eine tolle Freundin und Kai sollte froh sein, weil ich mich so für ihn eingesetzt hab. Da hab ich sie in ihrer Begeisterung und dem Komplimenterausch ein bisschen gebremst (aber nur ein bisschen) und gesagt, dass wäre doch normal.

Und dann war sie auf einmal wieder ganz stumm und hat nur den Kopf geschüttelt und gesagt: »Krass, Ella. Du bist wirklich in der Zeit gesprungen.«

»Das bin ich.« Ich hab so heftig genickt, dass ich vermutlich Muskelkater kriege.

Fee hat sich total entschuldigt, dass sie auch nur einen Moment gedacht hatte, ich hätte mich absichtlich in den Mittelpunkt gestellt. Und wir haben uns noch mal umarmt und dann hab ich ihr noch den Rest erzählt von Mizzis Party, den ich ja in dem alten Vokabelheft notiert hatte. (Und das jetzt wieder unter der *Wendy*-Zeitschrift liegt und wo nur ein paar englische Wörter drinstehen.) Sie war total geschockt über Paul und Sara!!! Und darüber, dass sie an meiner Stelle einen anderen Jungen geküsst hat. Den sie jetzt noch gar nicht kennt!

»Das hat Paul gemacht? Das hab ich gemacht?«, hat sie immer wieder gefragt und konnte es kaum fassen. Und sie meinte ... Oh, Mama ruft. Es gibt Essen. Gleich mehr.

Nur noch so viel: Bin unendlich froh und erleichtert, dass Fee jetzt alles weiß und wir beide wieder Verbündete sind! Jetzt haben wir *zusammen* die Möglichkeit, alles besser zu machen!!! (Das fühlt sich so toll an!!!)

Sonntag, 17. Januar, 21.36 Uhr

Hab gerade noch mal mit Fee telefoniert. Weil ich eben zum Abendessen nach Hause fahren musste, hatte ich es nicht mehr geschafft, ihr meine Eisbergsichtungs-Katastrophenverhinderungsliste zu erklären. Jetzt kennt sie sie und findet sie voll gut. Vor allem die Sache mit Kai. Aber besonders natürlich den Punkt Fee und Paul. 😉

Wobei sie von dem Entlieben überhaupt nichts wissen wollte. Sie meinte, sie wüsste ja jetzt, dass sie einfach zu zögerlich gewesen ist und dass sie sich dieses Mal Paul schnappen würde. Ich war richtig erstaunt, was für einen Tatendrang sie auf einmal bekommen hat! Lag aber vielleicht auch an der lustigen Theorie, die Fee sich dazu ausgedacht hat und auf die ich niemals gekommen wäre. Sie meint, es wäre doch klar, dass ich als Zeitspringerin ausgewählt worden wäre, weil ich nämlich irgendeinen Fehler des Schicksals ausbügeln sollte.

Bei der Vorstellung hab ich ziemlich gelacht. *Ich* soll Fehler des Schicksals ausbügeln? Welcher Horst hat sich das denn ausgedacht?* Ich meine, wenn jemand gebraucht wird, der aus einer normalen Situation ein **Riesenschlamassel** machen kann, dann bin ich die Richtige. Wenn es darum

* Darauf konnte sie nichts sagen. Sie meinte, das wäre doch immer so, dass jemand aus einem bestimmten Grund ausgewählt wird. Aber da konnte ich kontern und ihr sagen, nee, nee. Weil es hundert Theorien und Methoden zu Zeitsprüngen gibt und alle sind mehr oder weniger bekloppt. Ich hab ihr noch den Link geschickt mit der Zusammenfassung der Zeitsprungfilme und da war sie dann auch überzeugt, dass man einfach nichts Genaues weiß zu diesem Phänomen. Recherche hat sich also doch noch gelohnt!

geht, sich als Schulhofknecht zu qualifizieren, bin ich erste Wahl. Aber das Schicksal korrigieren?!

»Ich hab nicht mal ein Happy End für die Klassenfahrtparty 2.0 hinbekommen«, hab ich Fee widersprochen, »da werde ich ganz sicher nicht irgendwelche Schicksalsfragen geradebiegen können.«

»Doch«, hat Fee geantwortet, »denn jetzt hast du mich.«

Da war ich still. Weil das stimmt natürlich. Und ich brauche Fee auch unbedingt! Vor allem, wenn auch nur ein Fitzelchen Wahrheit an dem ist, was sie glaubt. Nämlich, dass das Schicksal sich nicht dafür interessieren würde, ob wir eine Fünf in Mathe schreiben oder super Zeugnisse bekommen. Auch das mit Kai und Aaron war ihr nicht schicksalshaft genug, weil ich das ja schließlich auch im ersten Anlauf hinbekommen hatte (wenn auch zu spät, für meinen Geschmack!). Nein, sie hat mit voller Überzeugung verkündet: »Schicksal, das ist Liebe!« Dabei klang sie so dramatisch, dass ich voll hab lachen müssen. »Du meinst also, meine Mission ist, dich und Paul zusammenzubringen?«, hab ich gesagt.

»Zum Beispiel«, hat Fee geantwortet und ich hab durchs Telefon gehört, wie sie gegrinst hat. Und dann hat sie was völlig Schräges gesagt: »Aber wir wissen auch noch nicht, was mit diesem Jannis ist.«

»Was soll mit dem sein?«, hab ich gefragt.

Fee meinte, vielleicht wären er und ich ja füreinander bestimmt. Und weil sie Jannis geküsst hat, ist alles durcheinandergekommen.

Ha! Ha-ha! Totaler Schwachsinn! Hab einen Lachanfall bekommen, dass ich keine Luft mehr gekriegt hab!! Muss immer noch kichern. Freue mich auf die Schule morgen.

Wegen Fee – und all der Möglichkeiten, die Dinge zum Guten zu wenden. Coole Vorstellung, in der Schule rumzulaufen und zu wissen, was gleich passieren wird!

Sonntag, 17. Januar, 22.56 Uhr

Bin müde, kann aber nicht schlafen. Grübele die ganze Zeit, ob Fee recht haben könnte. Mit dem Füreinander-bestimmt-Sein, meine ich. Okay, klar, es war schon ein seltsamer Zufall, dass ich in der Zeit gesprungen bin, direkt nachdem Fee und Jannis sich geküsst haben. Hat das also wirklich was damit zu tun? Hab ich vielleicht tatsächlich eine *Mission in Sachen Liebe?*

Dauernd hört man so was in irgendwelchen Filmen und Büchern, dass zwei Leute füreinander bestimmt sind – aber was das bedeutet und wer das bestimmt und wie so was vonstattengeht, das erklärt einem keiner. Aber ... ausgerechnet ich und Liebe? Da könnte meine Mission auch darin bestehen, Baumpilzsporen zu züchten oder selbstfahrende Mülleimer zu erfinden. Davon hab ich in etwa genauso viel (wenig!) Ahnung wie von emotionalen Verwicklungen von Mädchen und Jungs!

Na ja. Was soll's. Dafür hab ich ja Fee und Jule und Shirin. Wobei Fee und ich uns einig sind, dass wir die Zeitreisegeschichte besser für uns behalten. Besonders Jule erzählt immer gerne Tratsch herum, was ich gar nicht böse meine, wenn ich das hier so schreibe, aber es wäre halt doof, wenn ihr das vielleicht irgendwo rausrutscht und die Leute mich dann wirklich für bekloppt halten (also noch mehr als normal). Und Shirin können wir es deswegen auch nicht sagen, weil sie es nicht aushalten könnte, so ein Geheimnis nicht mit Jule zu teilen. So und jetzt weg mit dem Stift. Bis morgen!

Montag, 18. Januar, 17.09 Uhr

Es war total lustig in der Schule. Nur Jule und Shirin sind ein bisschen irritiert gewesen, weil Fee und ich so viel zu zweit getuschelt haben. Aber es gab halt eine Menge Zeitsprung-Insiderkram zu besprechen. Fee kommt immer noch nicht darüber hinweg, dass sie schon mal jemanden geküsst hat, sich aber nicht daran erinnern kann, weil sie es ja noch nicht erlebt hat – und Jannis nicht mal kennt!!! Das ist in der Tat ziemlich verwirrend.*

In der Pause haben wir die Jungs beobachtet. Shirin und Jule haben (mal wieder) ihre Charts aufgestellt, wer am coolsten ist und wer am besten aussieht und so weiter. Für Fee ist die Sache klar: Paul! Sie hat ihn nicht aus den Augen gelassen. Und weil Jule ja in diesen Dingen am besten Bescheid weiß, hab ich sie einfach mal nach dem Thema von gestern Abend befragt, nämlich woher man weiß, ob man füreinander bestimmt ist.

»Ha!«, hat Jule gerufen. »Endlich fragt mich das mal einer!«

Echt, es war fast so, als ob sie schon lange ein Referat zum Thema vorbereitet hatte. Leider wurde es so nicht gerade einfacher oder eindeutiger – im Gegenteil.

Ich versuche, Jules Rede hier noch mal ganz ordentlich

* Noch nicht *Terminator*-Hirnturbulenzen-artig, aber auch schon reichlich crazy!

aufzuschreiben, vielleicht durchschaue ich dann, was sie gemeint hat. Als Erstes hat sie behauptet, dass das Universum einen zu demjenigen leitet, der für einen bestimmt ist. Indem man zum Beispiel in dieselbe Klasse geht oder auf einer Party zusammentrifft oder einfach jemanden mit dem Hoverboard über den Haufen fährt.

Dieses erste Zusammentreffen wäre vom Universum eingeleitet, meinte sie, dann käme die Chemie ins Spiel. Und zwar in dem Moment, in dem man dem anderen in die Augen guckt. »Dann müssen die Funken fliegen«, hat Jule gesagt.

»Und woran erkennt man das?«, wollte Fee wissen.

»Man bekommt so ein Wunderkerzenflimmern im Bauch«, hat Jule ganz schwärmerisch erklärt. »Manche sagen auch Schmetterlinge dazu. Wenn man das spürt, dann weiß man, dass da eine Verbindung ist. Und wenn die Verbindung da ist, muss man nur noch rausfinden, ob man auch in anderen Dingen auf einer Wellenlänge ist und man zum Beispiel über die gleichen Witze lacht und die gleiche Musik mag und sich mit dem anderen wohlfühlt und sich einfach alles erzählen kann und es einem zusammen nicht langweilig ist.«

»Das ist alles?«, hat Fee gefragt und ich hab den Zweifel in ihrer Stimme bemerkt.

Jule aber nicht. »Nein, natürlich nicht.« Jule hat aufgezählt, was noch alles passieren muss, damit man weiß, ob man füreinander bestimmt ist. Ich hab nicht mehr alles im Kopf. Auf jeden Fall fielen die Begriffe Spaghetti Napoli, Strandurlaub, Hosen mit eingewebten Löchern und irgendwie war auch noch wichtig, ob man die Sahne unter den Schokopudding rührt oder als Haube obendrauf lässt.

»Mit anderen Worten: Man muss den anderen erst komplett kennenlernen, bis man weiß, ob man füreinander bestimmt ist?!«, hat Shirin enttäuscht gefragt.

»Nein«, hat Jule behauptet, »manche wissen das auch einfach so. Beim ersten Blick in die Augen.«

Nach kurzem Überlegen war dann die Schlussfolgerung klar – für mich jedenfalls: »Wenn man also einen auf Anhieb überhaupt nicht leiden kann, dann kann derjenige auf gar keinen Fall für einen bestimmt sein. Hab ich das richtig verstanden?«

Aber da hat Jule heftig den Kopf geschüttelt und gemeint, das könnte *erst recht* ein Zeichen sein, dass man füreinander bestimmt ist. Wir drei haben sie endgültig verwirrt angestarrt und ich glaube, es war Jule ganz recht, dass es zum Pausenende geklingelt hat.

Dienstag, 19. Januar, 14.43 Uhr

Sensationelle Neuigkeiten! Die Eisberge scheinen sich jetzt im BlingBling-Ozean rumzutreiben. Sara, Kim, Leyla und Romy sind diese Woche Schulhofknechte!!!! Sie müssen mit den Gullyhandschuhen Müll aufsammeln, weil sie in Berlin mit Alkohol im Zimmer erwischt worden sind. Hahahaha!

Die BBQs glauben übrigens, ich wäre an der Zimmerdurchsuchung schuld gewesen, weil ich sie an den Potthoff verpetzt hätte. »Pfff«, hab ich nur gemacht und mich bemüht, total hochnäsig rüberzukommen. »Nur weil *ihr* Petzen seid, heißt das noch lange nicht, dass wir auch Petzen sind.«

Sie haben blöde Grimassen gezogen und ich hab sie stehen lassen. Echt. Als ob ich petzen würde! Selbst bei so

Blödmannstussen würde ich nicht zum Potthoff rennen. Vermutlich waren sie einfach zu laut. Oder die Jungs haben es rumposaunt, was weiß ich! Ich hab damit jedenfalls nichts zu tun. (Außer dass ich verhindert hab, dass sie uns reinlegen. Was kann ich dafür, wenn sie sich stattdessen selbst reinlegen?)

Dienstag, 19. Januar, 18.21 Uhr

Liege in Sachen Katastrophenverhindern voll im Plan. Hab für die Klassenarbeiten am Donnerstag (Englisch) und Freitag (Deutsch) gelernt. (Strebermission – check!)

Morgen bekommen wir die Einladung zu Romans Party. (Was nicht nur die peinlichkeitsfreie Partymission, sondern auch noch die Fee-und-Paul-Mission einleiten wird, die sich dort näherkommen werden. Das ist jedenfalls unser Plan!)

Jetzt muss ich mir nur langsam Gedanken machen wegen Kai. Hab gerade noch mal das **Book of bad ideas** durchgeblättert, um sicherzugehen, dass ich den entscheidenden Tag nicht verpasse. (Das Tagebuch aus der Zukunft – das beste Hilfsmittel für die erfolgreiche Zeitspringerin!)

Am Freitag wird Kai das erste Mal von Aaron und seinen Asikumpels in die Gummizelle gesteckt. Kai ahnt das natürlich nicht und ist total unbeschwert und gut drauf. Und das muss so bleiben. Ein deprimiertes Affenhirn – das geht gar nicht! Aber ich brauche Verstärkung, denn diese Sache ist zu wichtig. Ich werde Sascha fragen. So was fällt definitiv in die Pflichten eines großen Bruders!

Dienstag, 19. Januar, 20.53 Uhr

Waschlappenalarm!!! Reg mich gerade richtig auf. Wozu sind große Brüder gut, wenn sie *nicht mal ihre Geschwister beschützen?!?!*

Sascha hat mit Nele gechattet, als ich reinkam. Er war richtig genervt, dass ich ihn gestört habe, und deswegen musste ich ihn zuallererst mal anschnauzen, dass es superwichtig wäre. Er hat widerwillig sein Handy sinken lassen und ich hab erzählt, dass wir Kai morgen helfen müssen, weil so eine Asiclique aus der Neunten es auf ihn abgesehen hat.

»Meinst du diesen Aaron?«, hat Sascha gefragt und ich hab richtig gemerkt, dass es ihm kalt den Rücken runtergelaufen ist. Und dann meinte Sascha, dass er gegen solche Jungs gar nichts ausrichten könnte, weil er kein Schlägertyp wäre!!!

Da hab ich meinen großen Bruder nur sprachlos angeglotzt: wie er da auf seinem Sitzsack lümmelte, unter seinem Ed-Sheeran-Poster, die dünnen Beine im Schneidersitz verknotet, mit seinen lächerlich quietschgrünen Daunenhausschuhen (er klagt nämlich immer über kalte Füße).

Auf einmal hatte ich das Bild vor Augen, wie Jannis sich auf Aaron gestürzt hat. Er hatte kein bisschen gezögert und überhaupt keine Angst. Gut, Jannis ist ja auch ziemlich bescheuert, aber trotzdem. Er hat mich … beschützt. Ein Junge, den ich überhaupt nicht kannte! Und Sascha wollte nicht mal *für seinen eigenen Bruder* ein Risiko eingehen.

»Na und?«, hab ich ihn wütend angefahren. »Es geht um Kai!«

Sascha hat mit den Achseln gezuckt. »Geh zu den Lehrern«, hat er gesagt. »Oder sprich mit Mama und Papa.«

Also echt. So ein Joghurtdeckel ableckender, nicht vom Seitenrand springender, Hüttenschuhe tragender, bei Regen nicht Rad fahrender, Softiemusik hörender **SUPERLULLI!**

Dienstag, 19. Januar, 21.57 Uhr

Auf die beste Fee der Welt ist einfach Verlass! Hab mit ihr in Sachen Kai telefoniert. Natürlich ist sie dabei. Sie hat mir sogar noch einmal ausdrücklich verboten, alleine irgendwas zu unternehmen. Weil Aaron erstens zu gefährlich ist und zweitens, weil ich wegen ihm beinahe schon mal von der Schule geflogen wäre. (Also, in der Zukunft, die bei mir aber schon Vergangenheit ist – ich sag ja: verwirrend!) Wir werden also zusammen einen detaillierten Plan schmieden! Haben dafür ja noch ein paar Tage Zeit. Morgen startet erst mal die Partymission.

Mittwoch, 20. Januar, 16.09 Uhr

Da ist aber jetzt mal kolossal was schiefgelaufen. Wir haben die doofe Einladung nicht bekommen! Hab eben noch mal mit meinem **Book of bad ideas** verglichen: Der 20. Januar war der Tag, an dem Roman uns eingeladen hat. Aber jetzt: NICHTS!!! Fee ist ganz alarmiert und ich fürchte sehr, es hat schon wieder damit zu tun, dass wir in Berlin nicht unser Zimmer zerstört haben. (Dass sich Bravsein so sehr rächen würde, konnte ja keiner ahnen!)

Noch hoffen wir, dass Roman uns heute einfach vergessen hat. Wobei mich natürlich irritiert, dass Marlene und Camilla und die BBQs und überhaupt *irgendwie alle* schon den begehrten Umschlag bekommen haben und auch ordentlich damit angeben. Fee und ich werden morgen eine kleine Wir-bringen-uns-ins-Gedächtnis-Attacke starten, völlig smart und geschmeidig natürlich. Wie wir alle wissen, sind Spendierhosen* die beste Möglichkeit, sich beliebt zu machen.

Donnerstag, 21. Januar, 10.07 Uhr

Hab mein Tagebuch jetzt immer dabei, sogar in der Schule. Wie man gesehen hat, ist es Gold wert, sich alles zu notieren. (Vor allem, wenn man nie wissen kann, wann es einen wieder mal durch die Zeit katapultiert und ob man vielleicht mal wieder mithilfe von Notizen beweisen muss, dass man schon mal früher da gewesen ist.) Und das Mitschleppen hat sich jetzt schon gelohnt, weil schon wieder so viel passiert ist.

Leider sind wir nämlich heute nicht die einzigen Superhirne, die Spendierhosen anhaben. Offensichtlich wollte jeder noch schnell eine Einladung ergattern. (Kein Wunder, wo die ganze Klasse von nichts anderem mehr spricht!)

Das hab ich aber erst gemerkt, als wir Roman eben direkt nach der Englischarbeit aufgelauert haben. Fee und ich

* Das Wort hat auch sofort einen Platz in meinem Herzen erobert. Klingt schillernd und prächtig: »Ich hab heute meine Spendierhosen an.« Genau das richtige Kleidungsstück für ein Mädchen von Welt, das Leute mit seiner Großzügigkeit ~~bestechen~~ beeindrucken will.

hatten uns lässig an die Wand gelehnt und extra desinteressiert geguckt, damit klar ist, dass wir natürlich keine verzweifelten kleinen Schleimer sind, sondern coole Spaßkanonen, die auf keiner Party fehlen dürfen. Unsere gemischte Tüte vom Kiosk hab ich in der Hand gehalten und Fee hat gerade mit den Zähnen eine Lakritzschnecke entrollt und ich mir eine saure Zunge in den Mund gesteckt, als Roman hinter Luke und Paul aus dem Klassenzimmer kam.

Unser (nicht sehr grandioser) Plan: Wenn er uns sieht, würde ihm bestimmt sofort einfallen, dass er uns die Einladungen noch nicht gegeben hatte. Ich wollte Roman eben so ganz entspannt ansprechen, aber da hat bei mir gerade der Sauerschock eingesetzt, bei dem sich alle Geschmacksknospen zusammenrollen und die Zunge vorübergehend lähmen. Sprechen fiel aus, also hab ihm einfach schnell die Tüte hingestreckt. »Schier für dsch«, habe ich gebrabbelt.

Roman hat die Tüte angeguckt und amüsiert geschnaubt. Und erst da ist mir eingefallen, dass Max heute Morgen mit einem Schokoriegel in Romans Richtung gewedelt hatte … und auch Victoria und Lotta sind mit Chips auf Romans Tisch zugegangen. Spendierhosen waren der Modetrend des Tages!

»Lasst mich raten«, hat Roman gelangweilt gesagt. »Ihr möchtet zu meiner Party eingeladen werden.«

»Was?«, habe ich gefragt, wieder im Vollbesitz meiner Zungengeschmeidigkeit (aber leider nicht meiner geistigen Kräfte). »Ich meine, was ist das denn für eine blöde Frage?« Ich hab losgeprustet, um Zeit zu gewinnen und zu überlegen, wie ich dem Gespräch noch eine charmante Wendung geben könnte.

»Natürlich wollen wir eingeladen werden«, ist in dem

Moment Fee vorgeprescht und unsere Fassade der relaxten Spaßkanonen ist damit endgültig zerbröckelt. Roman würde uns nur mitleidsvoll anlächeln und dann stehen lassen.

Doch da ist das Wunder geschehen. Er gab uns die ultimative Chance und fragte: »Wieso sollte ich euch einladen?«

In meinem Hirn hat es gerattert wie in einem Spielautomaten. Schnell, eine geniale Antwort, bitte!

Möglichkeit 1: »Weil du uns schon mal eingeladen hast«, fiel leider mangels Glaubwürdigkeit aus.

Möglichkeit 2: »Ich komme als Überraschungsgast und sage allen die Zukunft voraus.«

Möglichkeit 3: »Ich mache Mottoparty und komme als Hotdog und werde einen genialen Dancebattle machen.« (Der Wurst Warrior lässt grüßen.)

Aber in dem Moment hat Fee schon gesagt: »Wenn du uns einlädst, verraten wir dir, welches Gedicht in Deutsch morgen drankommt.«

Da hat Roman misstrauisch, aber interessiert geguckt. »Woher wollt ihr das denn wissen?«

»Wir sind Hacker. Wir haben den Schulaccount von der Hinterkausen geknackt«, hat Fee total überzeugend geantwortet.

»Echt jetzt?«, hat Roman etwas skeptisch, aber dennoch beeindruckt gefragt.

Fee hat lässig genickt und einfach mal den Namen »Chaos Computer Club« eingeworfen.* Luke und Paul, die ab-

* Das ist die größte europäische Hackervereinigung. Wir haben mit denen natürlich gar nichts zu tun. Was Fee streng genommen auch gar nicht behauptet hat. Aber alleine die Erwähnung hat Wirkung gezeigt.

seits auf Roman gewartet haben, haben die Ohren gespitzt und kamen gleich näher. »Ey, cool«, hat Luke gesagt. »Ich steh in Deutsch auf der Kippe, Alter.«

Roman hat genickt. »Ja. Und diese beschissenen Gedichte machen es nicht besser.« Er hat sich eine Speckmaus aus meiner Tüte geangelt, Luke und Paul haben sich auch bedient – Paul sogar aus Fees Tüte, was sie ein bisschen rot werden ließ. Aber das Beste ist: Roman hat versprochen, es sich bis zur nächsten Pause zu überlegen!

Fee und ich sind jetzt natürlich megaaufgeregt. »Super Idee von dir mit dem Gedicht!«

»Hast du gesehen, wie Paul geguckt hat?« Fee hat übermütig gekichert. »Er hat mich richtig durchbohrt mit Blicken! Hey, *ich bin Hacker!*«

Läuft, würde ich sagen!

Donnerstag, 21. Januar, 11.14 Uhr

Obwohl wir schon große Pause hatten und jetzt gerade Fünf-Minuten-Pause ist, hat Roman immer noch nichts gesagt. Ob der Geheimtipp für die Deutscharbeit reicht? Oder glaubt er uns vielleicht doch nicht, dass wir das Thema wissen? Sind total nervös. Fee kaut unruhig auf der Lippe rum. Eben hat sie mir andauernd ins Ohr gezischt, dass wir unbedingt auf diese Party müssen, damit wir unsere Mission erfüllen können.

»Du meinst, wegen Paul«, hab ich mit einem Zwinkern zurückgeflüstert und Fee hat geantwortet: »Und wegen Jannis.«

»Ach was, hör auf mit dem«, hab ich gebrummt und auf

einmal ein merkwürdiges Grummeln in meinem Bauch bemerkt. (Es war definitiv kein Wunderkerzenflimmern- oder Schmetterlingsgrummeln, mehr so ein HAB ZU VIELE SAURE ZUNGEN AUF EINMAL GEGESSEN-Grummeln.)

Aber trotzdem will ich auf diese Party, schon allein für Fee! Wir brauchen also einen Plan B. Und da gibt es nur eine Möglichkeit: Wir müssen uns schnell als *Master of Disaster* qualifizieren! Weil wir ja dummerweise in Berlin viel zu brav gewesen sind. (So ein Fehler passiert mir echt nicht noch einmal, darauf gebe ich mein Ella-Schrader-Chaos-Qualitätsversprechen!)

Donnerstag, 21. Januar, 12.03 Uhr

Informatik! Sind im Computerraum und sitzen schon vor unseren Rechnern. Die Koch ist noch nicht da. Fee und ich gehen die üblichen Schülerstreiche durch, die Erwachsene ja lieber Sachbeschädigung nennen. (Warum die immer alles so dramatisieren müssen!) Feueralarm auslösen. Dumme Sprüche auf die Toilettenwand kritzeln. Notausgangsschilder klauen. (Ähem ...) Oder versuchen, den Mörtel um einzelne Steine in der Mauer des Klassenzimmers rauszukratzen (was wirklich schon mal welche gemacht haben, als ob wir in Alcatraz gefangen wären und einen Fluchtweg bräuchten!).

Aber wir haben natürlich keine Lust auf Schulhofknechtschaft oder gar Schulverweise. Außerdem ist absichtliches Kaputtmachen auch total bescheuert. Und Klauen natürlich auch. Nein, etwas Witziges muss her. Irgendeine originelle

Aktion, die keinen Schaden anrichtet, aber trotzdem zeigt, wie unentbehrlich wir für jede Party sind. Leider fällt mir nichts ein. Muss was essen, vielleicht kann ich dann besser denken.

Donnerstag, 21. Januar, 12.11 Uhr

Hab in meinem Rucksack ganz unten eine Butterbrotdose gefunden. Als ich mich wieder aufgerichtet hab, stand Paul vor unserem Tisch und Fee hat neben mir die Luft angehalten. Nix mehr von wegen Coolness einer vermeintlichen Hackerin. Sondern: akute Hirnlähmung. Muss Jule fragen, ob das auch ein Kennzeichen für das Füreinander-bestimmt-Sein ist!

Paul hat nicht gemerkt, dass Fees Gehirn sich vorübergehend abgemeldet hat, und sie angesprochen, sie solle mal irgendwas hacken. Fee hat ihn angeglotzt, als säße er auf einem rosa Einhorn und böte ihr eine Schachtel Zauberkekse an.

»Äh. Ja. Äh«, hat sie gestammelt, was in unkontrollierbares Kichern überging.

Ich schnell eingesprungen: »Ja klar, Paul. Was sollen wir denn hacken. Zwiebeln oder Holz?«

Paul hat gegrinst und ich hab dann einfach behauptet, die Schulcomputer wären so lahm, da bräuchte man gar nicht erst anfangen. Da hat Paul Fee gefragt, ob sie ihm mal an ihrem Computer *zu Hause* zeigen könne, wie das geht. Er hat sich quasi für NACHMITTAGS mit ihr verabredet!!! Fee hat genickt und nach Luft geschnappt. »Super«, hat Paul gesagt und ist zu den Jungs gegangen.

»Ella.« Fee hat mich mit weit aufgerissenen Augen angestarrt. »Hast du das gehört?«

»Ich hab es gehört.«

»Er will sich mit mir treffen!«

»Glückwunsch!« Erst da hab ich bemerkt, dass sich aus meiner Butterbrotdose ein penetranter Salamigeruch verbreitet hat. Wie lange hat die schon in meinem Rucksack gelegen?

Puuh, ich hab grad mal das Brötchen aufgeklappt und da lag sie in ihrer braunrot-weiß-glänzenden-Fettigkeit und hat ganz unschuldig getan, die Salamischeibe. Es war eine von den großen runden, vom Durchmesser fast so wie eine DVD.

Ooh, habe gerade einen genialen Einfall!

Donnerstag, 21. Januar, 12.56 Uhr

HAHAHAHA!!! Triumph auf ganzer Linie! Plan A hat funktioniert. Wir mussten gar nix kaputt machen. Und nicht mal originell sein. Meine geniale Idee, die Salamischeibe ins Diskettenlaufwerk zu legen und das als alten Hackertrick auszugeben, hab ich nicht gebraucht. Dabei hatte ich echt schon die fettige Wurst aus meinem Brötchen geangelt, als Fee mich in die Seite gestoßen hat.

Denn Paul hatte mit Roman geflüstert und danach ist Roman zu uns gekommen und hat uns eine Einladung gegeben. Wir haben den Deal eingehalten und ihm das Gedicht der Deutscharbeit samt Analyse aus dem Internet verraten – und sind DRIN!!!!

Übernächsten Samstag werden wir feiern! Und Fee ist voll motiviert, sich Paul da zu schnappen. Wenn das klappen würde, wäre das natürlich spitzenmäßig! Dann könnte ich auch diese Sache von meiner Liste streichen. Missionen erfüllen macht total Spaß! Mit meiner ersten Bilanz als Katastrophenverhüterin vom Dienst bin ich zufrieden. Und *meine* eigene Mission für die Party ist ja sowieso total einfach.

Um Peinlichkeiten zu verhindern, muss ich einfach nur unverkleidet kommen. Und mich von der Tanzfläche fernhalten. Und von Jannis am besten auch, wenn ich es mir recht überlege. Okay. Ist 'ne Menge. Aber schaffbar. Aber damit beschäftige ich mich nächste Woche. Jetzt hab ich erst einmal was wirklich Wichtiges zu erledigen.

Donnerstag, 21. Januar, 15.06 Uhr

Mission Kai vs. Aaron geht an den Start. Wie es sich für eine professionelle Katastrophenverhüterin gehört, hab ich mal ein bisschen nachgedacht. Kai hatte mir ja gesagt, dass er Aaron auf dem Weg nach draußen aus Versehen angerempelt hatte und das Mobbing danach angefangen hat. Er war nur durch Zufall als Opfer ausgewählt worden. Wenn wir also diese Anrempelei verhindern, wird Kai sehr wahrscheinlich gar nicht erst zur Zielscheibe werden und das Thema Mobbing wäre vorbei, bevor es angefangen hat. Das ist mein Ziel.

Also: Wir müssen Kai einfach nur nach dem Unterricht nach draußen geleiten, ohne dass er mit Aaron kollidiert. Das müsste zu schaffen sein. Wobei Fee meinte, es wäre am besten, wenn wir das zu viert machen. Das finde ich eine super Idee. Wir haben uns deswegen heute bei Shirin verabredet. (Hatte Shirin und Jule natürlich auch die Tipps für das Gedicht in der Klassenarbeit gegeben, daher müssen sie heute nicht so viel lernen!) Zeit für einen Kriegsrat.

Donnerstag, 21. Januar, 18.17 Uhr

Falls ich es noch nicht oft genug erwähnt habe, schreibe ich es hier noch einmal: Ich hab super Freundinnen! Wirklich. Da können sich manche großen Brüder eine Scheibe von abschneiden!

Ich hab Jule und Shirin das Gleiche erzählt, was ich Sascha erzählt habe, nämlich dass Aaron sich Kai als Opfer ausgeguckt hat und wir ihm helfen müssen, sicher aus der Schule rauszukommen.*

Jule und Shirin waren sofort auch total aufgebracht. Natürlich kannten sie Aaron und seinen Ruf auch schon. Shirin meinte, sie hasst solche Bully-Typen, die andere fertigmachen, um sich besser zu fühlen. Sie hat dann noch ausgeführt, dass zwar meistens irgendwelche anderen Probleme hinter so miesem Verhalten stecken würden.** Mangelndes Selbstwertgefühl, irgendwelche schlimmen Erlebnisse, Probleme in der Familie, so was in der Art, aber das wäre trotzdem keine Rechtfertigung, sich an Kleineren zu vergreifen.

---

* Ich hab es so dargestellt, als wäre Aaron schon auf Kai aufmerksam geworden. Weswegen wir ihm Geleitschutz geben müssen auf dem Schulweg.

** Ihre Mutter ist Psychologin. Das merkt man bei solchen Themen natürlich. Ich find's superinteressant, was Shirin alles weiß!

»Mir doch egal, warum der Typ kacke ist. Er soll Kai in Ruhe lassen!«, hat Fee gerufen und Jule meinte sofort, dafür würden wir schon sorgen. Kai wäre immerhin mein Bruder und damit auch so was wie ihre Familie. Hab ich schon gesagt, wie toll ich meine Freundinnen finde? Sie sind SUPERTOLL!!!

Am liebsten hätte ich ihnen doch von meinem Zeitsprung erzählt, aber ich wollte sie nicht verwirren und von der Sache mit Kai ablenken. Denn jetzt mussten wir überlegen, wie wir vorgehen. Einfach würde es nicht, das war uns allen klar.

»Gegen den Kerl kommen wir nicht an«, hat Shirin eingewandt.

Da konnten wir nur nicken. Auch wenn wir stark und mutig sind – so einen Riesen können wir nicht in einem normalen Kampf besiegen.

»Brauchen wir auch nicht«, hat Jule strahlend verkündet. »Wir schlagen ihn mit den Waffen der Frauen.« Sie sagte das so, als wäre das eine völlig naheliegende und logische Lösung, aber ich hatte mal wieder keine Ahnung, wovon sie redet. Aber da war ich zum Glück nicht die Einzige.

»Die Waffen der Frauen?«, hat Fee verwundert gefragt. »Du meinst: Cybermobbing, Intrigen, Ablästern?«

Jule hat den Kopf geschüttelt.

Ich: »Pfefferspray? Elektroschocker? Pinkfarbene Schlagstöcke?«

»Nei-hen!« Jule hat mit der Zunge geschnalzt, unsere Unwissenheit aber noch ein bisschen ausgekostet, um uns auf die Folter zu spannen. »Was dann?«, wollte Shirin wissen. »Sollen wir wie bei David gegen Goliath mit einer Steinschleuder …«

»Schschsch«, hat Jule gemacht und dann mit erhobenen Armen gerufen: »Schönheit und Verführungskunst! *Das* sind die Waffen der Frauen.«

Für etwa drei Sekunden war Stille, während uns Jule triumphierend angeguckt hat. Dann sind Fee, Shirin und ich in Lachen ausgebrochen. **Keuch, prust, japs!**

Jule hat ein Buddhagesicht gemacht und völlig unbeeindruckt gelächelt, während sie uns auskichern ließ. Besonders, da ich für den Flirtteil überhaupt nicht gebraucht werde, für den man »verführerisch und charmant reden und dem Jungen schöne Augen machen muss« (O-Ton Jule). Ha! Da könnte ich eher einen Handstand auf einem galoppierenden Bison machen. (Und ich kann nicht mal Handstand auf einer Matte, die kein bisschen galoppiert!)

Als wir endlich wieder Luft bekommen haben, hat sie uns ihre Idee erklärt. Und auch, wenn Jule meint, zentraler Bestandteil wäre **die Kunst des Flirtens** (oder auch – total albern – »Verführungskunst«), finde ich unseren Plan einen Versuch wert. Denn wenn er funktioniert, kommt dabei nämlich niemand zu Schaden – und vielleicht hält er Aaron tatsächlich sogar eine Weile davon ab, sich weitere Opfer zu suchen.

Am Ende haben wir uns im Kreis aufgestellt und unsere Hände aufeinandergelegt. Wie ein Team. (Was wir ja auch sind.)

»Zwei und zwei macht vier!«, hat Jule unseren Schlachtruf angestimmt. Und wir: »Vier sind wir. Wir sind vier!« Dann alle zusammen: »Girlpower!!!«

Donnerstag, 21. Januar, 21.17 Uhr

Bin nervös wegen morgen. Es ist sehr aufregend, die Welt zu verändern!!!

Freitag, 22. Januar, 10.43 Uhr

Deutscharbeit schon fertig. War supereinfach.

Merke: **Mit perfekter Vorbereitung wird alles leicht.** (Zitiert aus: *Gesammelte Weisheiten von Ella Schrader, plötzlich Streberin.)*

Hab so viel geschrieben zu dem Gedicht! Da wird Mama nichts zu meckern haben. Gute Noten, check!

Jetzt muss nur noch unser Plan gleich funktionieren. Hab Kai gesagt, dass er nach der sechsten Stunde vor dem Schwarzen Brett auf mich warten soll, damit wir zusammen mit dem Bus nach Hause fahren können. (Ich fahre sonst selbst im Winter mit dem Rad, meine Brüder sind beides Sonnenscheinradler.)

Freitag, 22. Januar, 12.43 Uhr

Letzte Fünf-Minuten-Pause. Haben noch mal alles besprochen. Jule ist ganz klar die Chefin des Unternehmens. Sie hat sich richtig rausgeputzt und sieht mal wieder megacool aus. Sie hat ihre langen Haare mit den knallroten Strähnen zu zwei dicken Knoten auf dem Kopf gebunden, dazu trägt sie eine pinke Jacke und eine schwarz-weiß gewürfelte Lederhose. Bei jedem anderen sähe das bestimmt aus wie verkleidet, aber ihr steht das einfach richtig gut!

Jules Plan ist:

1. Zeigen, dass Kai kein Opfer ist. (Wenn Mädchen um ihn rumschwirren und ihn anhimmeln, ist jedem Idioten klar, dass Kai ein Macker ist, den man besser in Ruhe lässt.)
2. Verhindern, dass Kai in Aaron reinläuft. (Was einfach ist, wenn wir alle um ihn rumstehen. Da können wir Kai locker dirigieren, selbst wenn er nur auf sein Handy starrt.)
3. Aaron den Brief einer heimlichen Verehrerin zustecken. (Hat zur Folge, dass Aaron sich besser fühlt und vielleicht keine anderen Schüler mehr ärgern muss. Das ist zumindest die Theorie. Einen Verehrer oder eine Verehrerin zu haben, ist laut Jule und Shirin der totale »Ego-Booster«. Da ich von dem Thema keine Ahnung hab, glaube ich ihnen. Schaden kann es jedenfalls bestimmt nicht.

Ich würde sagen: Wenn es einen wasserdichten Plan gibt, dann wohl diesen hier!

Freitag, 22. Januar, 14.18 Uhr

Der Plan war super. Und er hätte auch funktioniert, wenn sich alle an ihn gehalten hätten. Aber es gab natürlich wieder mal eine, die aus der Reihe tanzen musste und damit alles gefährdet hat.

Und ja. Natürlich bin ich das gewesen.

Und nein. Beim Geheimdienst könnte ich mich nach der Aktion heute bestimmt nicht bewerben. Obwohl ich damit vorher ehrlich geliebäugelt hatte. (Gestatten, Ella Schrader, Junioragentin, Beseitigung von Schulproblemen aller Art.)

Weil Jule so lässig das Kommando übernommen hatte, haben wir uns alle sehr sicher gefühlt, als wir Kai am Schwarzen Brett getroffen haben. Birkan hat freitags noch Schach-AG, deswegen war Kai allein.

»Hi, Schnucki!«, hat Jule Kai angestrahlt und sich bei ihm eingehakt. Kai hat mir einen verwirrten Blick zugeworfen und einen Moment so gewirkt, als wollte er um Hilfe rufen, aber ich hab ihn nur angelächelt und gesagt, dass meine Freundinnen heute alle mit zu uns fahren. Fee hat sich auf seiner anderen Seite eingehakt und Kai ist ein bisschen rot geworden, hat sich aber nicht dagegen gewehrt.

Wir sind also zu fünft Richtung Ausgang gegangen. Jule hat sich mit Kai unterhalten und auch Shirin und Fee haben so getan, als wäre er der interessanteste Junge der Welt.* Wir kamen Richtung Ausgang. Und da stand er: Aaron. In seiner dunkelgrünen Bomberjacke, mitten im Durchgang und die Arme in die Seiten gestützt, als wäre er nicht so schon breit genug. Wie ein lebender Betonpfeiler blockierte er die Mitte des Durchgangs, während er sich mit einem anderen Jungen unterhalten hat.

In diesem Moment hat mich so eine richtige Welle des Grolls erfasst: Konnte diese Pfeife keinen anderen Platz für den Kaffeeklatsch finden? Echt. Das war doch alles Absicht! Der hat ja nur darauf gewartet, dass ihn einer anrempelt und er einen Grund hat, Ärger zu machen!

Ich habe tief durchgeatmet und bin mit Shirin hinter Jule, Kai und Fee auf die Tür zugelaufen. Obwohl Jule weiter auf ihn eingeredet hat, hat Kai sein Handy rausge-

* Was ein ziemlich cooler Move war. Als wir an Paul und Luke vorbeigekommen sind, hat Paul Fee irritiert angeglotzt. Sollte er etwa eifersüchtig sein???

holt. (Wobei er seine Arme aus Jules und Fees Griff gelöst hat!)

Manieren, Affenhirn, Manieren!, hab ich nur gedacht, aber seit Kai dieses Musteraktiendepot hat, ist es noch schlimmer geworden mit seiner Handysucht. Er hat auf sein Display gestarrt und war sofort in den Anblick versunken und hat deswegen die Orientierung verloren. Er ist abgedriftet, direkt auf Aaron zu! Aaron hat in dem Moment auch noch einen Schritt nach hinten gemacht und ich hab den Atem angehalten. Jule hat aber super aufgepasst, Kai gepackt und rechtzeitig aus der Gefahrenzone gebracht und ihn an Aaron vorbeigeschleust. Geschafft!

Jetzt musste ich Aaron nur noch den Brief seiner Fantasieverehrerin M zustecken, den Jule gestern mit Herzchen und rosa Stift geschrieben hat.

Hey, Aaron, ich find dich toll und beobachte dich immer auf dem Freiplatz. Vielleicht treffen wir uns dort mal nach der Schule? Xxx M

Eigentlich war ausgemacht gewesen, dass ich kurz stehen bleibe und ihm den Zettel überreiche. Und das wollte ich auch tun, aber auf einmal bin ich so richtig sauer geworden. Weil dieser Riesenkerl Aaron seine körperliche Überlegenheit dazu nutzte, um Kleineren und Schwächeren jede Menge Ärger zu machen. Immerhin hatte er meinem Bruder mal eine reingehauen, also zumindest in der ersten Version vom Januar, die ich schon erlebt hatte. Und deswegen hätte ich ihn vermutlich total angeschnauzt, wenn ich vor ihm stehen geblieben wäre. Das wollte ich aber nicht. Ich wollte keinen Ärger mit ihm riskieren, jetzt, wo wir Kai gerettet hatten.

Besser wäre, wenn ich Aaron den Zettel wie so eine Trickdiebin einfach in die Jackentasche stecken würde – das ist zumindest mein Plan gewesen. Hab ich tausend Mal im Fernsehen gesehen, wie die Leute das machen. Seine Jacke war offen und die Seitentaschen klafften auf. Das würde easy klappen. Erst, als ich nur noch einen Schritt von ihm entfernt war, ist mir eingefallen, dass Fernsehtrickdiebe ihre Opfer beim Zustecken oder Entwenden von Sachen aus Jackentaschen immer ... **anrempeln.**

Oh, Anruf. Es ist meine Lebensretterin!!!

Freitag, 22. Januar, 14.51 Uhr

Hab grad mit Jule telefoniert und mich noch mal bei ihr bedankt. Sie hat heute wirklich einen Eins-a-Auftritt hingelegt.

Ich bin nämlich auf Aaron zu, hab ihn nur streifen und dabei den Zettel in die Jackentasche fallen lassen wollen, aber weil er sich ein bisschen in meine Richtung bewegt hat und ich so wenig praktische Erfahrung mit Taschendiebstahl hatte, wurde aus dem Streifen ein echtes Rempeln. Und der blöde Zettel hat dabei auch noch haarscharf die Jackentasche verfehlt und ist auf den Boden gesegelt!

Ich wollte mich schnell nach dem Zettel bücken. Dabei ist mir mein schwerer Rucksack, den ich nur an einem Gurt übergehängt hatte, von der Schulter gerutscht und zwar direkt auf Aarons Fuß.

Ich hab nach oben gelinst und er hat den Kopf zu mir gedreht und mich von oben angeglotzt. Wie in so einem Horrorfilm, wenn das Endzeitmonster in Tyrannosaurus-Rex-Gestalt sein Opfer ins Visier nimmt. Seine Augen sind immer kleiner geworden. »Hast du noch alle Latten am Zaun?«

Was für eine dämliche Frage! Natürlich hab ich nicht alle

Latten am Zaun! Wenn ich sie alle hätte, hätte ich bestimmt nicht zu ihm gesagt: »Du stehst im Weg, Alter. Mach doch mal Platz!«

Aaron hat sich vor mich geschoben, wobei er mit seinen Quadratlatschen auf den Zettel getrampelt ist. »Du kleine Mistkröte. Kannst mich nicht einfach anrempeln und dann weitergehen, als wäre nichts gewesen.«

»Wieso nicht?«, hab ich gefragt. »Würdest du doch auch machen.«

Okay. Mir war natürlich klar, dass ich mich auf sehr dünnem Eis bewege und schnell abhauen sollte. Hab ich auch versucht, indem ich mich unter ihm weggeduckt habe, aber da hat mich Aaron schon mit seiner Riesenpatschehand am Kragen gepackt. »Warte, du …«

»Hey, Ella!«, rief in dem Moment Jule. Sie kam strahlend auf uns zu, als würde sie gar nicht merken, dass hier was schieflief. Sie hat sich neben mich gestellt und gefragt: »Wer ist das denn?«, wobei sie Aaron angelächelt hat. Er hat sie angeglotzt und mich losgelassen.

»Spielst du Football?«, hat Jule bewundernd gefragt.

Er hat den Kopf geschüttelt. »Basketball.«

»Du siehst echt aus wie ein Quarterback. Sieht er nicht aus wie ein Quarterback, Ella?«, hat sie weitergeplappert und ihren Blick an ihm hoch- und runtergleiten lassen. »Wow!«

Dann hat sie sich bei mir untergehakt, fröhlich »Also dann, Jungs, bis später!« gerufen und wir sind einfach davonspaziert.

Ich hab echt die besten Freundinnen der Welt!!!

Das Affenhirn weiß natürlich nicht, dass er an einer echt miesen Episode seines Lebens vorbeigeschrammt ist. Er ist blöd wie eh und je. Was wirklich toll ist! Ich freue mich und habe nicht mal was nach ihm geworfen, obwohl er mich schon zweimal in Mensch-ärgere-dich-Schach geschlagen hat. Das ist unsere Spezialvariante von Schach, wo wir uns gegenseitig in Windeseile abmetzeln.*

Das Affenhirn dagegen hat erstaunlich viel Überblick beim Schach – auch in der ganz normalen Variante. Und bei Mathe auch. Während wir so spielten, habe ich mir eben von ihm die miese Textaufgabe zur Raumgeometrie in der anstehenden Klassenarbeit erklären lassen. Echt, diese Aufgabe verfolgt mich sogar noch in meinen Albträumen, so gut erinnere ich mich da dran: Wie viele Murmeln von 8 mm Durchmesser füllt irgendein Horst in einen 10-Liter-Eimer?

Und ich muss sagen, bei so was ist mein Bruder mit seinem Affenhirn schon echt praktisch! Hab die Aufgabe (samt Lösungsweg) gleich an Fee weitergegeben – und auch an Jule und Shirin. Damit Fee auf keinen Fall eine Fünf schreiben wird und sie mit auf Mizzis Party kann!

Nur leider kann Fee sich heute nicht auf Mathe konzent-

* Wenn ich ehrlich bin, ist das die einzige Variante, die ich kann. Normales Schach ist so unglaublich kompliziert! Wenn ich versuche, richtig Schach zu spielen, läuft das so ab: Ich ziehe zum Beispiel meinen Turm vor und denke für einen kurzen Moment, dass das eine brillante Idee war, dann schießt der gegnerische Läufer aus der hintersten Ecke hervor und im nächsten Zug bin ich auf einmal schachmatt. Mir fehlt komplett der Überblick über all die Fallen, die auf dem Spielfeld lauern.

rieren, weil Paul sie gefragt hat, ob sie sich am Wochenende treffen. Sie ist total aus dem Häuschen deswegen. Vor allem, weil sie **NEIN** gesagt hat!!

Samstag, 23. Januar, 18.17 Uhr

Musste gerade mit Fee Krisensitzung halten. Sie ist voll verzweifelt, weil sie Paul abgesagt hat. Ich hab das erst mal wieder nicht kapiert, weil sie ja nichts lieber täte, als sich mit ihm treffen. Aber sie wollte nicht – *weil sie nicht hacken kann!*

»Und dann will er vielleicht nachher, dass ich ihm am Computer was zeige, und was mache ich dann? Ich kann nur Steuerung, Alt und Entfernen. Das ist mein einziger Hackertrick!« Sie hat ganz betrübt geklungen.

»Warum hast du nicht vorgeschlagen, ins Kino zu gehen?«, hab ich gefragt und da war sie erst recht am Ende.

»Genau. Warum hab ich das nicht gesagt? O Mann! Ich bin so doof! Er fragt mich bestimmt nie wieder! Oder soll ich ihn anrufen und fragen? Oder soll ich vorher Hacken lernen? Birkan ist so ein Computer-As, den könnte ich fragen!« Sie war richtig aufgelöst und ich hab bestimmt eine halbe Stunde gebraucht, um sie zu beruhigen und sie vor allem wieder darauf zu bringen, dass sie Mathe lernen soll, damit sie nächsten Samstag auf die Party darf. »Ja, die Party, bis dahin weiß ich auch, was ich mit ihm reden soll«, meinte sie noch, bevor wir eben aufgelegt haben.

Montag, 25. Januar, 14.01 Uhr

Muss feststellen: Zeitreisen sind so kompliziert wie Schach. Mindestens! Man weiß einfach nie, was der nächste Spielzug an Schrecken nach sich ziehen könnte.

Denn ich fürchte, Aaron hat es jetzt *auf mich abgesehen*. Er hat mich in der Pause verfolgt! Mit grimmigem Gesichtsausdruck hat er im Gang vor der Mensa auf mich gewartet. Aber ich hab ihn früh genug entdeckt und bin mit Fee geflüchtet! Wir konnten im Gewusel einer Gruppe von Oberstufenschülern verschwinden und haben uns in die Bücherei versteckt. Diesen Ort kennt dieser Neandertaler offensichtlich nicht, denn bis dahin ist er uns nicht gefolgt!

Ansonsten: Mathe war okay. Murmelaufgabe hatte ich schnell durch, sodass ich mehr Zeit für den Rest hatte. Deutsch haben wir zurück – ich habe eine Zwei plus. (Fee und Shirin eine Zwei. Jule wissen wir nicht, sie war heute krank.) Weil die Arbeit so gut ausgefallen ist, hat die Hinterkausen sie total streng bewertet. Und sie war auch ein bisschen misstrauisch, weil so viele aus der Klasse Ideen aus der Internetanalyse übernommen hatten.

»Natürlich weiß ich, dass ihr vorher im Internet recherchiert«, hat die Hinterkausen gesagt. »Aber das hier ist nicht normal. Irgendwas stimmt da nicht. Ich finde schon noch raus, was.«

Da haben Fee und ich natürlich ganz unschuldig geguckt.

Donnerstag, 28. Januar, 21.28 Uhr

Morgen gibt es Zeugnisse! Ich bin ziemlich entspannt, da ich zuletzt richtig gut mitgearbeitet hab und meine Arbeiten auch sehr gut waren. (Also, nicht *sehr gut* im Sinne von »sehr gut – eins«, sondern sehr gut im Vergleich zu vorher. Ich finde, die Notengebung bleibt weiterhin verbesserungsbedürftig!)

Was mich viel nervöser macht als die Zeugnisse, ist Aaron. Der liegt dauernd auf der Lauer und Fee und ich sind wie die Geheimagenten in der Schule unterwegs, um ihm aus dem Weg zu gehen.

Freitag, 29. Januar, 14.45 Uhr

Mama und Papa sind mit meinem Zeugnis zufrieden!!! Und ich auch! Was jetzt keine Überraschung ist, ich war ja auch vorher schon zufrieden!

Es läuft also. Jule ist für morgen auch wieder fit (war die ganze Woche nicht da) und kommt zur Party. Freu mich so! Ich hab beschlossen, dass Romans Party super wird und eine komplett eisbergfreie Zone. Jegliche Peinlichkeiten gehören meiner Vergangenheit an. Morgen Abend werde ich weder als Hotdog kommen noch einen Abhang runterkullern. Und ich halte mich auch von Dancebattles fern und von Faustkämpfen mit anderen Gästen.

Trotzdem ist da dieses komische Flattern in meinem Magen. Eigentlich hatte ich mich ja mit mir geeinigt, dass es einfach nur Zufall ist, dass ich in der Zeit gesprungen bin. Aber auf einmal bin ich doch nervös. Ich weiß ja nicht mal, *wie* ich durch Zeit und Raum gerauscht bin. Was, wenn ich bei nächster Gelegenheit plötzlich wieder in der Zeit zurückspringe? Oder ich doch eine ganz bestimmte Mission habe, die ich erfüllen muss, aber das nicht kann, weil ich sie nicht kenne?

Fee ist weiterhin der Meinung, dass Jannis ein Grund für den Zeitsprung sein könnte, und deswegen bin ich vielleicht auch wegen ihm ein bisschen aufgeregt. Natürlich weiß ich, dass Fees Theorie, dass er und ich füreinander bestimmt sind, völliger Blödsinn ist. Ich hab doch noch nicht mal Ahnung vom Verknalltsein. Wie sollte ich mich da mit Schicksalsfragen der Liebe auskennen? Das ist alles noch total weit weg für mich. Da ich mich aber bei unserem *ersten* ersten Treffen auch ein klitzekleines bisschen bescheuert verhalten habe, werde ich dieses Mal dafür sorgen, dass wir uns wie vernünftige Leute kennenlernen.

Wenn wir uns vielleicht sogar höflich unterhalten, kann ich bestimmt herausfinden, ob er irgendwas mit meinem Zeitsprung zu tun haben könnte.

Samstag, 30. Januar, 17.03 Uhr

Mama meinte, ich könnte mich für die Party ruhig schick anziehen. Ich darauf: »Hab ich doch!«

Immerhin hab ich meinen Lieblingspulli an, auf dem Pizzastücke und Pommes drauf sind und der Slogan *Fries over guys.**

Mama: »Oh. Ach so.«

* Ein klares Statement! Für Jule, Shirin, Fee *und* das Universum. Ich will kein Risiko eingehen. Und Fee natürlich auch überzeugen, dass sie sich mit ihrer Jannis-Theorie irrt!

Klar! Ich bin angezogen wie ein normaler Mensch. Und so werde ich mich heute auch benehmen.

Samstag, 30. Januar, 23.46 Uhr

Normaler Mensch? Wieso hatte ich gedacht, ich könnte mich wie ein normaler Mensch benehmen? Wenn ich das in den bisherigen dreizehn Jahren meines Lebens nicht auf die Reihe bekommen hab, ist es doch von vornherein unwahrscheinlich gewesen, dass ich das jetzt auf einmal schaffe. Das einzig Gute an meinem mangelnden Talent für normales Verhalten ist, dass ich in so guter Gesellschaft bin. Fee ist zum Glück auch eine Null – zumindest, was Paul betrifft. Aber zusammen sind wir ein super Team.*

Bin jetzt wieder zu Hause. Was für ein Drama! Pestbeulen und andere Peinlichkeiten inklusive! Was das Thema Jannis angeht, bin ich auf der Party keinen Millimeter weitergekommen. Wirklich. Keinen. Milli. Meter. Für Fee ist es dagegen richtig gut gelaufen. Hab sie aber auch tatkräftig unterstützt. Dass dabei mal wieder die Fäuste geflogen sind, war wirklich nur ein Versehen!

Auf jeden Fall ist Fee vielleicht schon ganz bald offizielles Mitglied im Club der Coolen, wie Shirin und Jule andächtig verkündet haben. Dass es mit Paul und Fee zu laufen scheint, hat Sara natürlich gar nicht gefallen. Was die Sache für uns noch viel schöner macht! Hahahaha.

* Zweimal Minus ergibt Plus. Kapiert kein Mensch, aber stimmt offenbar. Gestatten, Ella Schrader, mathematische Ulknudel!

Ein bisschen Sorge macht mir nur, dass sich das Gerücht, dass Fee und ich den Account von der Hinterkausen gehackt hätten, ziemlich verbreitet hat. Ich kann nur hoffen, dass die BBQs es nicht mitbekommen. Hätte sonst echt Bedenken, dass sie uns bei den Lehrern verpetzen – und zwar für etwas, das wir mangels Fähigkeiten noch nicht mal getan haben *können*.

Als wir uns vor Romans Haus getroffen haben, war ich plötzlich so richtig nervös wegen Jannis (und der Frage, ob er was mit dem Zeitsprung zu tun hat), aber weil Fee noch viel nervöser war wegen Paul, hat mich das abgelenkt und ich habe mich voll auf sie konzentriert. Fees größte Angst war natürlich, dass sie im Gespräch mit Paul mal wieder einen Blackout haben würde. »Vor allem, weil ich heute die ersten zwei Filme der *Twilight*-Saga geguckt hab«, hat sie gejammert. »Mir schwirrt total der Kopf von Edward und Bella und ... ach«, seufzte sie. »Das ist so romantisch. Und wo du in der Zeit gesprungen bist und damit bewiesen hast, dass das echte Leben auch wie ein Fantasyroman sein kann, glaube ich, dass es vielleicht mit Paul und mir auch so sein wird.«

»Ähh. Dass du ein Vampir wirst?«

»Was? Nein. Aber es kann doch sein, dass er und ich wie Edward und Bella bis in alle Ewigkeiten verliebt sein werden.« Sie hat ganz schwärmerisch die Augen aufgerissen.

»Kann wirklich sein«, hab ich gesagt. »Das findest du bestimmt raus, wenn ihr euch schön lange unterhaltet.«

Da hat sie gestutzt und ist ganz rot geworden. »Mist. Ja. Das muss ich wohl tun.«

Hab ihr dann ein bisschen Small-Talk-Nachhilfe gegeben und ihr eine Menge Themen vorgeschlagen, mit denen sie locker drei Stunden Gespräch füllen könnte. »Du kannst erzählen, dass du in Frankreich mit deinem Papa angeln gehst. Und dass deine Oma aus Korea gerne die Augen vom Fisch isst. Oder dass du schon mal vom Eiffelturm gespuckt hast. Oder du kannst ihm sagen, wie super die Serie *The Falcon and the Wintersoldier* ist. Oder bring das Thema auf Banana Split und lad ihn zum Eisessen ein!«

Bei allem hat sie genickt und gemurmelt und ich hab mich irgendwie richtig vernünftig gefühlt. Ich konnte meiner Freundin einen guten Rat geben und hey, ich war nicht als Hotdog verkleidet! Alleine deswegen hab ich mich schon weise und erwachsen gefühlt.*

Noel hat das übrigens nicht davon abgehalten, seinen schmierigen Spruch abzulassen. Irgendwann ist er in dem Partyraum an mir vorbeigekommen. »Du siehst ja scharf aus!«, hat er gesagt und dabei auf meinen Pizza-Pommes-Pulli geglotzt. »Da bekommt man ja gleich Appetit.«

Würg. »Ich dachte, den Anmachspruch hebst du dir für Mädchen im Wurstkostüm auf«, hab ich ganz cool gesagt.

»Und witzig bist du auch noch. Du musst Ella Schrader sein. Mizzi hat mir ...«

Schnell haben Fee und ich uns verdrückt und ihn einfach stehen lassen. Wir haben uns auf eine Partybank gehockt und alles beobachtet. Romy, wie sie auf der Tanzfläche eine Show abgezogen hat. Die Jungs, wie sie rumgealbert haben.

Langsam bin ich immer nervöser geworden, weil das Treffen mit Jannis näher rückte. Fee war auch nervös, weil sie sich Paul vornehmen wollte, damit Sara nicht mit ihm

* Da fällt mir ein: Ich bin ja auch eigentlich schon drei Monate älter als bei Romans erster Party. Also auch ein Vierteljahr näher am Erwachsenwerden! Bin sicher, das kann man mir anmerken. Also, manchmal.

verschwinden konnte. Aber wir waren uns einig, dass wir voll mutig sind und uns nicht vor einem Treffen mit den beiden drücken würden. Fee und ich haben uns gegenseitig mit einem verschwörerischen Faustcheck Glück gewünscht und uns getrennt. Sie ist in den Partyraum, ich nach oben. Vor Aufregung wäre ich beinahe in Tarik reingerannt, der

Sonntag, 31. Januar, 00.07 Uhr

Kai ist kurz reingekommen, um sich von mir Batterien für sein Headset zu mopsen. (Er hat einen wahnwitzigen Batterieverbrauch. Hab jetzt die von meinem Wecker rausgerückt, damit er weiterzocken kann. Hoffe sehr, dass sich das am Montagmorgen nicht rächen wird!)

Zurück zur Party:

Tarik ist mir auf einmal in den Weg gelaufen und hat seine Fragen über Jule gestellt.* Ich ihn abgewimmelt und ins Wohnzimmer. Dort war niemand. Camilla und Marlene saßen auf der Terrasse in ihren dicken Jacken. Da ich dieses Mal nicht nach Paul und Sara suchen musste, gab es keinen Grund, raus in die Kälte zu gehen. Als Severin aus dem Garten reinkam, ist mit ihm schon genug eisige Luft durch die Terrassentür gepfiffen.

»Hi, Ella!«, hat er in seinem dünnen T-Shirt gerufen. »Boah, ist das kalt draußen. Das nächste Mal verkleide ich mich als Marshmallow-Man, dann würde ich niemals frieren.«

* Denke gerade: Ist er in Jule verliebt? Sollte ich tatsächlich in dem wiederholten Vierteljahr was über Liebe gelernt haben? Muss das mit Fee besprechen!

»Und ich als Hotdog«, hab ich erwidert und daraufhin meinte er: »Abgemacht!«

Er hat mit mir abgeklatscht und ist dann runter Richtung Partyraum. Nach meiner Schätzung würde es jetzt ungefähr fünf Minuten dauern, bis Jannis auch aus dem Garten reinkommen würde. Und auf einmal dachte ich: Was macht ein normaler Mensch eigentlich, wenn er jemanden kennenlernt? Soll ich einfach hier stehen und ihn ansprechen? Oder nichts sagen und hoffen, dass er mich anspricht? Auf einmal kam es mir megasonderbar vor, irgendwie normal sein zu müssen!

In dem Moment sah ich ihn heranschlendern mit seinen ultrakurzen Haaren, der zerfetzten Jeans und seinem schwarzen Pulli. Und ich hab da so dämlich rumgestanden, als würde ich ihm auflauern. Ich brauchte dringend eine sinnvolle Beschäftigung! In meiner Panik ist mir nichts Besseres eingefallen, als mir aus dem großen Wohnzimmerregal ein Buch zu schnappen. Mädchen, die Bücher lieben, sind interessant. Und schlau. Und schlagfertig. Das kennt man aus all den Serien, wo die Bücherwurm-Mädchen die Coolsten sind. Jughead zum Beispiel. Gut, er ist zwar ein Junge, aber er ist trotzdem der Coolste von *Riverdale*. Also, ein Buch steht jedem gut, hab ich mir auf die Schnelle überlegt. Besonders so ein dicker Wälzer, wie ich ihn mir zielsicher rausgefischt habe. Voll geistreich!

Jannis öffnete die Tür und ein Schwung kalter Luft zog zu mir und ich hab mir zumindest eingebildet, dass sie nach Lederjacke roch. Ein Schauer lief mir über den Rücken. Ich hab schnell das Buch aufgeklappt, einen wissbegierigen Gesichtsausdruck aufgesetzt und …

»Uaahhh!« Das ist eine totale Höllenkreatur gewesen, die

mir da entgegengeglotzt hat! Vor Schreck habe ich das Buch weggeworfen. Leider ist es genau auf der Seite aufgeschlagen liegen geblieben. Der Mann mit den rot entzündeten Eiterbeulen im Gesicht hat mit leeren Augen nach oben aus dem Buch rausgestarrt. Jannis schaute zu mir, dann auf das Buch am Boden, dann wieder zu mir.

»Da sollte eine Warnung auf dem Buchrücken sein«, hab ich mich beschwert und den Wälzer mit spitzen Fingern aufgehoben. Schnell hab ich das Buch zugeschlagen und ins Regal zurückgestellt, wo es sofort wieder total harmlos getan hat. »*Das große Gesundheitslexikon!* Das ist ja wohl ein Witz! *Das große Buch des Horrors* sollte es besser heißen.«

Jannis hat die Stirn gerunzelt und ist aus dem Zimmer gegangen. Immerhin ist er nicht über mich hinweggelatscht wie über eine Pfütze. Aber trotzdem: irgendeine schicksalhafte Verbindung zwischen uns? *Nope!* Was für ein Glück!

Auf einmal Tumult. Die Jungs sind aus dem Partykeller hochgekommen und nach draußen zum Trampolin gestürmt. Luke vorneweg. Da fiel mir mit Schrecken seine Kopfverletzung ein. Vor lauter Jannis-Paul-Kuddelmuddel hätte ich fast mein Amt als Katastrophenverhüterin vernachlässigt! Was tun? Ein Referat über den Zusammenhang zwischen Trampolinen ohne Sicherheitsnetz und Loch im Kopf halten? Besser nicht. Die Jungs würden mich nur auslachen. Und mich für eine Spaßbremse halten. Das wollte ich nicht. Da fiel mir Romans Mutter ein. Die saß in der Küche. Und ich meine, wer ist für den Spaßbremsenjob besser geeignet als Erwachsene?

Ich also in die Küche, Romans Mutter die Sachlage erklärt, als ich hinter mir Wasserrauschen hörte. (Die Gästetoilette lag gegenüber der Küche.) »Da hab ich überhaupt nicht dran gedacht, dass einer bei der Eiseskälte auf dem Trampolin rumspringen könnte!«, rief Romans Mutter erschrocken. »Gut, dass du hier aufpasst.« Sie ging an mir vorbei, ich drehte mich um und da stand Jannis. Na super. Erst hatte er mich beim Blättern in einem Horrorbuch erwischt, jetzt beim Petzen. »Gestatten, Ella Schrader«, hörte ich mich sagen. »Amtlich geprüfte Sicherheitsbeauftragte.«

Und da hat er gesagt ... und wenn es einen Beweis brauchte, dass wir NULL KOMMA NULL füreinander bestimmt sind, dann kommt er hier Glitzertürkis auf Weiß: Er hat nach hinten zur Toilettentür gedeutet und gesagt: »Dann besorg mal neues Klopapier. Das ist alle.«

Bin immer noch total empört! Ich hab den Mund auf- und wieder zugeklappt. Das ist so unverschämt gewesen, dass nicht mal mir was dazu eingefallen ist. Erst als er mich total dreist angegrinst hat, ist mir klar geworden, dass er einen Witz gemacht hatte.

»Ich bin hier übrigens auch die Spaßbeauftragte«, habe ich deswegen erwidert, »und dieser Scherz war ziemlich unlustig.«

Woraufhin er ein gespielt zerknirschtes Gesicht gemacht hat. »Bekomme ich ein Knöllchen?«

»Ja.« Und aus irgendeinem Grund sagte ich: »Das kostet dich eine Limo.«

Er hat geschmunzelt und geantwortet: »Okay. Nachher an der Bar – ich bezahle.« Er hat mir noch einen Blick zugeworfen und ist an mir vorbei nach draußen auf die Terrasse zu den Jungs gegangen und ich hab so dagestanden und gedacht: *OMG!!!! Was war das denn? Hatte ich da gerade etwa aus Versehen* geflirtet???

Wieso? Woher konnte ich das auf einmal? Oder ist es gar

kein Flirten gewesen? Bin sofort losgeflitzt in den Keller, weil ich das schnell Fee erzählen wollte. Im Partyraum war jede Menge los. Die BBQs hatten die Tanzfläche in Beschlag genommen und haben so affig getanzt, als wären sie die Stars in irgendeinem Highschool-Musical. **Würg!**

Noel hat mich leider mal wieder erspäht und mir gewunken, aber ich bin sofort abgedreht und in den Raum gegangen, wo das Büfett und ein paar Tische aufgebaut waren. Da ist auch Fee gewesen und ihr gegenüber – mit dem Rücken zu mir – Paul!

Mir war natürlich sofort klar: Mein Bericht würde warten müssen, denn endlich haben sie sich mal unterhalten. Aber es schien nicht so richtig zu laufen. Als Fee mich entdeckt hat, hat sie mir nämlich einen kurzen verzweifelten Blick zugeworfen, während sie voll übertrieben gelacht hat. Und ich hab sie wieder mit dem französischen Akzent sprechen hören! Die Hirnstarre hatte also wieder eingesetzt.

Zeit für ein bisschen Small-Talk-Nachhilfe. Da Paul mich ja nicht sehen konnte, hab ich für Fee eine kleine Pantomimenshow hingelegt und so getan, als würde ich eine Banane schälen, imitierte löffeln – natürlich war das Gesprächsthema: Banasplit/Eis essen. Fee hat sich ein bisschen entspannt, als sie mit Paul weiterredete. Dann habe ich mit ausgestreckten Armen den Eiffelturm dargestellt und so getan, als ob ich über eine Brüstung spucken würde. Fee griff das auf, zeigte mir Daumen hoch, während Paul gelacht hat. Das lief! Ich bin sogar richtig in Fahrt gekommen. (War fast wie Activity und das spiele ich total gerne!) Als Nächstes hab ich die Angel ausgeworfen, weit nach hinten ausgeholt und die Angel wieder nach vorne schnellen lassen. Dabei hab ich mit der

Angelrute (meiner Faust) einen stattlichen Fisch erwischt. Ein Fisch namens Jannis. Diesmal an der Schläfe.

Also wirklich! Da wollte ich unbedingt verhindern, dass er mir auf der Tanzfläche mit seinem Kinn vor meine Faust läuft – und was ist? Ich erwische ihn beim Angeln im Büfettraum!*

So. Rest später. Werde müde. Fee hat mir eben geschrieben, dass sie das Gefühl hat, mit Paul und ihr, das würde laufen. Sie hat sich noch mal total bedankt. Und sie hat da schon wieder so eine Theorie, was die Fee-Paul-Mission angeht: Wenn ich damit meinen Zeitsprungjob erledigt habe, könnte es sein, dass ich wieder an den Ausgangspunkt zurückspringe. Das wäre oft so in solchen Geschichten. Ich war eben zu müde, um nachzufragen, welche Geschichten sie meint, und auch zu müde, um mir weiter darüber Gedanken zu machen. Wenn Fee recht hat, wache also vielleicht morgen auf Mizzis Party im März wieder auf.

Sonntag, 31. Januar, 10.23 Uhr

Bin nicht auf Mizzis Party aufgewacht.

* Echt, wenn ich diese Party ein drittes Mal erleben sollte, wäre ich sehr gespannt, wie ich es dann schaffen würde, Jannis unbeabsichtigt eine reinzuhauen. Offensichtlich ist das ein Eisberg, den ich nicht umschiffen kann.

Sonntag, 31. Januar, 15.59 Uhr

Hab auf einmal ein mulmiges Gefühl. Was ein bisschen normal ist, weil ja Sonntag ist und auf einen Sonntag zwangsläufig ein Montag (und damit eine ganze Schulwoche) folgt, egal, ob man mit seinem Wochenende schon fertig war oder nicht.

Aber heute bin ich irgendwie richtig unruhig. Wenn man in den Lauf der Dinge eingreift, hat man ja auf einmal viel mehr Verantwortung als vorher. Was, wenn ich irgendwas Dummes angestellt hab, obwohl ich alles nur verbessern wollte?

Außerdem schwirrt mir noch das Gelächter im Kopf rum, nachdem ich Jannis gestern einen rechten Haken verpasst habe. Und dieser Blick aus seinen dunklen Augen! Spooky! Für einen Moment hat er ganz wild ausgesehen und ich bin nicht sicher gewesen, was er tun würde.

Dann hat er wohl gemerkt, dass er nicht wirklich angegriffen worden ist, sondern ihm nur eine durchgeknallte Pantomime eine verpasst hat. »Hast du nicht eben gesagt, du wärst hier für die Sicherheit zuständig?«, hat er gefragt und sich den Kopf gerieben.

»Sorry, hab Angeln geübt«, hab ich erklärt, woraufhin Severin lachend gerufen hat, dass ich da ja wohl einen kleinen Fisch erlegt hätte. »Ich bin tierlieb«, hab ich gesagt, »ich lass ihn wieder frei.« Damit sind Severin und Jannis zum Glück in den Partyraum abgedampft. Und mir ist es echt zu peinlich gewesen, Jannis noch wegen der Limo anzuquatschen.

Sonntag, 31. Januar, 18.11 Uhr

Shit, Shit, Shit! Gerade Nachricht im Klassenchat: Luke hatte gestern Nacht einen Unfall! Dieser Horst hat sich zwar nicht beim Trampolinspringen den Kopf angeschlagen, aber dafür ist er auf dem Rückweg mit dem Rad gestürzt und hat sich übel am Knie verletzt. Er ist im Krankenhaus! Es heißt, er kann vielleicht nie wieder Fußball spielen! O nein! Was hab ich nur getan?

Fee meint, ich könne nichts dafür. Fühle mich trotzdem verantwortlich und saumies! Ich hab echt keine Lust mehr! Werde mich in gar nichts mehr einmischen!!!

Montag, 1. Februar, 15.09 Uhr

Tja, was soll ich sagen? Leider zu spät. Hab mich eingemischt und alles ist implodiert! Historiker-Heinis aufgepasst!!! Dieser 1. Februar wird als **Shocking Monday** in die Geschichte eingehen!!!

Ich meine, ich hab ja schon etliche Titanic-Momente in diesem Tagebuch festgehalten. Aber diese Sache heute war ungefähr ein Eisberg von der Größe Grönlands!!!

Heute Morgen um 8.43 Uhr hat der Lautsprecher im Klassenzimmer geknackt, ein lautes Atmen folgte (Horrorclown ist nichts dagegen!) und dann hat die Gruselstimme verkündet: »Ella Schrader, Fabienne Chang, bitte sofort ins Sekretariat.«

Fee und ich waren wie erstarrt. **Gänsehaut! Panikattacke! Schweißausbruch!**

Die Birken hat nur genickt und uns rausgelassen. Die

BBQs haben gehässig gekichert, Sara hat uns sogar »Viel Spaß!« hinterhergerufen.

Wie in Trance haben Fee und ich den Klassenraum verlassen. Es hat sich angefühlt wie eine Episode von *Dead Girls Walking.**

»Die haben uns verpetzt!«, hat Fee gestöhnt. »Die Bling-BlingQueens haben uns wegen Hacking verpetzt. Oh, warum hab ich das nur gesagt!? Jetzt kriegen wir totalen Ärger.« Sie hat den ganzen Weg die Treppe runter gejammert, bis ich gesagt hab: »Beruhig dich!« (Das war an uns beide gerichtet. Mein Herz hat nämlich auch ziemlich gebummert!) »Wir streiten alles ab. Außerdem glaubt niemand ernsthaft, dass wir hacken können«, hab ich Fee versucht zu beruhigen. »Zur Not muss Frau Koch bezeugen, welche Loser wir in Informatik sind. Ich meine, haben wir das mit dem Programmieren dieser App hinbekommen?«

»Nee, haben wir nicht«, hat Fee gesagt. »Da sind wir echte Loser.«

Obwohl wir fast sicher waren, dass wir mit unserer Computer-Inkompetenz ein wasserdichtes Alibi vorweisen konnten, sind wir auf dem Flur zum Sekretariat immer langsamer geworden. Die Tür hat offen gestanden und wir sind stehen geblieben und haben gehört, wie die Sekretärin telefoniert hat. Sie hat gerade so was gesagt wie: »... emotional instabil. Ja. Klar. Schreckliche Sache. Deswegen braucht er Abstand zu seinem Umfeld in Berlin ...«

Berlin? Fee und ich haben uns verblüfft angeguckt. Dabei konnte es sich nur um Jannis handeln!

»Frau Sandorff hofft, dass er es hier schaffen wird, sich

....

* Eine Serie, die unbedingt erfunden werden müsste.

wieder auf den Unterricht zu konzentrieren«, hat die Sekretärin weitergeredet und es laut ausgesprochen: »Ja. Jannis Holland. Genau. Danke. Am Mittwoch. ... Ja. Er soll sich einfach im Sekretariat melden, ich bereite alles vor ... Gut, dann auf Wiederhören.«

Emotional instabil? Schreckliche Sache? Abstand zu Berlin? Was war mit Jannis passiert?

In dem Moment ist unsere Schulleiterin auf den Flur getreten, hat uns über den Rand ihrer weinroten Brille angeguckt und gesagt: »Dann kommt mal rein. Frau Hinterkausen ist auch schon da.«

Die gute Nachricht ist: Sie haben uns nur *verdächtigt*. Noch hat keiner gepetzt. Aber ihnen ist schon aufgefallen, dass wir uns sprunghaft verbessert haben. Dazu die Auffälligkeiten bei der Deutscharbeit. Ich hab versucht, ganz cool zu bleiben. Hab gesagt, dass ich mir einfach vorgenommen hätte, nur noch gute Noten zu schreiben. Und dass ich es schon ein bisschen demotivierend finde, dass man sich an dieser Schule sofort verdächtig macht, wenn man sich Mühe gibt.

Da hat die Hinterkausen sofort gesagt, na ja, wenn sie sich vertan hätte, täte ihr das leid und so weiter. Jedenfalls: Fee und ich sind noch mal davongekommen.

Aber eines steht für mich hundert Prozent fest: Es ist Schluss damit, im Lauf der Geschichte rumzupfuschen! Ich lass jetzt alles so! Dann ist es meinetwegen kacke, aber dann ist es wenigstens nicht meine Schuld.

Mittwoch, 3. Februar, 15.34 Uhr

Auch wenn ich mir vorgenommen hab, nichts mehr am ursprünglichen Lauf der Dinge zu verändern, habe ich es heute nicht über mich bringen können, mich mit Rosengülle einzusprühen.

Was natürlich auch zur Folge hatte, dass ich nicht zum Schrank der Klamottenleichen gehen musste und dort auch nicht Jannis begegnet bin. Ihn hab ich erst in der großen Pause gesehen. Er hing bei seinem Cousin Severin und den Jungs aus unserer Klasse rum. »Er sieht echt aus wie ein Sträfling«, hat Shirin gemeint und Jule fing mit ihrer Theorie über Bad Boys an. Und weil ich's schon kannte, sind meine Gedanken abgeschweift und ich habe sie mittendrin unterbrochen und gefragt: »Wie findest du eigentlich Tarik?«

Jule stutzte. »Warum?« Ich hab erzählt, dass er sich auf der Party bei mir nach ihren Hobbys und so erkundigt hatte. »Scheint so, als wäre er an dir interessiert.«

Shirin hat Jule begeistert in die Seite gestoßen und Jule hat sich auch gefreut. Nicht wegen Tarik an sich. Er ist schon nett, meinte sie, aber er wäre ihr viel zu brav. »Egal – Hauptsache, Verehrer, denn jeder Verehrer steigert deinen Marktwert«, hat Jule behauptet und gemeint, das sei wie bei der Börse: Wenn sie erst einen Verehrer hat, würde ihr Wert steigen und damit würde sie bald noch mehr Verehrer haben und dann auch sehr bald einen Exfreund und damit wäre sie erst recht im Club der Coolen. »So wie du, Fee!«

Fee hatte aber heute leider eine kleine Krise, weil Paul mit Sara morgens gemeinsam zu spät gekommen ist. Sie hat wieder damit angefangen, über ihr Aussehen zu jammern – und das, obwohl sie beim Lesen meines **Bad-ideas**-Tagebuchs an der Stelle total gestöhnt und sich über ihre eigene Blödheit beschwert hat. Aber offensichtlich ist das Über-sich-selbst-Meckern nicht so leicht abzustellen.

Jule und Shirin haben natürlich wieder mal mitgemacht beim Makel-Schnick-Schnack-Schnuck. Aber ich hab sie einfach mittendrin unterbrochen: »Wie findet ihr mich?«

»Sehr hübsch!«, war die einhellige Meinung.

»Hab ich nicht komische helle Augen und bin viel zu blass?«

»Nein. Gar nicht. Das ist das Besondere an dir«, haben meine Freundinnen gesagt.

»Für euch ist also klar, dass ich hübsch bin«, habe ich festgestellt. »Und wenn ich über meine Augen meckern würde, würdet ihr denken, ich spinne, oder?«

Die drei haben genickt.

»Seht ihr?«, hab ich triumphierend gerufen. »Genauso denke ich, *ihr* spinnt, wenn ihr über *euch* meckert! Andere sehen die Fehler gar nicht, weil es nämlich keine gibt!«

»Du meinst, ich bilde mir nur ein, dass ich Schlupflider hab?«, hat Fee verwundert gefragt.

»Nein«, hab ich widersprochen. »Du bildest dir aber ein, dass du deswegen weniger hübsch wärst. Aber das bist du nicht. Das ist das gewisse Etwas, das dich besonders macht.«

Die drei haben mich angeglotzt.

»Ist alles Interpretationssache, versteht ihr?«, hab ich hinzugefügt. »Ihr könnt euch genauso gut einfach toll finden, weil ihr das auch seid.«

»Was bist du denn auf einmal für ein beknackter Mentalcoach?«, hat Jule empört gerufen. »Wenn ich mich nicht mehr über mein Aussehen aufregen kann, was mache ich denn dann die ganze Zeit?«

»Keine Ahnung. Ukulele lernen. Cupcakes backen. Oder Liebesbriefe an einen Bad Boy schreiben«, hab ich vorgeschlagen. Wir haben uns angesehen und auf einmal total losgelacht.

»Also hab ich keine dicken Beine?«, hat Fee sich noch mal versichert.

»Nei-hen!«, haben wir im Chor gerufen und Fee meinte, na gut, und sie würde jetzt mit Paul reden. Also nicht »jetzt« im Sinne von »sofort«, sondern in der nächsten großen Pause. Sie hatte den Plan, sich eine Käselaugenstange zu kaufen und dann Paul anzuquatschen. Und danach wollten wir uns vor der Antistress-AG wiedertreffen, um das Ergebnis von Fees Anmachversuch zu besprechen. Aber daraus wurde nur leider nichts, weil ich Idiot ja gedacht hatte, ich müsste den Lauf der Dinge verändern!!

Deswegen habe ich auf einmal mitten in einer Verfolgungsjagd gesteckt (Aaron!), musste gerettet werden (Jannis!) und anschließend noch mal flüchten (Herr Komarow!).

Mittwoch, 3. Februar, 18.32 Uhr

Kleine Unterbrechung, Sascha und ich haben gerade ein paar Körbe geworfen. Vorhin ist er nämlich reingekommen, hat erst rumgedruckst und sich dann erkundigt, ob mit Kai alles klar ist. *Nach zehn Tagen* wollte er tatsächlich wissen, ob mit unserem Bruder alles okay ist! Im Ernst jetzt?

Genau das hab ich ihn gefragt. Er hat mit den Achseln gezuckt und genickt. Und er ist auch erleichtert gewesen, als ich gesagt hab, dass mit Kai alles klar ist. Hab ihm aber nicht erzählt, dass dafür jetzt *ich* den Ärger mit Aaron abbekomme.

»Willst du Basketball spielen?«, hat Sascha gefragt und ich hab gemerkt, dass es ihm leidtut und er sich vermutlich auch mies fühlt, weil er so eine Memme ist, also hab ich Ja gesagt.

Jetzt aber noch kurz zu den Ereignissen des Tages.

Ich war vermutlich von den aufgeschnappten Neuigkeiten über Jannis/Berlin abgelenkt, jedenfalls bin ich nicht auf der Hut gewesen und auf dem Weg zur Turnhalle fast in Aaron reingelaufen. Als er mich gesehen hat, haben sich seine Augen verengt und ich hab sofort Gas gegeben und bin abgehauen. Er hat gerufen: »Warte!« Aber so doof ist ja wohl keiner.

Ich bin über den Schulhof gesprintet, unter dem Vordach der Turnhalle entlang. Oben auf dem Hallendach hab ich Komarow wurschteln sehen. Kurz überlegt, ob ich ihn um Hilfe bitten soll, aber er war auf dem Dach und überhaupt nicht der Typ, den man um Hilfe bittet (zumindest, wenn er einen wegen eines gewissen Vorfalls mit einem Notausgangsschild eh nicht leiden kann).

Ich an seiner Leiter vorbeigerannt, weiter Richtung Parkplatz. Wohin jetzt? Aaron ist immer noch hinter mir hergestampft und weit und breit sind weder Lehrer noch Schüler zu sehen gewesen, weil die nächste Stunde gleich anfangen würde. Ich an den Fahrradständern vorbei und dann wie eine Katze auf der Flucht vor einem Hund auf einen Baum geklettert.

»Ey, warum haust du vor mir ab?«, hat Aaron hinter mir hergeschnauft. Hab nicht geantwortet, sondern bin noch ein bisschen höher in den Baum geklettert. »Bleib stehen, sonst hau ich dir in die Fresse!«, hat Aaron gerufen.

Ich hab mich auf eine Astgabel gesetzt. »Damit hast du deine Frage ja wohl selbst beantwortet.«

Er hat gestutzt, sein Gesicht ein Fragezeichen.

»Alter, kein Mensch bleibt stehen, wenn du hinter ihm her bist«, hab ich erklärt.

»Wieso denn nicht?«

»Äh. Merkst du nicht, dass alle Angst vor dir haben?«

»Ja, doch«, hat er gesagt und klang dabei richtig stolz, woraufhin ich ihm erläutert habe, dass das echt nichts Gutes ist. Er hat nur stumm geschnaubt und die Stirn gerunzelt.

»Also, was willst du von mir?«, hab ich gefragt.

»Ähm.« Sogar aus meiner Baumkrone konnte ich sehen, dass er rot wurde. »Deine Freundin. Die mit den bunten Haaren.« Er meinte Jule.

»Ja?«

»Ist die ... hat die ... würde die ...« Er hat sich hilflos am Kopf gekratzt und ich hab gewartet. Er hat nach Worten gesucht und so doll gegen den Baum getreten, dass es bis oben gewackelt hat. Und endlich hab ich mal kapiert, was los ist!

»Du magst sie«, hab ich festgestellt und er zog eine Grimasse. »Woher ...?«, brummelte er und: »Ja. Vielleicht. Nicht unbedingt. Ach, Scheiße.« Dann hat er sich umgedreht und ist fluchend weggegangen.

Ist das zu glauben? Und dafür bin ich auf den Baum geflüchtet! Prompt in dem Augenblick hat es natürlich zur nächsten Stunde gegongt und plötzlich hab ich mich voll beeilen müssen, um noch pünktlich zur Antistress-AG zu kommen. Ich hab noch gedacht, wie gut ich die nach der Aktion jetzt gebrauchen kann und dass ich mich nur auf die Matte legen und dösen würde.

Doch als ich runterklettern wollte, war der nächste dicke Ast auf einmal viel zu weit weg. Meine Trittstufe – futsch! **Ich hatte mich in dem Baum verlaufen!!!** Also, nicht verlaufen in dem Sinne, dass ich nicht wusste, in welche Richtung ich gehen müsste. Die Richtung war schon klar. Aber der Weg nicht!

Ich hab mein Handy aus der Hosentasche gezogen, um Fee anzurufen. Und dann – klingelt es in genau dem Moment!! Es ist mir vor Schreck aus der Hand gerutscht und runtergefallen. Beinahe wäre ich hinterhergeflogen. Hab mich gerade noch so abfangen können und blinzelte zu meinem Handy runter, das nutzlos auf dem Boden lag und vor sich hin klingelte.

Immerhin nicht kaputt. Aber ich hab fieberhaft überlegt: Was jetzt? Um Hilfe schreien? Nutzte nix, ist eh keiner in der Nähe gewesen. Gerade hatte ich alles auf meine Hoffnung gesetzt, dass Fee mich suchen würde, wenn ich bei der Antistress-AG fehlte. Denn sie war es, die da gerade schon wieder auf meinem Handy angerufen hat.

Aber da ist plötzlich jemand auf meinen Baum zugekommen! Wahrscheinlich von dem Klingeln angelockt. Ich hab gehofft, dass es Fee ist. Aber es ist Jannis gewesen. Auch das noch! Er hat sich zu meinem summenden Telefon gebeugt und es aufgehoben. Dann hat er sich umgeschaut, aber natürlich niemanden entdeckt. Er hat Anstalten gemacht, es einzustecken und weiterzugehen. Und ich hab ihn wirklich nicht gerne um Hilfe gebeten, aber ich habe keine andere Wahl gehabt. »Hallo«, hab ich also von oben gesagt.

Er hat den Kopf in den Nacken gelegt. »Hi.«

»Ich hab hier oben mal die Sicherheitslage gecheckt«, hab ich erklärt.

»Aha. Und wie sieht es aus?«

»Gut.«

»Irgendwelche Angeln ausgeworfen?«

»Noch nicht. Musste erst mal feststellen, dass das ein Wunderbaum ist. Seit ich hier hochgekommen bin, ist er um mindestens achtzehn bis dreihundert Meter gewachsen.«

»Du kommst nicht mehr runter.«

»Klar komme ich runter. Aber vielleicht nicht alleine.«

»Okay«, hat er gesagt und sich auf dem Absatz umgedreht. Na super, hab ich gedacht, der lässt mich hier sitzen!

»Sag Fee Bescheid!«, hab ich ihm durch kahlen Zweige hinterhergerufen. Dann war ich wieder alleine. Wirklich toll. Ich hatte mich selbst gefangen genommen in einem Baum und würde dort oben versauern, weil Jannis so ein verschrobener Typ war und mich hier hocken ließ ... Aber da ist er wiedergekommen. Mit einer Leiter!

Jannis hat sie in den Baum gestellt und sie hat fast bis zu mir gereicht. Er ist sie bis zur Hälfte hochgestiegen, als ob er mich in meinem Baumhaus besuchen kommen wollte. Dann hat er den geistreichen Satz gesagt: »So, und jetzt musst du runterklettern.«

»Das ist dein Rat? Echt jetzt? Brillant! Wäre ich alleine nie drauf gekommen!«

»Willst du jetzt quatschen oder runter?«

»Runter.«

»Du musst als Erstes auf den Ast unterhalb von deinem rechten Fuß, der quer wächst.«

»Der ist zu dünn.«

»Wir können das gerne ausdiskutieren, wenn du willst.«

Ich hab geschnaubt, mich aber vorsichtig zu dem Ast runtergelassen, den er mir angezeigt hat. Dabei hab ich mich krampfhaft an einem Zweig festgeklammert, der sich immer weiter runtergebogen hat.

»Okay. Noch ein paar Zentimeter, dann bist du drauf.«

Und da spürte ich, wie mein Fuß Halt fand. Jannis gab mir weiter Anweisungen. »Jetzt lässt du die linke Hand los und greifst in das Astloch auf der hinteren Seite des Stammes, ungefähr auf Bauchhöhe.« Ich hab danach getastet, es tatsächlich gefunden und mich dort festgehalten, bis ich die nächste Leitersprosse erreicht hatte. Und auf einmal ist es ganz einfach gewesen. Jannis hat die Leiter unten festgehalten und irgendwie bin ich total horstmäßig auf der letzten Stufe abgerutscht und wäre beinahe gefallen, aber er hat mich festgehalten, indem er den rechten Arm schnell um meine Taille geschoben hat. Upps. Da hab ich plötzlich ganz nah neben ihm gestanden. Er hat nach Lederjacke gerochen und auf einmal musste ich daran denken, dass er um einen Kuss von mir gespielt hatte. Bedeutete das, dass er mich auch wirklich hatte küssen wollen? Oder hatte er mich nur vor Noel retten wollen oder …? In meinem Kopf hat auf einmal heftiges Schneegestöber geherrscht, bis eine Bewegung aus dem Augenwinkel mich aufgeschreckt hat.

Es war der Komarow, der auf dem Dach vor der Turnhalle rumgelaufen ist und natürlich seine Leiter gesucht hat! O Mann! »Shit. Wir müssen sie zurückbringen«, hab ich alarmiert gesagt und mich von Jannis gelöst. Jannis wollte sich erst Zeit lassen, aber ich hab ihn davon überzeugt, dass er sich nicht mit dem Hausmeister anlegen sollte. Wir haben gewartet, bis Komarow zur anderen Seite gelaufen und außer Sicht war, dann sind wir mit der Leiter zurückgerannt, haben sie aufgestellt und uns gerade verdünnisieren wollen, da hat der Hausmeister uns bemerkt. »Ha! Da seid ihr! Ich kriege euch!«

Wir sofort losgesprintet – den überdachten Gang vor der Turnhalle entlang und mit den schweren Schritten von Komarow über uns. Es hat gehallt, als ob uns eine ganze Armee verfolgen würde! Als wir an der dunkelblauen Metalltür vorbeigekommen sind, die nur für Arbeiten und Lieferungen benutzt wird (von der ich aber weiß, dass sie oft offen ist), hab ich mir Jannis' Hand geschnappt und bin stehen geblieben. Komarow ist über uns weitergerannt. Ich hab die Tür geöffnet, wir rein, durch einen Arbeitsraum gelaufen, dann raus in den Flur und um die Ecke und sind vor einer Umkleide stehen geblieben. Haben uns angeschaut und losgeprustet und ... oh, mein Handy.

Mittwoch, 3. Februar, 19.12 Uhr

Das war grad Fee. Wollte noch mal wissen, was denn da heute los gewesen wäre mit Jannis und mir. Sie hatte so überrascht geguckt, als wir beide zusammen viel zu spät in die Halle gekommen sind! Frau Haskamp übrigens auch. Nur war sie leider nicht nur überrascht, sondern auch angefressen. Hat uns natürlich das Referat aufs Auge gedrückt!

Auf jeden Fall ist Fee ganz aufgeregt und meint, das wäre ein Zeichen. Er hätte mich wieder gerettet! Ich hab ihr gesagt, das wäre nur ein Zeichen dafür, dass ich mir ständig neue Wege suchen würde, mich in Schwierigkeiten zu manövrieren.

»Nein, das ist ein Zeichen, dass das Schicksal euch immer wieder zusammenführt!«, hat Fee beharrt. Um sie von diesem Unsinn abzulenken, hab ich das Thema auf Jannis' Umzug nach Köln gebracht. Zusammen haben wir überlegt, was der Grund dafür gewesen sein könnte. Fee meint, er hätte bestimmt was angestellt in Berlin. »Der sieht aus wie einer, der Ärger macht.« Da bin ich mir auch sicher. Werde schon noch herausfinden, was bei ihm passiert ist.

Ach so: Und Fee hat tatsächlich mit Paul gesprochen! Sie haben sich für Sonntag zum Kino verabredet! Das ist fast schon Wolke sieben für Fee!

Donnerstag, 4. Februar, 6.23 Uhr

Bin gerade wach geworden und glaub, mich tritt ein Gnu. Hab von Jannis geträumt. In meinem Traum hab ich ihn ... uargh! ... **geküsst.** Und das hat sich irgendwie ... toll angefühlt. Obwohl ich ja gar nicht weiß, wie sich das *in echt* anfühlt!

Wieso träume ich so was und was soll das alles eigentlich? Sollte ich mich eventuell vielleicht tatsächlich in diesen Jungen verliebt haben? Wo ich ihn eigentlich gar nicht kenne, ihm zweimal eine runtergehauen habe und er offensichtlich haufenweise Probleme hat? Nee, nee, nee. Absolut nicht! Nicht solange ich ein Wörtchen mitzureden hab!

Sonntag, 7. Februar, 18.34 Uhr

Fee war heute mit Paul im Kino und sie hat mich eben angerufen. Der Film war lahm. Und das Date irgendwie auch. Obwohl es eigentlich schön gewesen wäre, hat sie erzählt. Aber es wäre gar nichts passiert und sie hätte sich auch nicht getraut, ihm zu sagen, dass sie ihn mag, weil er auch nichts gesagt hat.

Sie meinte, sie hätte sich das tausendmal vorher ausgemalt: wie sie seine Hand nimmt und er vielleicht den Arm um ihre Schulter legt. Und in ihrer Fantasie ist es ihr ganz leicht vorgekommen. Aber in echt wäre es total schwer, einem zu sagen, dass man ihn mag. Oder einen absichtlich zu berühren, sodass der andere es merkt. Deswegen hat sie es nicht gemacht.

Sie war so traurig, dass ich sie damit getröstet hab, dass Paul jetzt vielleicht genau das Gleiche denkt. »Oder er und ich … werden nie ein Paar«, hat Fee düster geantwortet. Und bevor sie wieder mit Jannis und mir anfangen konnte, hab ich gesagt, dass sich das alles zeigen würde, spätestens auf Mizzis Party.

»Und wenn wir gar keine Einladung bekommen?«, hat Fee auf einmal gerufen. Daran hab ich ja noch gar nicht gedacht. Das wäre natürlich richtig doof.

Donnerstag, 11. Februar, 16.46 Uhr

Wir haben die Einladung zu Mizzis Party bekommen! Feuerwerk und Wunderkerzen! Diese Sache hab ich immerhin nicht verbockt! Und ich freue mich auf die Party. Erstens, weil es eine Party ist. Und zweitens, weil dann die Zeitwiederholung endlich vorbei ist und ich mir ganz offiziell keine Gedanken mehr machen muss, was ich wie verändern muss. (Hoffe ich zumindest!)

Freitag, 12. Februar, 10.07 Uhr

Heute die Valentinstag-Rosenaktion der Abiturienten. Fee hat eine Rose bekommen. Ich weiß auch, von wem. Sie hat sie für sich selbst bestellt, um Paul eifersüchtig zu machen! Leider hat Paul auch eine bekommen, weswegen Fee selbst ziemlich eifersüchtig ist.

Aber die größte Überraschung hatte Jule. Sie hat zwei bekommen! Große Diskussion, von wem die sein könnten. Also, eine ist sicher von Tarik. »Ich fürchte, ich weiß, von wem die andere ist«, hab ich vorsichtig gesagt und Jule von meiner Begegnung mit Aaron erzählt. Sie war überrascht, klar, aber nicht so geschockt und angeekelt, wie ich vermutet hätte. Aber das ist bestimmt nur ihre Börsentaktik, weil ja laut ihrer Theorie jeder Verehrer ihren Marktwert steigert.

Montag, 15. Februar, 10.07 Uhr

Hab Severin eben gefragt, warum Jannis nach Köln gezogen ist. Er hat nur geantwortet, dass ich ihn das selbst fragen soll. Auf gar keinen Fall tue ich das.

Dienstag, 16. Februar, 14.17 Uhr

Hab es doch getan. (Die Neugier hat mich überwältigt!) Hab Jannis auf dem Schulhof angesprochen wegen des Referats für die Antistress-AG. Er hat seltsamerweise eingewilligt, mit mir morgen dafür zu recherchieren. Eigentlich ist das ja von mir nur ein Vorwand gewesen, um etwas über seinen Umzug herauszubekommen. Hab ich jetzt davon!

Auf jeden Fall hab ich ihn einfach gefragt, warum er eigentlich mitten im Schuljahr nach Köln gekommen ist.

»Wäre es besser gewesen, ich wäre in Berlin geblieben?«, hat er zurückgefragt.

»Woher soll ich das wissen?«, hab ich etwas pampiger erwidert als geplant.

»Und ich?« Er hat mich unverschämt arrogant angegrinst.

»Du willst es mir also nicht verraten.«

»Du mir ja auch nicht.«

»Lass mich raten, wir könnten den ganzen Tag so weitermachen.«

»Wenn du willst.«

»Nein, danke.«

Mit dem Typen kann man einfach nicht vernünftig reden, er ist einfach nur seltsam. Was nur wieder beweist: Mein Traum letzte Woche war so was von bescheuert! Niemals verliebe ich mich in ihn! Natürlich will ich trotzdem rauskriegen, was mit ihm los ist, und vor allem aber das blöde Meditationsreferat dieses Mal wirklich gut hinkriegen.

Mittwoch, 17. Februar, 17.05 Uhr

Mama ist ganz erstaunt gewesen, dass ich so spät von der Schule gekommen bin. Dabei wäre ich noch viel später gekommen, wenn Jannis nicht auf einmal abgehauen wäre und mich einfach hätte sitzen lassen. Obwohl er nicht mal seinen Bananenshake ausgetrunken hatte!

Wir wollten nach der Antistress-AG lernen. Ein paar Hundert Meter von unserer Schule gibt es ein Café, wo man super Milchshakes bekommt. Da sind wir hin. Haben ungefähr drei Sekunden über Meditation geredet und dann über die Milchshakes in *Riverdale*, die nie getrunken werden, was einen total kirre macht beim Zugucken. Als ich mich gewundert und ihn gefragt hab, warum er die Serie kennt, weil eigentlich nur Mädchen sie mögen*, ist wie so ein Schatten über sein Gesicht gehuscht und er hat das Thema gewechselt. Da war aber noch alles in Ordnung mit ihm. Er ist erstaunlich nett gewesen. Und gelacht haben wir auch. Und seine Lederjacke hat immer geknarzt, wenn er sich bewegt.

Wollte mehr über ihn erfahren (besonders über die schreckliche Sache, die ihn nach Köln gebracht hat) und hab von der Klassenfahrt nach Berlin erzählt, doch auf einmal hat Jannis mir nicht mehr zugehört.

* Ich hab mich gefreut, dass er die Serie kennt und auch mag. Meine Brüder finden die nämlich doof.

Eine Gruppe Mädchen hat sich nämlich ihren Weg durchs Café gebahnt, beladen mit Milkshakes und Pommes. Eine war ziemlich hübsch, mit langen schwarzen Haaren und einer blauen Kunstfelljacke. Jannis hat sie regelrecht angestarrt, während sie gleichzeitig versucht hat, eine Textnachricht zu schicken, ihre Tasche unter dem Arm nicht zu verlieren und von ihrem Shake nichts zu verschütten. Dabei hat sie mit ihrer Freundin geplappert und nicht mal zu uns rübergeguckt. Jannis hat sie nicht aus den Augen gelassen und ist auf einmal total abwesend gewesen. Seine Kiefermuskeln haben gearbeitet, als würde er ein zähes Stück Fleisch kauen. Ich hab irgendwas von der Jugendherberge in Berlin-Ostkreuz gelabert, als er ganz plötzlich aufgestanden ist und meinte, er würde jetzt abhauen. Hat fünf Euro auf den Tisch geworfen, ist aufgestanden und rausgestürmt. WTF???

Jetzt ist er komplett durchgedreht, hab ich gedacht, und erst mal in Ruhe meinen Shake ausgetrunken. (Ich würde niemals einen Shake stehen lassen. Schon gar nicht wegen durchgedrehten Mitschülern!) Hab noch einen Moment gesessen und mit Fee über diese total bescheuerte Aktion von ihm getextet, dann bezahlt. Beim Rausgehen hab ich mir das Mädchen noch mal genau angeguckt. Ob er sie kennt?

Dieser Junge ist auf jeden Fall ein Mysterium. Draußen die nächste Überraschung. Ich hatte gedacht, er wäre schon längst weg, aber da hockte er auf einer Mauer, die Arme vor der Brust verschränkt, und hat gewartet. »Ich muss nach Hause«, hat er mich informiert und ist meinem Blick ausgewichen.

Ich so: »Okay. Ist … ist alles in Ordnung?«

Er hat nur geschnaubt und den Kopf geschüttelt, nur ganz leicht.

»Wenn ich dir irgendwie helfen kann«, hab ich angesetzt, »dann sag einfach …«

Und in dem Moment hat er mich mit unglaublich traurigen Augen angeschaut und sich dann vorgebeugt und ich hab die Luft angehalten, weil ich auf einmal gedacht hab, er würde mich küssen. Keine Ahnung, warum ich das dachte!! Ich wusste jedenfalls nicht, was ich machen sollte und ob ich es geschehen lassen sollte und ob ich ihn nicht vielleicht auch ein kleines bisschen wenigstens küssen wollte. Zum Glück sind da aber gerade ein paar Mädchen aus meiner Parallelklasse vorbeigekommen und ich bin sofort zurückgeschreckt. Und er auch. »Bis dann«, hat er gebrummt und mich stehen lassen.

»Bis dann«, hab ich gesagt, aber er hat es bestimmt schon nicht mehr gehört.

Seltsam, oder?

Mittwoch, 17. Februar, 19.35 Uhr

Hab den Nachmittag immer wieder im Kopf durchgespielt. Das war wirklich eine seltsame Aktion.

Fakt 1: Er ist durchgeknallt. Vermute, es hat was mit Berlin zu tun und vielleicht mit einem Mädchen.

Fakt 2: Es war Schwachsinn zu denken, dass er mich küssen wollte. Ich weiß gar nicht mehr, wie ich überhaupt darauf gekommen bin. Nur, weil er sich vorgebeugt hat? Vielleicht hatte er Rückenschmerzen. Oder wollte gucken, ob der Bus kommt.

Fakt 3: Ich bin nicht verliebt in ihn. Ich will ihn nicht küssen. Das ist alles nur Zeitsprungverwirrung.

Montag, 22. Februar, 14.01 Uhr

Hab kurz überlegt, ob ich dem Planeten Savulka einen Besuch abstatten soll. Einfach so, um auf andere Gedanken zu kommen.

Andererseits: Ich hab das ja schon mal gemacht. Das reicht mir. Die Erinnerung an die Savulka-Mumien werde ich mein Leben lang in Ehren halten.

Mittwoch, 24. Februar, 18.11 Uhr

Antistress-AG. Hab mich extra mit Fee ans Ende der Halle gesetzt, um so weit weg wie möglich von Jannis zu sein. Und was macht der, als er reinkommt? Hat mich gar nicht beachtet und sich ans entgegengesetzte Ende der Gruppe gepflanzt. Das fand ich ein bisschen unverschämt von ihm. Als ob er *mir* aus dem Weg gehen wollte! Dabei gehe ja ich *ihm* aus dem Weg. Ts!

Ich merke gerade, dass sich das total lost anhört, dass ich mich von ihm wegsetzen will, aber eingeschnappt bin, wenn er sich von mir wegsetzt …

Aber ich bin letztlich wirklich froh gewesen, dass er so weit weg gesessen hat. So hab ich aus der Entfernung sehr genau beobachten können, wie alle Mädchen zu ihm hingeglotzt haben, als er seinen Pulli ausgezogen hat und dabei auch sein T-Shirt hochgerutscht ist. Selbst Fee hat große Augen gemacht, besonders als sie die Tätowierung bemerkt hat.

Donnerstag, 25. Februar, 16.16 Uhr

Jannis' Tattoo war heute Gesprächsthema Nummer 1. Ob er überhaupt schon eine Tätowierung haben darf, hat Shirin gefragt. Jule hat sofort eingeworfen, dass Bad Boys völlig egal ist, was man darf und was nicht.

Meine Freundinnen haben wild spekuliert und während ich beim letzten Mal noch doofe Witze über seine Fahrradschlosskombination gerissen habe, hab ich auf einmal gedacht, dass vielleicht das Tattoo Rätsel und Lösung zugleich ist.*

Sonntag, 28. Februar, 13.31 Uhr

Bevor wir gleich zu Oma Kikeriki fahren, hab ich noch im Internet Bilder von Tattoos gesucht, die dem von Jannis ähneln.

Siehe da: Der Totenkopf mit der Uhr ist total verbreitet. Folgende Bedeutungen gibt es dazu: *Einkerkerung. Tod. Krankheit. Endlose Liebe.*

Und wenn ich an das Mädchen mit den dunklen Haaren im Café denke ... war Jannis in Berlin vielleicht unglücklich

---

* Wow! Klingt das krass schlau oder krass schlau?**

** Bringt nur leider nix, weil ich die Lösung nicht kenne. Ich meine, was soll der Spruch »Das Leben ist eine Lotterie« bedeuten? Hat er auf die falschen Zahlen beim Roulette gesetzt? Einen Haufen Geld beim Glücksspiel verloren? Sind vielleicht irgendwelche Schurken hinter ihm her und er musste deswegen weg aus Berlin? Und was hat das alles mit meinem Zeitsprung zu tun? Oder hat das alles überhaupt nichts mit meinem Zeitsprung zu tun?***

*** Wow! Klingt das krass verwirrt oder krass verwirrt!!

verliebt? Hat sie ihn abserviert? Könnte das der Grund für seine Traurigkeit sein?

Im Internet steht noch mehr. Einer schreibt: »Der Totenkopf und die Uhr symbolisieren, dass die Zeit uns einholen wird und unsere Zeit irgendwann vorbei ist.« Gruselige Vorstellung! Deswegen habe ich schnell den Browser geschlossen und male jetzt lieber noch weiter an dem Geburtstagsgeschenk für Oma Kikeriki. Es ist ein hübsches Bild und gleichzeitig ein Test, um sie auf mögliche Zeitsprungerfahrungen zu überprüfen. Hab mir total Mühe gegeben, es realistisch darzustellen.

Sonntag, 28. Februar, 18.23 Uhr

Vielleicht hätte es funktioniert, wenn ich besser malen könnte.

»Toll«, hat Oma Kikeriki gesagt und das Bild genau betrachtet. »Das soll …«

»… sollst du sein. Ja.«

»Und ich falle hier in einen Gully …«

»Ein Wurmloch in der Raumzeit.«

»Ahh, klar. Wurmloch. Und dann komme ich hier als Alien …«

»Nein. Als du selbst in jünger.«

»… als mein junges Ich wieder raus. Natürlich. Sehr schön, mein Schatz. Vielen Dank.«

Ich glaub nicht, dass es nur an meinen mangelnden Malkünsten gelegen hat, dass Oma nicht drauf angesprungen ist. Glaube vielmehr, dass meine Oma mit dem Thema Zeitreisen nichts am Hut hat.

Zum Glück hatte ich heute noch mehr Testpersonen am Start: meine Cyborg-Cousinen Helga und Hannelore. »Heha«, hab ich gesagt, als wir kurz zusammen bei den Hühnern waren (und Tante Nadja uns von ihrem Beobachtungsposten an der Terrassentür zwar sehen, aber nicht hören konnte). »Wart ihr schon mal in der Zukunft?«

»Was sollen wir denn da?«, hat Helga gefragt.

»Vielleicht können wir da sehen, wer den Schleimann-Violinenwettbewerb gewinnt!«, hat Hannelore aufgeregt gerufen.

Helga hat sie mit zusammengekniffenen Augen angesehen. »Und was dann?«, hat sie sie angefaucht. »Willst du die Gewinnerin schon vorher einschüchtern, damit sie nicht gewinnen wird?«

»Nein. Aber ...«

»Ich weiß sowieso, dass *ich* gewinnen werde. Dazu brauche ich keine Kristallkugel. Ich kann die Legato-Bögen viel besser als du und auch das Stakkato!« Hannelores Kinn hat angefangen zu zittern und Helga hat zufrieden gelacht.

Bin also weiter auf mich allein gestellt. Klar hab ich Fee. Aber die ist so versessen auf die Füreinander-bestimmt-Nummer! Sie meint allen Ernstes, das Tattoo würde mich wahrscheinlich nur deswegen so faszinieren, weil ich Jannis toll finde. Dabei finde ich ihn nicht toll. Nur verrückt.

Donnerstag, 4. März, 17.31 Uhr

Heute in der Schule massive Aufregung. Dieses Mal hab aber ich nicht im Mittelpunkt gestanden. (Zum Glück!)

Die Hauptfiguren in dem Drama sind Jule ... Tarik ... und Aaron! Fast hätte es eine Prügelei gegeben, aber dann hat sich alles auf seltsame Art (und mit einer Überraschung!) gelöst.

Aaron, der berühmt-berüchtigte Schläger der Schule, hat in der Pause Jule angesprochen. Weil Aaron nun mal Furcht einflößend wirkt und nicht besonders geschickt ist im freundlichen Nähern an seine Mitschüler (wie ich aus eigener Erfahrung weiß), war Tarik (so wie wir auch) sofort alarmiert, als Aaron sich vor Jule aufgebaut und kampfeslustig die Ärmel seiner Jacke hochgeschoben hat.

Aaron hat mit einem undeutbaren Gesichtsausdruck auf Jule runtergestarrt. »Hi«, hat Jule gesagt und Aaron musste offensichtlich um Worte ringen.

»Hallo«, hat er gekrächzt, kam aber nicht weiter, weil Tarik und die Jungs, die auf dem Freiplatz mit einem Fußball gekickt hatten, sich zusammengerottet haben und auf Aaron losgegangen sind. Auf einmal hat sich Aaron vier Jungs gegenübergesehen. Nur Luke hat sich mit seiner Beinschiene abseits gehalten und wegen seiner Knieverletzung abwechselnd Aaron gedroht und dann wieder die Jungs angefeuert.

Tarik hat zu Aaron gesagt, er soll Jule in Ruhe lassen.

Jule hat zu Tarik gesagt, sie könne für sich selbst sprechen, aber Aaron hat die Gelegenheit für Ärger natürlich gerne angenommen und Tarik Prügel angedroht. Daraufhin hat Tarik ihm als kleinen Warnschuss den Fußball entgegengeschleudert und Aaron hat die Hand ausgefahren und den Ball an seiner Hand abprallen lassen, sodass er aufs Vordach geflogen ist.

»Dich mach ich fertig, du Mistkröte!«, hat Aaron gerufen und wollte sich auf Tarik stürzen, der auf einmal so eine Kampfhaltung eingenommen hat (er kann Ving Tsun, wie ich nachher erfahren hab, eine asiatische Kampfsportart).

Jule hat noch gerufen: »Hört auf!«, aber niemand hat auf sie gehört. Und dann ging alles sehr schnell: Aaron hat ausgeholt, Tarik hat sich ebenfalls schlagbereit gemacht und in dem Moment ist der Fußball vom Vordach wieder runtergerollt und hat dabei aber eine leere Glasflasche mit sich runtergeschoben.

Die ist über den Rand gekullert. Genau über Jule! Die wäre ihr direkt auf den Kopf gefallen, aber im letzten Moment hat Aaron das bemerkt und sich von Tarik abgewandt, dessen Schlag Aarons Kinn noch gestreift hat. Aaron ist vorgehechtet und hat Jule gepackt und sie weggeschoben und dann ist die Flasche ihm mit einem lauten Knall mitten auf den Kopf gefallen!

Aaron hat kurz dagestanden und seltsam geguckt, der Fußball ist ihm noch auf die Schulter geprallt, dann sind seine Beine eingeknickt und er hat sich benommen auf den Boden gesetzt. »Aaron!«, hat Jule gerufen und sich neben ihn gehockt. »Alles okay?«

»Lass den«, hat Tarik gerufen. »Der hat eh nur Holz in der Birne.«

Aber Jule ist richtig besorgt gewesen und hat Tarik ignoriert. Ich meine, Aaron hatte eine Flasche für sie abgefangen! Das hätte ich diesem Typen wirklich nicht zugetraut, so gemein, wie er sonst ist. Jule schien auch ein bisschen beeindruckt.

Als Aaron wieder aufstehen konnte, hat Jule gesagt, sie bringt ihn zum Sanitätsdienst. Sie sind Richtung Eingang gegangen und als er einmal ins Straucheln gekommen ist, hat sie ihn am Arm festgehalten. Und wie ich sie von hinten nebeneinander gesehen hab, dachte ich auf einmal, dass das gar nicht sonderbar ausgesehen hat. Sondern irgendwie ... als sollte es so sein.

Shirin, Fee und ich haben uns voll verblüfft angeguckt. Ein Bad Boy für Jule???

Freitag, 5. März, 11.02 Uhr

OMG! Jule mag Aaron wirklich. Sie hat erzählt, dass sie ihn nach Hause gebracht hat, weil der Schulsanitäter (einer aus der Oberstufe) meinte, falls Aaron eine Gehirnerschütterung hätte, sollte er besser unter Beobachtung bleiben. Und sie haben sich irgendwie unheimlich gut verstanden, obwohl er wirklich ein bisschen seltsam wäre. Aber seine Mutter wäre erst recht komisch! Als ob sie gar nicht richtig anwesend wäre, hat Jule gemeint, sie ist nicht mal von ihrem Sofa aufgestanden, als Aaron kam.

Als sie irgendwann gefahren ist, hat sie Aaron noch gesagt, er solle ihr schreiben, falls er sich übergeben müsste. (Weil das ein Zeichen für Gehirnerschütterung ist.) Und dann haben sie noch ziemlich viel geschrieben. Jule meint, er wäre viel netter, als man so annehmen würde, und auch ziemlich interessant. Und sie hätte schon gemerkt, dass seine Familie irgendwie komisch ist und dass Aaron vielleicht deswegen nicht weiß, wie man sich benimmt.

Auf jeden Fall hat Jule heute ziemlich gestrahlt und sehr

vergnügt gewirkt. Wenn ich auf eine von uns wetten müsste, dann glaube ich, dass Jule die Erste von uns im Club der Coolen wird.

Wobei Fee (weiterhin) supermotiviert ist, Jules Beispiel zu folgen. Die überraschende Wendung mit Aaron hat sie total angespornt und natürlich die Tatsache, dass Mizzis Party näher rückt, auf der Paul und Sara sich küssen werden. Jedenfalls laut Originaldrehbuch. Aber Fee ist fest entschlossen, das »Schicksal von Paul und ihr zu besiegeln«. Heute Nachmittag will sie Paul besuchen. Bin so gespannt, ob sie ihn wirklich endlich küsst!

Freitag, 5. März, 18.49 Uhr

Fee hat sich noch nicht gemeldet und ich switche durch eine Million TikTok-Clips, um mich abzulenken. Bin so neugierig! Aber vermutlich ist es ein gutes Zeichen, dass sie noch nicht geschrieben hat. Dann ist sie vielleicht noch bei Paul und sie verstehen sich super und sind ab jetzt ein Paar und machen nur noch alles zusammen. Ich freue mich für sie!

Auch wenn ich mich ein kleines bisschen ... ausgeschlossen fühle. Aber da gewöhne ich mich sicher dran. Und wenn Fee irgendwann nur noch mit Paul abhängt, hab ich auch mehr Zeit. Zum Beispiel für neue Hobbys. Ich könnte Bumerang werfen lernen. Damit könnte ich Leuten die Kappen vom Kopf fegen. Ein bisschen wie Captain America mit seinem Schild. Das wäre cool. Ich wäre ***BUMERANG-GIRL.*** Ich könnte mir ein Superheldenkostüm nähen. (Was natürlich viel cooler aussähe als meine Bastelergebnisse in Sachen Foodverkleidungen!) ... oh. Fee schreibt!!!

Freitag, 5. März, 20.17 Uhr

Hab gerade eine Ewigkeit mit Fee telefoniert. Es ist etwas Unglaubliches passiert.

Sie hat es durchgezogen! Sie meinte, sie hätte ihre Hirnlähmung dazu benutzt, ihn einfach zu küssen. Ohne viel Gerede. Sie ist zu ihm nach Hause und hat ihn geküsst und er sie.

Aber – und das ist das Unglaubliche: **Es ist trotzdem nichts mit Wolke sieben!** Im Gegenteil.

Hab den Eindruck, als wäre Fee krass davon abgestürzt, sozusagen auf den harten Boden der Tatsachen. Erst wollte sie gar nicht richtig mit der Sprache rausrücken. Hat nur einsilbig getextet. Da hab ich sie angerufen. Ob es schön war, hab ich sie gefragt und da hat sie zerknirscht gerufen: »Nein! Überhaupt nicht!«

»Wieso denn nicht?«, hab ich verblüfft gefragt.

Und bevor sie geantwortet hat, hat sie mich erst schwören lassen, dass ich es niemandem weitersage, weil es ihr so peinlich ist. Ich hab gemerkt, dass sie sich richtig überwinden musste, es mir (ihrer besten Freundin!) zu erzählen. Sie hat ganz tief eingeatmet, bevor sie zugegeben hat, dass der Kuss total komisch gewesen wäre. Erst wären ihre Nasen im Weg gewesen, dann ist sie mit ihrer Lippe an seine Zähne gekommen und plötzlich war überall Spucke (und zwar nicht von ihr, weil ihre Spucke nicht so kalt ist, wie Fee meinte). Und als Paul auch noch seine Zunge vorgeschoben und damit ihre Lippen berührt hätte, ist Fee richtig zurückgeschreckt, hat sie gesagt.

Sie hat total unglücklich geklungen. »Echt. Im Film sieht Küssen so toll aus und da gucken

sich die Leute verliebt an und man denkt, es wäre total einfach und schön. Aber das ist es gar nicht. Überall nur Nasen und Zähne und Spucke!«

»Wie bei der AG in der Schule«, hab ich gesagt. »Also. Da sind jetzt keine Nasen und so. Aber man denkt vorher auch, Antistress-AG wäre die chilligste Erfindung überhaupt und hinterher ist es der totale Stress.«

»Genau«, hat Fee gerufen. Sie war einen kurzen Moment still. Bis sie fragte: »Oder meinst du, es liegt nur daran, dass ich keine Übung hab?«

»Nee. Keine Ahnung. Aber ist doch auch egal. Wenn dir Küssen nicht gefällt, dann lässt du es eben. Wenn andere Spaß dran haben, sollen die es machen. Ich werde ganz sicher nicht damit anfangen.«

»Musst du aber vielleicht.«

»Ich muss gar nicht.«

»Wegen Jannis. Und dem Zeitsprung.«

»Fee, jetzt hör endlich mal auf mit dem Unsinn. Ich bin dreizehn Jahre alt. Ich *kann* nicht für jemanden bestimmt sein! Du bist ja offensichtlich auch nicht für Paul bestimmt.«

Aber hat Fee das eingesehen? Nein. Offensichtlich haben ihr das Verknalltsein und auch diese Zeitsprungsache das Hirn verdreht. »Du musst ja auch gar nicht *jetzt* mit ihm zusammenkommen«, hat sie argumentiert. »Sondern vielleicht erst in zehn Jahren. Oder in zwanzig.«

»Da bin ich dreiunddreißig! Niemand kann so weit im Voraus denken.«

»Wie auch immer«, hat Fee beharrt. »Irgendeinen Grund muss es haben, dass du in der Zeit gesprungen bist. Dabei bleibe ich. Und wenn es nicht Paul und ich sind, dann müssen es Jannis und du sein.« Und dann hat sie noch etwas hinzugefügt, was mich wirklich nervös gemacht hat. Sie meinte, wenn ich meine Mission nicht erfülle, könnte es ja sein, dass ich noch mal in der Zeit springe und wieder alles von vorne anfängt. »Dann bist du gefangen in einer Zeitschleife.«

Ich meine, klar ist mir klar, dass Fee von Zeitreisen genauso wenig Ahnung hat wie ich. Und ich könnte jetzt einfach sagen, pöh, glaub ich nicht und wird schon nicht passieren. Aber was, wenn sie recht hat? Drei Monate meines Lebens nachsitzen – okay. Aber noch mal das Ganze ... Nee! Da hätte ich wirklich keine Lust drauf. Wenn ich an die Party denke, werde ich immer nervöser.

Samstag, 6. März, 9.32 Uhr

Je länger ich darüber nachdenke, desto mehr Bammel kriege ich. Bisher war ich ja noch einigermaßen locker mit dieser Zeitsprunggeschichte. Aber die Vorstellung, schon wieder mit kaputter Unterhose in der Klassenfahrt zu landen und die letzten drei Monate *noch mal* zu erleben – nein danke! Eine Zeitschleife, das wäre echt die ultimative Katastrophe. Ein gigantischer Eisberg. Nein – mehr noch: das ewige Eis. Samt Permafrost und Gletscherspalten und Polarnächten.

Das darf nicht passieren! Ich brauche sofort einen neuen Plan. Einen Zeitschleifenverhinderungsplan. Bevor ich den machen kann, brauche ich als Erstes eine Liste von allem, was auf Mizzis Party schiefgelaufen ist. Da waren ...

1. Noel und seine Knutschattacken
~~2. Fees Liebeskummer wegen Paul und Sara~~ *hat sich ja zum Glück durch den Nase-Zähne-Spucke-Kuss schon erledigt*

3. Der bekloppte Dreibeinlauf mit Jannis
4. Die Flucht vor Noel samt unfreiwilliger Begegnung mit der Knutschskulptur Mizzi/rothaariger Sportwagenfahrer
5. ~~Die leer gefressene Platte mit Garnelenspießen, von denen ich gerne einen gehabt hätte~~
6. Jannis, der gegen Noel um einen Kuss von mir spielt
7. Jannis, der von Fee geküsst wird
8. Das Bad im Pool durch Mizzi
9. Die Ohrfeige für Noel
10. Der Zeitsprung

Verdammt. Ich hab jetzt eine ganze Weile auf die Liste gestarrt und ich glaub, ich weiß jetzt, was ich als Erstes tun muss. Der detaillierte Plan muss warten. Erst muss ich mal die richtigen Voraussetzungen für die Zeitschleifenverhinderung schaffen. Es ist ein bisschen radikal – selbst für meine Verhältnisse. Aber ich hab wohl keine andere Wahl.

Samstag, 6. März, 15.32 Uhr

Mama war total happy und richtig aufgeregt, als ich ihr Angebot mit dem Kleid angenommen hab. Sie ist direkt mit mir in die City gefahren, um mir eines für die Party zu kaufen. Es war total seltsam, diese Teile anzuprobieren. Wir haben uns nachher für ein schwarzes entschieden. Es ist knielang und echt cool, eigentlich. Muss mich nur ein bisschen dran gewöhnen, dass es so luftig ist an den Beinen. Und hoffen, dass es nichts zu klettern gibt. Die Party ist in einer Woche und ich fühle mich schon etwas besser. Das Kleid ist mein Signal an das Universum, dass ich zu allem bereit bin, um meine Mission zu erfüllen und der Zeitschleife zu entgehen. Sogar für die Liebe.* Und wenn das Universum und die Liebe doch nichts mit meinem Zeitsprung zu tun haben sollten, kann ein Partykleid immerhin nicht schaden. (Solange man keinen Handstand machen muss.)

Montag, 8. März, 10.09 Uhr

Fee ist heute Morgen total zappelig gewesen und hat die ganze Zeit überlegt, wie sie Paul begrüßen soll und was er wohl machen wird, wenn sie sich sehen. Und wie sie reagieren soll, wenn er auf sie zukommt und sie küssen will. Und ob sie es ihm sagen soll, dass ihr das nicht gefällt, oder ob das zu peinlich ist – und sie lieber einfach wegrennen soll.

Wie sich herausgestellt hat, sind alle Überlegungen umsonst gewesen. Denn er hat nichts davon getan. Er hat sie nicht mal richtig angeguckt. Und schon gar nicht ist er zu ihr gekommen. Er hat so getan, als wäre sie ihm … peinlich! Das gefällt Fee natürlich auch nicht. Jetzt macht sie sich Gedanken, ob er sie für eine schlechte Küsserin hält. Wobei es ihr ja auch nicht gefallen hat, also wo ist das Problem?

Boah – ehrlich. Mir geht das Liebeskuddelmuddel weiterhin massiv auf die Nerven! Fee hat heute auch Shirin und Jule in die Ereignisse vom Freitag eingeweiht, weil sie meinte, es wäre ihre Pflicht, mit dem Mythos *Erster Kuss* aufzuräumen. Shirin und Jule haben nicht schlecht gestaunt, als Fee ihnen alles erzählt hat.

* Nicht, dass ich wirklich bereit wäre für die Liebe. Aber davon weiß das Universum ja nichts. Ist also nur Tarnung. Die TOP-SECRET-Tricks einer Zeitspringerin.

»Zu Risiken und Nebenwirkungen von Küssen fragen Sie Fee«, hab ich grinsend kommentiert – und dann erst gemerkt, dass Kim hinter mir stand. Wir haben natürlich gewartet, bis sie abgedampft war, bevor wir das Thema wieder aufgegriffen haben. Jule hat eingewandt, Küssen würde sich bestimmt dann gut anfühlen, wenn es im richtigen Moment der Richtige wäre.

»Aber woher weiß man das denn vorher?«, hat Fee gebrummt.

Tja. Darauf hat auch Jule keine Antwort gewusst. Wir wollten natürlich wissen, ob sie Aaron schon geküsst hätte, aber da hat sie den Kopf geschüttelt. »Wir sind Freunde«, hat sie gesagt. »Erst einmal.« Oh, es klingelt schon zum zweiten Mal, Pausenende, wir müssen zu Deutsch!

Dienstag, 9. März, 11.09 Uhr

Boah, die BBQs sind soo was von fies!! Nach der Pause eben waren wir auf dem Weg in den Klassenraum, als Sara Fee ein Bein gestellt hat! »Lass die Finger von Paul«, hat sie gezischt, als Fee gestolpert ist und gegen Romy geknallt, die Fee auch noch voll aggro weggeschubst hat. Ich bin sofort hin und wollte Romy zurückschubsen, aber da ist Frau Hinterkausen gekommen und ich hab es gelassen.

Sie wissen also von dem Kuss. Kim hat doch gelauscht! (Anders ist es nicht zu erklären, warum die BBQs sich so fies benommen haben.) Aber das Schlimmste ist: Nach der Stunde haben sie ganz vertraulich mit Frau Hinterkausen geredet!

Irgendwie hab ich ein ganz schlechtes Gefühl. Kann sein, dass unsere blöde Hackerlüge auffliegt.

Dienstag, 9. März, 12.36 Uhr

Wir bekommen jetzt echt Ärger! Die BlingBlingQueens haben tatsächlich gepetzt. Wahrscheinlich aus Rache, weil Fee Paul geküsst hat. Und jetzt müssen Fee und ich am Donnerstag nach dem Unterricht zu Frau Sandorff! Diesmal wird es ernst.

Mittwoch, 10. März, 16.23 Uhr

Ich hab meine Chance genutzt, noch mal einen guten Eindruck zu machen. Beim Referat in der Antistress-AG hab ich mich nicht von Jannis' Beatboxen ablenken lassen und ein einwandfreies Referat gehalten.

Wie ich mich Jannis gegenüber verhalten soll, weiß ich aber nicht so richtig. Er hat auch irgendwie unsicher gewirkt. Hab den Eindruck, er beobachtet mich, aber wenn ich ihn angucke, guckt er schnell weg. Wenn ich nur wüsste, was mit ihm los ist!

Eines ist klar: Ich will auf gar keinen Fall in einer Zeitschleife gefangen werden. (Wenn überhaupt, dann höchstens in den Sommerferien. Da hätte ich kein Problem mit einer sechswöchigen Zeitschleife.)

Donnerstag, 11. März, 12.35 Uhr

Gleich ist der Termin bei Frau Sandorff. Gerade denke ich: Wahrscheinlich kann es mir völlig egal sein, ob ich als gemeingefährliche Hackerin von der Schule verwiesen werde. Denn wenn ich bis Samstag meinen Auftrag vom Schicksal nicht erkannt habe, wiederholen sich sowieso die letzten drei Monate noch einmal. So lautet zumindest die Theorie von Fabienne Chang, beste Freundin einer Zeitreiseamateurin, womit sie Ella Schrader, Zeitreiseamateurin, einen gehörigen Schrecken versetzt hat. Ich weiß nicht, was schlimmer ist: Zeitschleife oder Schulverweis!

Aber ich versuche, mich an die Hoffnung zu klammern, dass vielleicht keins von beidem passiert und der Termin gleich entspannt läuft, weil wir die Hinterkausen und Frau Sandorff überzeugen können, dass wir das überhaupt nicht gewesen sein können und dass sowieso alles nur ein Riesenmissverständnis ist.

Donnerstag, 11. März, 15.12 Uhr

Jetzt ist es amtlich: Ich habe den Ruf als schulbekannte Hackerin erworben. Damit hätte ich wirklich niemals gerechnet. (Chaotin, ja. Notausgangsschilddiebin, okay. Aber das? Fast so unwahrscheinlich wie der Ruf als Geigenvirtuosin!) Immerhin hab ich dafür wenigstens Fee bei Mizzis Party an meiner Seite (hoffentlich)! Was soll ich sagen: Das Gespräch bei der Sandorff ist kein bisschen entspannt gewesen und am Ende war es auch noch ziemlich überraschend.

Angefangen hat es noch ganz harmlos, obwohl wir sofort

beschuldigt wurden, die Deutschaufgaben gehackt zu haben. Wir haben natürlich alles abgestritten. Ich hab erklärt, dass das nicht stimmt und das alles nur ein Gerücht sei. Das hat Frau Hinterkausen nicht gefallen. Und der Direktorin auch nicht. Auf einmal meinte Frau Sandorff, ich würde nicht die richtige Einstellung mitbringen. Diese Lässigkeit, mit der ich »die Anschuldigungen hinnehmen« würde, würden deutlich machen, dass ich den Ernst der Lage nicht erkannt hätte. Es ginge schließlich um ein schwerwiegendes Verbrechen.

Das hat sie wirklich gesagt: *Verbrechen.*

Da hab ich leider ein bisschen lachen müssen. Was die Stimmung nicht unbedingt gehoben hat. Frau Sandorff und Frau Hinterkausen haben sich einen biestigen Blick zugeworfen, ich hab mich geräuspert und versucht, ganz ernst zu argumentieren, dass Fee und ich überhaupt gar nicht hacken können. »Wir sind die totalen Luschen im Hacking. Da könnten wir eher in der Zeit reisen, als irgendwelche Daten von Servern klauen.« Fee, die bisher eher still gewesen ist, hat dazu heftig genickt.

»Wir haben das Gedicht einfach richtig geraten«, hab ich beteuert. »Das war pures Glück.«

Frau Hinterkausen hat tief Luft geholt. »Schüler raten immer vorher, was drankommt, aber die Trefferquote ist noch nie so hoch gewesen«, hat sie gesagt.

Frau Sandorff hat die Geduld verloren und auf einmal gefordert, wir sollen es einfach zugeben. Aber das konnten wir ja nicht! Sie wollte aber nicht aufgeben und hat schließlich gesagt, so kämen wir nicht weiter und sie würde unsere Eltern zu einem Gespräch bitten.

Da hat Fee entsetzt Luft geholt und ganz verzweifelt geguckt, weil ihre Mutter generell dazu neigt, Lehrern mehr zu glauben als ihrer Tochter. Mrs Chang würde Fee wahrscheinlich sofort zu Hausarrest verdonnern, egal, ob sie wirklich was angestellt hatte oder nicht. Einfach nur, weil Fee Ärger verursacht hat. Was aber bedeuten würde, dass sie vielleicht nicht zu Mizzis Party gehen dürfte. Das wäre eine echte Katastrophe. Ich brauchte Fee dort unbedingt! Falls ich in einer erneuten Zeitschleife verloren ging, musste ich doch meine einzige Verbündete bei mir haben.

Deswegen hab ich einfach gesagt, ich war's doch. Hab das Hacking zugegeben. Fee hätte nichts damit zu tun, hab ich gesagt, ich war's ganz allein.

Trotz des »schwerwiegenden Verbrechens« waren Frau Sandorff und Frau Hinterkausen ziemlich erleichtert über mein Geständnis. Und jetzt müssen meine Eltern am Montag antanzen, vermutlich, damit ich amtlich meinen Schulverweis bekomme oder welche »erzieherische Maßnahme« die sich sonst so ausdenken. Aber Fee ist richtig erlöst gewesen und hat mir vor lauter Dankbarkeit angeboten, für alle Zeiten mein Hausaufgabenknecht zu sein. Aber vielleicht endet »alle Zeiten« ja sowieso morgen um 21.07 Uhr.

Samstag, 13. März, 11.46 Uhr

Hier mein Zeitschleifenverhinderungsplan für Mizzis Party, an dem ich jetzt tagelang gearbeitet hab. Eigentlich erscheint mir alles ganz einfach. Bis auf Punkt Nummer 6, der Fees Idee war.

1. Als Erstes werde ich verhindern, dass ich Kussschulden bei dem bekloppten Noel mache. Hab dazu auch schon eine Idee. Wenn das erledigt ist, muss ich nicht vor ihm fliehen und Jannis kann auch nicht mit ihm um den Kuss spielen.
2. Beim Dreibeinlauf werde ich noch einmal versuchen, Jannis' Geheimnis auf die Spur zu kommen und zu erfahren, was es mit seinem Umzug nach Köln auf sich hat. Und mit dem Tattoorätsel.
3. Ich gehe nicht ins Poolhaus, wo Mizzi und der Rothaarige knutschen.
4. Ich mache Alberto gegenüber keine Andeutungen wegen Mizzi und dem Rothaarigen.
5. Der Kuss von Fee und Jannis wird nicht stattfinden. Weil ich erstens die Wette verhindern werde und zweitens Fee gesagt hat, dass sie unter gar keinen Umständen Jannis küssen wird, egal, was passiert.
6. Fee hat aber auch gesagt, dafür sollte *ich* auf jeden Fall Jannis küssen. Sie meinte, es wäre allgemein bekannt, dass manche Küsse magische Kräfte entfalten. (Dass der Beleg für diese Behauptung aus dem Froschkönig und anderen alten Märchen stammt, stört sie nicht die Bohne.) Sie meint, ein Kuss mit Jannis wäre die sicherste Methode, der Zeitschleife zu entkommen. (Dass es *überhaupt keinen* Beleg für diese Behauptung gibt, stört sie auch kein bisschen!)
7. Fee ist deswegen der Ansicht, das Billardspiel sollte stattfinden. Was ich für viel zu gefährlich halte. Nachher gewinnt Noel auf einmal doch und was dann? Dann bin ich wieder bei Punkt 1.
8. Hab ich eben wirklich behauptet, es erschiene mir eigentlich alles ganz einfach?

Samstag, 13. März, 13.18 Uhr

Bin megaaufgeregt. Richtig nervös! Sogar Kai ist aufgefallen, dass ich mich nicht normal verhalte. »Was ist los, Hamsterbacke?«, wollte er wissen.

Ich hab ihm natürlich nicht verraten, dass ich vielleicht bald Gefangene einer Zeitschleife bin. Hab ihm deswegen erzählt, dass ich vielleicht von der Schule fliege, weil ich den Schulaccount von Frau Hinterkausen gehackt habe.

»Aber du kannst das gar nicht«, hat Kai sich gewundert.

»Ich weiß«, hab ich gesagt, »aber die glauben es nun mal.«

»Wieso glauben die das denn?«

»Weil ich es ihnen gesagt hab.«

Das hat er natürlich nicht kapiert und ich hab einfach nur gesagt: »Lange Geschichte.«

Er hat die Augen verdreht und gemeint, er wollte gar nicht genau wissen, was ich schon wieder angestellt hätte.

»Ist auch besser so«, hab ich gesagt. Dann hab ich ihn ganz ernst gemustert, um mir sein Gesicht einzuprägen, damit ich es nicht vergesse, falls ich in irgendeiner Zeitspalte verloren gehe.

»Wenn du weiter so glotzt, mal ich dir einen Schnäuzer mit Edding«, hat Kai da gedroht und ich hab einen Nackenklatscher angedeutet und ihm gesagt, dass er ein Affenhirn ist.

totally	völlig, total
nonsense	Unsinn, dummes Zeug
dramatic	dramatisch
(to) disagree (with)	anderer Meinung sein (als), nicht zustimmen

Samstag, 13. März, 14.35 Uhr

Hab mir jetzt wieder das Vokabelheft geschnappt. Und beide fast vollgeschriebenen Tagebücher versteckt. Das **Book of bad ideas** und das **Book of brilliant ideas** schlummern im Bauch des Tigers. Nur zur Sicherheit. Falls ich doch wieder einen Timeloop drehe, kann ich es wenigstens beweisen. Gleich holt Shirins Mama mich ab. Mein Herz flattert.

Samstag, 13. März, 16.23 Uhr

Partytime! Wir sind sogar wieder in Mizzis Gästehaus. Erstaunlicherweise hab ich dem Lauf der Dinge in dieser Hinsicht keine andere Richtung gegeben – was für ein Glück! Als Shirin, Fee und ich (Jule kommt nach – mit Aaron!) eben vor dem Eingang des Marguerite-Duras-Hauses angekommen sind, ist mir ein Schauer über den Rücken gelaufen. Von hier bin ich abgereist. Kommt mir vor, als wäre es gestern gewesen. (Dabei war es heute. Ha. Ha. Galgenhumor einer Zeitspringerin.)

Als wir drinnen vor dem Duras-Zitat gestanden haben,

hat Fee aufmunternd meine Hand gedrückt. **Very early in my life it was too late.** Hoffe nur, dass das nicht für mich gilt.

Wobei ich ja klammheimlich immer noch die Hoffnung habe, dass überhaupt nichts passiert. Dass der Tag ganz normal vorbeigeht, egal, welchen Unsinn ich mache, und morgen einfach der 14. März ist.

»Schön wär's«, hat Fee geantwortet, als ich ihr das gesagt hab. Sie hat sich nervös auf die Lippe gebissen. Sie macht sich nämlich Sorgen, dass ich komplett verschwinde und sie nachher nicht mal mehr weiß, dass es mich gab.

»Nee«, hab ich gesagt und mit bedeutungsschwerer Stimme hinzugefügt: »Und wenn, dann findest du meine Tagebücher im Bauch des Tigers.«

Da hat sie so erschrocken geguckt, dass ich sie ein bisschen aufmuntern musste. »Dieses ganze Schicksalsgerede hat uns einfach verwirrt«, hab ich gesagt. »Vielleicht bin ich auch nur in der Zeit gesprungen, weil ich hier beim ersten Mal so ein Partycrasher war, was dazu geführt hätte, dass ich nie wieder zu einer Party eingeladen worden wäre. So nach dem Motto: Very early in my life it was too late ... for parties.«

Da hat Fee gelacht. »Vielleicht war der Fehler auch nur, dass wir keins von den Garnelenspießchen gegessen haben.«

»Das auf jeden Fall«, hab ich gerufen. »Und wir haben auch nicht auf Eminem getanzt!«

»Das müssen wir dieses Mal unbedingt machen«, hat Fee gesagt. »Und geheult wird auch nicht!«

»Absolut nicht«, hab ich gesagt und wir haben uns angelächelt. Und dann hat Fee noch was Schönes gesagt: »Weißt du, wer auf jeden Fall füreinander bestimmt ist?«

Ich hab zweifelnd die Augenbrauen hochgezogen, weil ich gespannt war, welche absurde Paarkombi sie sich jetzt schon wieder ausgedacht hat. Aber da hat sie gesagt: »Wir beide sind auf jeden Fall füreinander bestimmt.«

Ich hab es im ersten Tagebuch schon mal geschrieben, aber in dieses gehört es auf jeden Fall auch rein: Sie ist nicht die gute Fee. Sie ist die beste Fee!

Samstag, 13. März, 16.56 Uhr

Noch vier Stunden und elf Minuten bis zum Zeitsprung. (Den es hoffentlich nicht geben wird!)

Jule, Fee und Shirin rennen durchs Haus und knubbeln sich vor dem Spiegel im Bad. Ich sitze im Korbsessel am Fenster, während ich das hier schreibe. Immer wieder muss ich an dem Rock meines Kleides zupfen und frage mich, ob ich mich jemals an so ein unpraktisches Kleidungsstück gewöhnen kann. Aber das sind Kinkerlitzchen im Vergleich zu meinen anderen Problemen. Was mir immer noch am meisten zu schaffen macht, ist die Sache mit dem Küssen.

Ich würde das ja sogar machen, wenn ich dadurch der Zeitschleife entkomme. Aber was, wenn Jannis mich gar nicht küssen will? (Was ja nun sehr wahrscheinlich ist!) Ich kann mich ihm ja nicht an den Hals werfen wie so ein Lostie und flehen: Küss mich, sonst falle ich wieder durch ein Wurmloch der Raumzeit!

Ich fürchte, es ist wie beim Schach. Ich hab keine Ahnung, ob mein nächster Zug mir zum Verhängnis wird. Aber egal, wie es ausgehen wird: Ich werde mein Bestes geben. Und wenn man wirklich sein Bestes gibt, hat man schon so gut wie gewonnen.

Nein, ich denke jetzt nicht darüber nach, wie richtig diese Aussage ist. Ist nur ein bisschen Peptalk für mich selbst und beim Peptalk kommt es bekanntlich nicht auf den Wahrheitsgehalt an, sondern nur aufs Anfeuern und Motivieren. Und das funktioniert. Genau. Es wird schon alles gut laufen. Außerdem hab ich mir für den Anfang einen fast todsicheren Plan überlegt. Oh, die drei sind fertig. Es geht los.

Samstag, 13. März, 17.49 Uhr – noch drei Stunden und achtzehn Minuten bis zum Zeitsprung

Sitze auf der Toilette und schnuppere beruhigenden Vanilleduft. Bin grad mal wieder vor Noel geflohen. Wirklich! Wie schwierig es ist, den Lauf der Dinge zu ändern. An manche Ereignisse scheint sich das Schicksal zu klammern, egal, was man macht!

Wobei dieses Mal die BBQs mir ins Handwerk gepfuscht haben. Obwohl ich Romy einen Gefallen tun wollte! Aber weil die BBQs selbst solche hinterlistigen Zicken sind, wittern sie auch bei anderen immer irgendwelche Hintergedanken. (Die hatte ich zwar auch, aber nur gute!)

Es war so: Bevor Mizzi ihr bescheuertes Pärchenmemory verkündet hatte, hatte ich mir schon schnell die roten Karten geschnappt, um sie an die Mädchen zu verteilen. (Bevor Noel sich mit zwei Karten mit Baumsymbol an mich ranschmeißen konnte.)

Da ich noch wusste, dass Fee mit einem Mondsymbol Paul

zugelost worden war, wollte ich zum Besten von allen ein bisschen manipulieren. Die BlingBlingQueens haben schon misstrauisch geglotzt, als sie auf mich zukamen. Als ich Romy eine Baumkarte geben wollte, ist sie zurückgewichen, als wäre es ein giftiger Apfel. »Noel hat eine Baumkarte«, hab ich versucht, sie zu überzeugen, weil Fee und ich nämlich glauben, dass sie auf Noel steht. Sara hab ich einen Mond andrehen wollen. (Fees Idee, um nicht mit Paul zusammengelost zu werden!) Aber auch die hat mich nur misstrauisch angeguckt. »Ich weiß, dass ihr wegen der Deutscharbeit gepetzt habt, aber ich will mich nicht rächen«, hab ich beteuert. »Ich will nur, dass hier heute alle das bekommen, was sie wollen.«

Die BBQs haben kein Wort gesagt und sich zum Tuscheln zurückgezogen. Plötzlich hat Sara gefragt: »Und warum hast du ein Kleid an? So was trägst du doch sonst nicht!«

Damit ich mehr Beinfreiheit hab und dich besser treten kann – hab ich gedacht. Gesagt hab ich: »Es ist eine Party, Sara.« Ich hab richtig freundlich gelächelt. »Da ziehe sogar ich schon mal ein Kleid an.«

Sara blieb misstrauisch. Auch als Fee zu ihr gesagt hat, dass sie Paul gerne haben könne. »Als ob du das bestimmen könntest«, hat Sara gezischt und dann ist alles aufgeflogen, weil die blöde Romy mich bei Mizzi verpetzt hat. Mizzi ist richtig sauer gewesen, weil ich bei der Pärchenauslosung schummeln wollte. Sie hat mit der Zunge geschnalzt und gesagt: »Wenn hier einer schummelt, dann nur ich.« Zur Strafe müsste ich eine Runde *Wahrheit oder Pflicht* spielen. »Meine Party. Meine Regeln«, hat Mizzi zuckersüß hinzugefügt.

Da ich natürlich kein bisschen die Wahrheit sagen wollte und lügen bei diesem Spiel schlechtes Karma bringt (wie Jule immer behauptet – und ich meine, wer legt sich schon mit dem Karma an?), hab ich Pflicht genommen. Weil ich damit gerechnet hab, dass sie mich zu irgendeiner albernen Mutprobe verdonnert, so was wie »auf einem Bein hüpfen und gleichzeitig einen Luftballon aufpusten«. Aber da hat Mizzi verkündet, dass ich mit Noel in einem Team wäre fürs Luftballontanzen. Romy ist das Kinn runtergesackt. (Im Selbstreinlegen sind die BBQs wirklich spitze!)

Also musste ich mit Noel tanzen. (Den Ich-will-raus-und-schulde-dir-dafür-einen-Kuss-Joker würde ich dieses Mal nicht ziehen.) Noel hat schmierig geguckt wie eh und je. Wir haben den Ballon zwischen unsere Stirnen geklemmt. Luftballontanz ist eigentlich superdämlich, aber das Gute an dem Spiel ist, dass man ziemlich einfach verlieren kann. Das hab ich dann auch getan. Kaum ist die Musik losgegangen, hab ich meinen Kopf nach hinten gezogen und der Ballon ist zu Boden geschwebt. Jule, die neben mir mit Aaron tanzte (was lustig aussah, weil er so viel größer ist als sie), zwinkerte mir zu. Sie hatte sofort gecheckt, dass das Absicht war.

»Oh, ich bin wirklich schlecht darin«, hab ich zu Noel gesagt und wollte weggehen, aber da hat er mich festgehalten und meinte, das würde nicht zählen und wir würden jetzt weitertanzen. Er hat mich richtig feste gepackt und so kam es, dass ich mich losreißen und auf die Gästetoilette flüchten musste. Jetzt gehe ich gleich zurück. Der Dreibeinlauf steht an. Punkt 2 von meinem Zeitschleifenverhinderungsplan. Mal sehen, ob der wenigstens besser läuft!

Samstag, 13. März, 18.59 Uhr –
noch zwei Stunden und acht Minuten
bis zum Zeitsprung

OMG! Musste mich schon wieder ins Gäste-WC verziehen. Aber nicht wegen dem doofen Noel, sondern wegen Jannis. Beziehungsweise wegen dem, was ich über ihn erfahren hab. Bin total geschockt. Ich weiß jetzt, warum er sich so komisch verhält. *Seine Freundin ist gestorben!* Das hat mir Severin grad verraten. Nicht unbedingt freiwillig, aber er hat es getan!

Von Jannis selbst hab ich mal wieder nichts rausbekommen, weil er ja die wirklich lästige Angewohnheit hat, auf alle Fragen mit einer Gegenfrage zu antworten. Das macht einen echt rasend!

Nachdem Mizzi mich mit ihm in ein Dreibeinlaufteam gesteckt hat, hab ich ihm (noch vor dem Zusammenschnüren unserer Beine) gesagt, er soll die Lederjacke ausziehen. (Erstens hat er mir beim letzten Mal dabei ja gegen den Kopf geschlagen und zweitens würde ich dann besser auf seine Tätowierung zu sprechen kommen können.) Aber Jannis ist nun mal ein harter Brocken, kommunikationstechnisch gesehen. Ein echter Unterhaltungs-Horst. »Wieso das denn?«, hat er zurückgefragt.

»Weil dir gleich zu warm wird.«

»Wird es mir das?«

»Warum beantwortest du eigentlich alles mit Gegenfragen?«

»Wieso nicht?«

Ich hab ihn mit zusammengekniffenen Augen gemustert. »Weil du nicht willst, dass man was über dich erfährt, glaube ich.«

»Was wollte man auch schon über mich erfahren?«

»Zum Beispiel, was dein Tattoo bedeutet.«

Da hat er auf einmal weggeguckt und ein Schatten ist wieder über sein Gesicht gehuscht. Aber er hat sich ganz schnell wieder gefangen. Was aber nicht hieß, dass er mit der Sprache rausgerückt ist. Deswegen hab ich ein bisschen gestichelt: »Ich hab ja die Vermutung, dass die Zahlen die Kombi von deinem Fahrradschloss sind.«

Da hat er schief gegrinst. »Nee, die PIN-Nummer von meiner Bankkarte.«

»Auch eine clevere Idee, sie nicht zu vergessen«, hab ich genickt und da haben wir uns zum ersten Mal richtig angesehen und in seinen Augen hat sich der Himmel gespiegelt. Und ich hatte wirklich das Gefühl, jetzt kämen wir uns näher. Vielleicht sogar so nah, dass er mir sein Geheimnis verraten würde.

Ich wollte ihn gerade nach der Sache mit der Lotterie fragen, da rief Mizzi: »Hey, ihr Turteltäubchen. Ab zum Start!«

Aber vorher musste ich die Gelegenheit nutzen. Wenn wir gleich gestartet wären, wäre die Chance, etwas von ihm zu erfahren, vorbei. Also hab ich ihn direkt gefragt, warum er von Berlin weg ist.

Das war ein Fehler. Das merkte ich sofort an seinem Gesichtsausdruck. Er wurde ganz ernst. Es war, als fahre er die Rollladen runter. Oder wie man das auch immer nennt, wenn einer komplett dichtmacht. »Ich bin von dort weg, um nicht mehr daran zu denken, okay?«

Eine Cousine von Mizzi wollte uns gerade die Beine zusammenbinden. »Aber was ist denn so schlimm daran?«, wollte ich nicht aufgeben, doch da schüttelte er nur den Kopf.

»Lass mich in Ruhe, okay?«, sagte er heftig und riss sich die Schnur vom Knie. Mizzis Cousine guckte ganz erstaunt, aber Jannis achtete nicht auf sie, nicht auf mich, sondern stapfte einfach davon.

Severin kam zu mir. Er schien besorgt. »Was war denn gerade los?«

»Ich hab ihn nach seinem Tattoo gefragt«, hab ich zugegeben. »Und warum er aus Berlin weg ist.«

Severin seufzte.

»Es tut mir echt leid«, sagte ich. »Ich wusste nicht, dass er so reagiert.«

»Natürlich nicht. Es ist alles ziemlich schwer für ihn. Und er will einfach nicht, dass es jemand weiß.«

Normalerweise hätte ich natürlich nicht weiter gebohrt. Für mich ist es okay, wenn Leute ihre Geheimnisse für sich bewahren. Aber weil vielleicht meine Zukunft davon abhing, konnte ich nicht anders, als zu fragen: »Dass jemand *was* weiß?«

Severin hat wieder geseufzt, kurz überlegt und leise gesagt: »Das mit Isabell.«

»Was ist denn mit Isabell?« Ich dachte, das wäre vielleicht Jannis' Freundin, die mit ihm Schluss gemacht hat.

Da hat sich sein Gesicht richtig versteinert und seine Stimme war nur ein heiseres Flüstern. »Sie ist tot! Sie ist gestorben! Sie war erst sechzehn und ...« Ihm ist plötzlich die Luft weggeblieben.

»O Gott, das tut mir leid«, hab ich sofort gesagt. Severin hat mir gesagt, dass ich Jannis auf gar keinen Fall darauf ansprechen sollte. Und es auch sonst keinem verraten. Das hab ich natürlich versprochen. Aber eine Frage hatte ich noch. »Hatte sie lange schwarze Haare?«

Severin hat genickt. Das Mädchen aus dem Café, es hat ihn an Isabell erinnert. Der arme Jannis! Er tut mir so leid. Kein Wunder, dass er völlig durch den Wind ist. Seine Freundin ist gestorben! Da kann man schon mal durchdrehen. »Ich ... weiß nicht, was ich sagen soll«, hab ich gestammelt. »Kann ich irgendwas tun?«

Severin hat den Kopf geschüttelt. »Am besten lässt du ihn einfach in Ruhe.«

Ich will ihn ja auch in Ruhe lassen. Aber vielleicht *muss* ich als amtierende Zeitreisende etwas unternehmen. Aber was??!

Samstag, 13. März, 19.47 Uhr – noch eine Stunde und zwanzig Minuten bis zum Zeitsprung

Fee und ich hatten grad eine Krisenbesprechung im Gästehaus.*

Ich hab sie mir eben einfach vom Pool geschnappt, wo sie mit Jule und Shirin getanzt hat. Ich hab ihr gesagt, was Severin mir verraten hat – und was Fee auch niemals jemandem erzählen darf. Sie hat es natürlich hoch und heilig versprochen. Das Geheimnis ist bei uns sicher. Fee war natürlich auch total erschüttert über den Tod von Jannis' Freundin. »Aber wie ist sie gestorben?«, hat Fee gefragt. Aber das konnte ich ihr auch nicht beantworten. Wir haben

* Ich weiß, dass ich Severin versprochen hab, es niemandem zu verraten. Aber erstens bin ich der Meinung, dass die allerbeste Freundin, bei der ich mir tausend Prozent sicher bin, dass sie es für sich behält, von so einem Versprechen ausgenommen ist. Und zweitens war es ein Notfall.

versucht, das Rätsel zusammen zu lösen. Immerhin eine Sache ist jetzt sonnenklar: Was Jannis angeht, waren wir komplett auf der falschen Fährte! Beinahe komme ich mir lächerlich vor, dass ich überhaupt nur einen Gedanken daran verschwendet hab, das Schicksal hätte Jannis und mich als Liebespaar bestimmt.

Fee hat sich auf die Lippe gebissen und gesagt: »Stimmt. Aber wir hatten recht damit, dass es mit Liebe zu tun hat.«

Das scheint mir auch so. Wir sind uns einig, dass Jannis' Tattoo für ewige Liebe steht und dafür, dass Isabell gestorben ist. Was die Zahlen bedeuten? 1 13 15 16. Fee hat die Zahlen in Buchstaben umgewandelt, nach der Reihenfolge im Alphabet. Dann würde es AMOP bedeuten. Vielleicht war das irgendeine Abkürzung von einem Insiderspruch von ihnen? Wir haben überlegt, sind aber der Lösung des Rätsels nicht auf die Spur gekommen. Ich hab keine Ahnung, was das Schicksal von mir verlangt oder ob es überhaupt irgendwas von mir verlangt. Ich weiß nur, dass ich definitiv kein Liebesbereitschaftssignal ans Universum schicken muss. Deswegen hab ich mich grad wieder umgezogen. Ich fühle mich einfach wohler (und ehrlich gesagt auch kampfbereiter. Wobei ich keine Ahnung hab, ob ich irgendwie kämpfen muss. Vielleicht ist fluchtbereiter auch der bessere Ausdruck. Ich habe nämlich wirklich das Gefühl, es passiert gleich was Schlimmes) in meinen normalen Klamotten und hab wieder Jeans, Chucks und das *Back to the Future*-T-Shirt an.

Ich gehe jetzt zurück zur Party und versuche, den Rest von meinem Zeitschleifenverhinderungsplan durchzuziehen, und hoffe einfach, dass 21.07 Uhr vorbeigeht, ohne dass ich zurück in den Januar katapultiert werde.

Samstag, 13. März, 20.55 Uhr – noch zwölf Minuten bis zum Zeitsprung

So viel passiert. Muss schnell alles aufschreiben. Für Fee. Für mich, falls ich mir nachher selbst die Geschichte nicht glaube, weil sie so irre ist. Falls die Schrift verläuft, nicht wundern. Bin pitschnass. Hab es doch tatsächlich nicht geschafft, *nicht* in den Pool zu fallen. Dafür weiß ich jetzt endlich, was ich tun muss: Nämlich noch mal in der Zeit springen! Zurück nach Berlin. Zurück zum 13. Januar!

Ich kann nicht fassen, dass ich das schreibe. Aber es ist so. Nach Fees und meinem Kriegsrat sind wir wieder zurück zur Party. Jannis war mit Severin am Billardtisch und hat Luke und Roman zugeguckt.* Am liebsten wäre ich zu Jannis gegangen und hätte ihn aufgemuntert. Aber Severin hatte gesagt, ich soll ihn in Ruhe lassen. Vielleicht war das auch das Beste. Ich meine, was könnte ich ihm auch schon sagen, das ihn trösten würde?

In dem Moment hat Fee in Richtung Poolhaus gedeutet, hinter dem Mizzi gerade verschwunden ist. Aha. Sie ging also zu ihrem Knutschtreffen mit dem Rothaarigen. Ich würde mich schön davon fernhalten. Plötzlich schwebte ein Glas Sekt vor meiner Nase. »Hier, Ella Schrader, für dich!«, hat Noel gesagt und aufdringlich gegrinst. Er hatte selbst auch ein Glas in der Hand, das aber schon leer gewesen ist.

»Spinnst du?«, hab ich zu ihm gesagt. »Ich bin dreizehn!«

»Stell dich doch nicht so an. Das macht schön locker.«

Dieser Vollidiot! Ich hab mich umgedreht und Fee am Arm mitgezogen und ihn einfach stehen lassen. Fast wäre

* Luke hat endlich die Beinschiene ab!

ich in Jannis reingerannt, der auf einmal vor mir auftauchte. Fee hat mir einen Blick zugeworfen und gesagt, sie würde sich einen Garnelenspieß holen gehen.

»Hey«, hat Jannis gesagt, als sie verschwunden war.

»Hey«, hab ich gesagt und dann gewartet. Wie ich ja beim letzten Gesprächsversuch gemerkt hatte, ließ er sich von den falschen Fragen schnell in die Flucht schlagen. Und ich wollte nicht, dass er ging.

»Jetzt haben wir unseren tollen Dreibeinlauf verpasst«, hat er gesagt.

»Zu schade«, hab ich geantwortet. »Es wäre bestimmt ein epischer Sieg geworden.«

Er hat genickt. Der Geruch nach Lederjacke stieg mir in die Nase und er hat mich auf einmal so angeschaut, als ob er mir was sagen wollte. Genau in dem Moment ist Romy gekommen, die alte Nervensäge, und hat mich ruppig angefahren. »Was fällt dir eigentlich ein?«, fragte sie. Irgendwie hat sie seltsam geklungen und sie hat auch ein bisschen geschwankt. Was wohl an dem halb leeren Sektglas lag, das sie in der Hand gehalten hat. Waren heute alle bekloppt? »Du hast Noel bloßgestellt«, hat sie gemotzt. »Er ist der Gastgeber und du hast ihn einfach stehen lassen! Das war total peinlich für ihn.«

Jannis hat schon wieder in die andere Richtung geguckt und ich hab gedacht, er würde gleich das Weite suchen. Was ich am liebsten auch getan hätte. Ich hab überlegt, wie ich Romy verscheuchen konnte, die weiter genörgelt hat: »Ihr seid eh solche Freaks, du und deine Freundinnen. Ihr haltet euch wohl für was Besseres. Dabei hast du null Ahnung, wie man sich benimmt.« Dabei schwappte ein bisschen Sekt auf ihr Kleid.

Ich musste sie ganz schnell loswerden. »Noel wartet übrigens auf dich im Poolhaus«, hab ich da kurzerhand gesagt. »Er ist mit einer Flasche Champagner dahin und ich soll dich zu ihm schicken.«

»Wirklich?« Romy hat kullerrunde Augen bekommen.

»Beeil dich«, hab ich gesagt und zum Glück hat mein Trick funktioniert. Sie ist davongewackelt. Wenn Mizzi sie nachher in den Pool schmeißen würde, würde ihr das vielleicht sogar guttun, hab ich noch gedacht. Da bekäme sie wieder einen klaren Kopf. Falls das bei ihr überhaupt möglich war!

Romy war weg und Jannis immer noch da. Was mich gefreut hat. Und auf einmal hab ich gedacht, ich sag's einfach. »Ich weiß jetzt, warum du nach Köln gekommen bist. Und ich wollte nur sagen, es tut mir leid.« Vielleicht hatte Severin ihm schon berichtet, dass ich es weiß. Jedenfalls ist er nicht abgehauen. Seine Kiefermuskeln haben sich zwar wieder total angespannt, aber er blieb. Also hab ich weitergesprochen: »Wenn ich dir irgendwie helfen kann, dann ...«

»Niemand kann mir helfen«, hat er mich unterbrochen und dabei so verzweifelt geguckt, dass ich jetzt noch richtig erschüttert bin.

»Aber wieso denn?«, hab ich gefragt.

»Weil ich ... weil ich schuld bin«, hat er hervorgestoßen. »Weil Isabell ... Sie ist tot, meinetwegen! Ich hab sie gehen lassen, obwohl sie so wütend war. Ich bin ihr zu spät hinterher und dann ist sie ...« Ihm ist die Luft weggeblieben.

»Aber was ist denn passiert?«, fragte ich. Er hat in die Ferne geschaut, sein Gesicht versteinert, den Kopf geschüttelt und es sah so aus, als ob er Tränen in den Augen hatte. »Sie ist ...«, hat er angefangen, ohne mich anzusehen, aber dann ist seine Stimme gebrochen und er hat sich umgedreht und ist davongegangen. Richtung Bar. Mitten über die Tanzfläche. Wo er Noel mit voller Absicht angerempelt hat, so sah es für mich jedenfalls aus. Noel ist das Glas aus der Hand gefallen und sofort hat er Jannis weggestoßen, was keine gute Idee war, so wie der gerade drauf gewesen ist. Der hat offenbar damit gerechnet, ist Noel ausgewichen und hat sich auf dann auf ihn gestürzt.

Kurz darauf haben sie sich auf der Tanzfläche gewälzt. Severin kam angerannt, auch Aaron, Jule, Shirin und Fee. Ich bin auch hingelaufen, um irgendwie einzugreifen. Aber die beiden waren so ineinander verkeilt, dass es sogar für die Jungs schwierig war, sie zu trennen. Die beiden gerieten an den Rand des Pools und Jule hat geschrien: »Aaron, tu was!«

Aber da sind die beiden schon in den Pool gefallen. Was sie aber nicht davon abgehalten hat, sich weiterzuprügeln. Es sah wirklich aus, als würde einer von beiden gleich ertränkt werden. Aber da ist Aaron auch reingesprungen und hat die beiden wie nasse Katzen auseinandergezogen.

Auch Mizzi ist jetzt aufgetaucht und hat das Drama mit gerümpfter Nase begutachtet. In dem Moment stapfte Romy auf mich zu. »Du verdammte Zicke!«, schrie sie mich an. »Wegen dir ist Mizzi auf mich sauer!« Und sie hat ausgeholt und mich in den Pool geschubst.

Ich bin für einen Moment richtig geschockt gewesen, hab mich kraftlos sinken lassen und von unten durch das Hellblau des Wassers die Leute am Rand betrachtet. Was für ein gigantisches Chaos! Auf einmal ist etwas auf mich zugetrieben. Es war ein Foto, das im Wasser schwamm. Es hatte sich anscheinend aus Jannis' Jacke gelöst, denn ich hab ihn darauf sofort erkannt – und das Mädchen neben ihm musste Isabell sein, schlussfolgerte ich sofort. Sie standen dicht nebeneinander und lachten in die Kamera. Isabell hatte lange schwarze Haare wie das Mädchen im Café, das Jannis so angestarrt hatte. Auf dem Foto trug sie eine rote Jeansjacke mit Pelzbesatz und einen karierten Rock. Und wie das Bild an mir vorbei durchs blaue Wasser nach oben schwebte, fing Isabell sich plötzlich an zu bewegen. Wie eine Erscheinung. Sie fing an zu rennen. In meiner Erinnerung rannte sie. Da fiel mir nämlich ein, dass ich sie schon einmal gesehen hatte. Und zwar nicht die Doppelgängerin im Café, sondern die echte Isabell!

Verdammt! Fee hatte recht gehabt, es ging um zwei, die füreinander bestimmt waren. Aber weder Fee noch ich waren gemeint, sondern Isabell und Jannis. Die beiden waren füreinander bestimmt! Und meine Mission ist, sie zu retten, um ihn zu retten – um sie beide zu retten.

In dem Moment bin ich so schnell wie möglich aufgetaucht. Ich sah noch, wie Jannis das Foto aus dem Wasser gefischt hat, aber ich hatte keine Zeit, mit ihm zu reden. Ich musste mich beeilen. Hastig bin ich zur Leiter geschwommen und rausgeklettert. Fee hat schon auf mich gewartet.

»Fee«, hab ich atemlos gesagt. »Ich weiß es jetzt. Ich weiß alles.« Ich bin schon sofort los Richtung Gästehaus gelaufen, Fee an meiner Seite. Auf dem Weg hab ich ihr japsend erklärt, was Jannis' Tattoo bedeutet. 1 13 15 16. Am 13. 1. war Isabell gestorben. Der Unfall auf dem Alexanderplatz im Januar. Das war Isabell gewesen! Ich hatte sie dort gesehen, wie sie zur U-Bahn gerannt war. Und kurz darauf waren die Rettungswagen gekommen. Sie war im Alter von 16 Jahren gestorben. Und Jannis war 15. Deswegen hatte jede Zahl eine Bedeutung.

»Verstehst du, Fee. Das Leben ist eine Tombola. Man weiß nie, ob man gewinnt oder verliert«, hab ich gesagt.

»Und was jetzt?«, hat Fee alarmiert gefragt.

Ich hab schnell auf mein Handy geschaut. »Jetzt muss ich noch mal in der Zeit springen! Ich muss nach Berlin im Januar. Ich muss es wenigstens versuchen.«

»Warte, Ella«, hat Fee gesagt und ist stehen geblieben. »Ich hab Angst.«

»Es wird alles gut, Fee«, hab ich gesagt. »Bis gleich. Wir sehen uns so oder so.«

»Ella!«, hat Fee gerufen, während ich mich von ihr entfernt hab. »Soll ich mitkommen?«

»Nein«, hab ich abgewunken. »Bleib da. Das kriege ich allein hin!«

»Du bist die Beste«, hat sie hinter mir hergerufen.

Ihr gegenüber hab ich natürlich so getan, als ob ich wüsste, was ich tue. Weiß ich aber natürlich nicht. Mein Handy zeigt 21.07 Uhr. Ich hab keine Ahnung, wie das mit dem Zeitspringen funktioniert. Meine einzige Idee dazu ist, alles genauso zu machen wie beim letzten Mal. Ich schaue vom Gästehaus auf die Villa und den erleuchteten Pool. Ein bisschen schwindelig wird mir, aber nicht so schlimm wie beim letzten Mal, wo ich fast zusammengebrochen wäre und mich an der Hauswand abstützen musste ... Die Hauswand. Der Stein mit dem Namen **Marguerite Duras.** Daran hatte ich mich abgestützt und *vielleicht, wenn ich ihn berühre ...*

~~Samstag, 13. März, 21.08 Uhr~~

Mittwoch, 13. Januar, 13.13 Uhr

Kann es kaum glauben. Ich bin tatsächlich wieder in der Zeit gesprungen. Hab das verdammte Portal gefunden und den Schlüssel dazu irgendwie auch! Bin eben aus der schwarzen Unendlichkeit auf dem Alexanderplatz aufgetaucht – samt bescheuertem Camouflage-Parka, kaputter Unterhose und Rucksack mit Tagebuch drin!

Dieses Mal hab ich nur kurz gebraucht, um mich zu orientieren. Denn da hab ich schon Isabell heranrennen sehen, mit ihrem karierten Rock und der Jeansjacke. Ich bin losgelaufen, aber wegen meiner blöden Olaf-Bux hab ich sie nicht erreicht, ich bin zu lahm gewesen! Deswegen hab ich einen Ausfallschritt gemacht und bin dem heranbrausenden Fahrradkurier so

vors Rad gelaufen, dass er mir ausweichen musste und einen Schlenker gefahren ist, wobei er gegen Isabell gestoßen ist und sie gerammt hat. (Perfekte Kettenreaktion!) Isabell hat aufgeschrien und ist hingefallen. Dann saß sie da wie ein Häufchen Elend und hat sich schluchzend den Knöchel gehalten.

Passanten sind stehen geblieben und der Fahrradbote ist besorgt vom Rad gesprungen. »Sorry«, hat er gesagt, »daran war diese doofe Kuh schuld …« Er hat sich nach mir umgeguckt, aber ich hab schon den Rückwärtsgang eingelegt gehabt und mich hinter den Leuten verdrückt, die stehen geblieben waren. Hab noch gehört, wie er gefragt hat, ob ihr Fuß okay sei. Isabell hat vorsichtig ihr Fußgelenk gekreist. Es schien nichts gebrochen zu sein und ich habe erleichtert aufgeatmet. Geweint hat sie trotzdem die ganze

Zeit. Ich bin immer weiter weggegangen, da hab ich jemanden schreien hören: »Isabell!«

Jannis. Es ist wirklich Jannis gewesen, der da angelaufen kam und sich durch die Leute gedrängt hat. Er hat ganz anders ausgesehen, als ich ihn kenne. Nix mit Sträflingslook. Seine Haare waren viel länger und er strich sie sich aus der Stirn, als er sich zu Isabell runterbeugte. »Ich mach das schon«, hat Jannis dem Fahrradboten zugerufen. »Das ist meine Schwester.«

SEINE SCHWESTER?!

An diese Möglichkeit hatte ich irgendwie gar nicht gedacht. Ich weiß selbst nicht mehr, warum ich fest davon ausgegangen war, dass Isabell seine Freundin ist. Irgendwie (und warum, das kann ich mir gar nicht erklären), finde ich es gut, dass es Jannis' Schwester ist, die ich gerettet hab.

Was ich echt noch kaum fassen kann: Ich habe endlich meinen Zeitreisejob erledigt. Es gab eben doch einen Auftrag für mich – oder jedenfalls etwas, das falsch gelaufen ist, und das nur ich richtigstellen konnte. Ausgerechnet ich! Endlich mal hatte ich keinen Mist gebaut, sondern einen massiven Fehler des Universums verhindert: nämlich Isabells Tod und Jannis' Trauer. Ich war endlich mal nicht *zur falschen Zeit am falschen Ort*, sondern ausnahmsweise mal **zur richtigen Zeit am richtigen Ort.**

Und ich hab rausgefunden, wie das mit dem Zeitsprung geklappt hat. Und wenn ich jetzt noch das Portal für die Rückreise finden würde, dann müsste ich mir nicht zum dritten Mal das Stasigefängnis in Hohenschönhausen angucken und den ganzen Rest. Ich werde es jetzt einfach noch mal probieren – mit dieser verdammten Weltzeituhr.

Samstag, 13. März, 21.55 Uhr

Woah!!! Ich werde noch eine richtig professionelle Zeitreisende. Ich bin vom 13. Januar in Berlin wieder zurückgesaust zum 13. März und Mizzis Party. DIE WELTZEITUHR war doch ein Portal! Eben habe ich das Windrosenmosaik betreten und als ich die Betonsäule angefasst hab, wurde mir schwindelig und die Sonne ging unter und wieder auf und dann wurde es auf einmal dunkel und ... jetzt bin ich wieder hier. Vor dem Gästehaus in meinen triefend nassen Klamotten. Fee ist direkt angerannt gekommen. »Ella? Alles okay?«

Ich hab genickt, bin aber immer noch ganz benommen gewesen. »Alles okay. Ich hab's geschafft! Und ich konnte auch zurück durch das Portal, weil ich meinen Job erledigt hab.«

»Du hast *was* geschafft?«, hat sie gefragt. »Trockene Klamotten hast du auf jeden Fall noch nicht an.«

Da hab ich gestutzt und ich hab gefragt: »Ist da unten alles klar? Mit Jannis?«

»Mit wem?«, hat Fee gefragt.

Und da ist es mir eingefallen: natürlich. Weil Isabell lebt, brauchte Jannis nicht nach Köln zu ziehen. Er ist nie in meinem Leben aufgetaucht. Und natürlich kennt Fee ihn auch nicht. Und wenn ich nicht durch die Zeit gereist wäre, würde ich ihn auch nicht kennen!

»Ach, egal jetzt«, hab ich zu Fee gesagt, »das klären wir später. Jetzt zieh ich mich schnell um, damit wir weiterfeiern können.«

Fee ist mit mir ins Gästehaus, um mir zu erzählen, dass Paul und Sara jetzt anscheinend ein Paar sind, auf jeden Fall hätten sie geknutscht.

»Und das hat dir nichts ausgemacht?«, hab ich gefragt.

Fee hat nur den Kopf geschüttelt. »Nein, ich brauch kein Nase-Zähne-Spucke-Ding mit Paul.«

Da hab ich gelacht. Also scheint alles in Ordnung zu sein, wie auch immer jetzt alles gelaufen ist! Es ist wirklich krass: Ich war *doch* die Richtige für den Job. Welcher Horst auch immer das ausgeheckt hat, er hat sich offensichtlich doch was dabei gedacht.

Sonntag, 14. März, 3.14 Uhr

Liege im Bett des Gästehauses. Fee schläft neben mir. Sie hat sich heute Abend ein paar Mal gewundert, was ich ihr alles für Fragen gestellt hab. Sachen, die ich ja eigentlich wissen müsste, wie sie bemerkt hat. Aber wenn man so wie ich durch die Zeit springt und den Lauf der Geschichte verändert, benötigt man schon mal ein bisschen Nachhilfe. Und ich muss *sie* auch wieder auf den Stand der Dinge bringen. Zum Glück hab ich alles notiert! Fee wird sich wundern, wie viele Tagebücher voller guter und schlechter Ideen sie von mir lesen muss. Was für ein aufregender Tag! Ich bin so glücklich. Ich meine, richtig glücklich.

Es ist alles so geblieben, wie ich es beim zweiten Mal gemacht hab. Luke zum Beispiel hat sich bei Romans Party die Knieverletzung zugezogen. Aber ich war so happy heute, als ich gesehen hab, wie fit er wieder ist. Er hat mir auch gesagt, klar könne er wieder Fußball spielen. Ich bin so erleichtert, dass ich das nicht versaut hab. Die einzige Sache, die ich bedauert habe, war, dass ich Jannis niemals wiedersehen würde und ihn ja auch eigentlich nie kennengelernt hatte.

Aber ich weiß auch nicht. Vielleicht gibt es doch so was wie Schicksal oder so. Denn als ich kurz nach meiner erfolgreichen Mission mit Fee (und in trockenen Klamotten) wieder Richtung Pool geschlendert bin, waren gerade weitere Gäste auf die Terrasse gekommen und wurden von den Jungs johlend begrüßt. Es war Severin, der noch zwei Leute mitgebracht hat.

Jannis.

Und Isabell.

Ich bin vor lauter Schreck stehen geblieben. Fee hat gefragt, was los sei.

Ich nur so: »Das gibt es doch nicht!«

»Was gibt es nicht?«

Aber ich hab für einen Moment nichts sagen können, denn Jannis hat so fröhlich ausgesehen und mit Severin und Isabell gelacht. Seine Jacke hatte er über die Schulter geworfen. Er hat keine Tätowierung auf dem Arm. Und plötzlich hat er zu mir rübergeguckt und ich habe in meinem Magen so ein Flimmern gespürt. Ganz eindeutig. Ein Wunderkerzenflimmern.

Montag, 15. März, 16.34 Uhr

Mein Bruder ist so bescheuert!!! Er ist heute mitgekommen zu dem Termin bei der Schulleiterin und hat gesagt, *er* wäre das mit dem Hacken gewesen! Ich wollte das gar nicht, aber er hat gesagt: »Keine Widerrede. Du hast damals den Ärger mit dem Notausgangsschild auf dich genommen, also bin ich jetzt dran.«

»Du bist vielleicht ein Affenhirn«, hab ich gesagt.

Und er so: »Gern geschehen.«

Er war so cool in dem Gespräch, dass mir bald die Spucke weggeblieben ist. Er hat Frau Sandorff erklärt, er hätte den Schulcomputer gehackt. (Was er auch wirklich mit Birkan zusammen gemacht hat! Diese beiden Nerds haben am Wochenende rausgefunden, dass das ziemlich einfach geht!*)

Frau Sandorff hat nach Luft geschnappt, aber dann hat Kai ihr erklärt, dass der Schulserver löcheriger ist als die Strümpfe, die in einer Schleudersocke stecken. Und dann hat er der Schule einen Tipp gegeben, wie das zu beheben ist. Ich glaub, er kriegt sogar eine Auszeichnung. Die einzige Strafe ist, dass wir die Deutscharbeit nachschreiben müssen. Aber was soll's. Damit kann ich leben. Bin gespannt, welches bescheuerte Gedicht wir diesmal interpretieren müssen!

Oh, Handy brummt. Eine Nachricht von Jannis!

Seit der Party schreiben wir uns. Dort haben wir uns noch ziemlich gut unterhalten (und diesmal habe ich ihm keine reingehauen, wie ich stolz berichten kann!). Er war überhaupt nicht verschlossen, sondern hat mir von seinem Leben in Berlin und auch von Isabell erzählt. Sie ist seine Halbschwester, mit der er sich super versteht. Er meinte, sie

* Mama und Papa wollten sich erst aufregen, aber dann hat er ihnen gesagt, sie sollten sich keine Sorgen machen. Selbst wenn er Ärger von der Schule bekommen würde, wäre ein geglücktes Hacking so was wie eine Auszeichnung. Und der Beweis, dass er irgendwann als IT-Spezialist einen Haufen Geld verdienen wird. (Abgesehen davon können sie eh nicht meckern. Habe rausgefunden, dass Mama das Mühlenschild geklaut hat, als sie jung war!!! Also von daher können sie gar nicht verlangen, dass wir immer nur brav sind. Haha!)

wären übers Wochenende nach Köln gekommen für ein bisschen Abwechslung. Er hat mir verraten, dass sie eine schlimme Trennung hinter sich hätte und er sich eine Zeit lang echt Sorgen um sie gemacht hat. Auf einmal hat er innegehalten und mich angeguckt, als ob er sich wundern würde, warum er mir das überhaupt erzählt.

»Wie gut, dass sie einen Bruder hat, auf den sie sich verlassen kann«, hab ich da schnell gesagt und er hat genickt.

Nachher haben wir mit den anderen Billard gespielt und alle zusammen getanzt. Und am Ende hat er mir seine Handynummer gegeben. Jetzt schicken wir uns gegenseitig Nachrichten und lustige Clips. Gerade kam einer von einem rollschuhfahrenden Hund im Pandakostüm. Hab sehr gelacht.

Ach ja, und falls ich irgendwann einen Ratgeber für Zeitspringer schreiben sollte, dann würde ich eine dicke fette Warnung vorne reinschreiben: Nur, weil man alles besser machen will, heißt es lange nicht, dass es auch besser wird.

Aber manchmal schon.

Hat dir das Buch gefallen?

Dann lies auch alle anderen Bücher von Emma Flint
im Arena Verlag:

Jungs verstehen das nicht!

Mein Leben voller Feenstaub und Konfetti (schon wär's!)

Ich glaub, es glitzert! Jedes Chaos fangt mal klein an

Knalltütenwunder – Was nicht ist,
kann ja noch peinlich werden!

erscheint im Frühjahr 2022

Arena

Emma Flint

Jungs verstehen das nicht!

Katinka hat ein schlamasseliges Leben. Und seit sie ihre Lehrerin mit Sonnenmilch abgeschossen hat, ist es eine ausgewachsene Katastrophe! Sogar ihrem besten Freund Mats ist sie plötzlich peinlich. Schlimmer noch: Er versteht sie gar nicht mehr. Dabei ist er es doch, der einfach nichts mehr kapiert! Zum Beispiel, warum es manchmal lebensnotwendig ist, im Unterricht Zettel zu schreiben, Freundschaftsarmbänder zu tragen oder zu tanzen ...

280 Seiten • Arena Taschenbuch
ISBN 978-3-401-51171-9
Beide Titel auch als E-Book erhältlich

Franca Düwel

Julie und Schneewittchen

Julies Leben besteht aus Höhepunkten. Und Tiefpunkten. Mehr Tiefpunkten, wenn sie ehrlich sein soll. Die beinhalten ein uraltes Ponynachthemd (zur unpassenden Zeit getragen), einen süßen Jungen (der ungerne in Kellern eingesperrt ist) und eine Person, die dringend Hilfe braucht, sich aber nicht helfen lassen will! Als einzige Ratgeberin muss Sharon von der Sexhotline aus dem Nachtprogramm herhalten. Und Julies Tagebuch. Noch Fragen? Dann Julie lesen!

280 Seiten • Gebunden
ISBN 978-3-401-06407-9
www.arena-verlag.de

Emma Flint

Mein Leben voller Feenstaub und Konfetti

Lenis Plan an der neuen Schule: Bloß. Nicht. Auffallen. Schließlich ist dort ihre ältere Schwester Fiona der unangefochtene Star und Leni will sie auf keinen Fall blamieren. Leichter gesagt als getan, wenn man eine große Klappe hat: Erst wird Leni zur Klassensprecherin gewählt, dann muss sie vor der gesamten Schule einen gewagten Wetteinsatz einlösen. Ein Leben voller Feenstaub und Konfetti? Schön wär's! Stattdessen Schwesternzoff ohne Ende …

356 Seiten • Gebunden
ISBN 978-3-401-60490-9
www.arena-verlag.de

Franca Düwel

Julie und die schwarzen Schafe

Julies Leben ist eine Achterbahnfahrt. Mit ihrer großen Liebe aus Versehen in einem japanischen Sexfilm zu landen – diese Peinlichkeit kann sie ja gerade noch ausbügeln. Aber dann ist Ben davon überzeugt, dass Julie die perfekte neue Leadsängerin in seiner Band abgeben würde! Was er nicht ahnt: Sie kann nicht mal „Alle meine Entchen" singen. Höchste Zeit ür einen Original-Julie-Plan, garantiert ohne Tücken und Fallstricke …

Band 2
284 Seiten • Gebunden
ISBN 978-3-401-06449-9
Beide Titel als E-Book erhältlich

Tanja Voosen

Die Zuckermeister
Der magische Pakt

In der Kleinstadt Belony glaubt man noch an Wunder. Nur Elina hält das für Unsinn. Bis ihrer Nachbarin Charlie eine Schokolade in die Hände fällt, die eine seltsame Wirkung hat. Elina ist sich sicher: Charlie wurde verzaubert! Hilfe bekommen die Mädchen vom verschlossenen Robin. Seine Familie gehört zu den Süßigkeitenwerkern – Menschen mit der Fähigkeit, magische Süßigkeiten herzustellen. Und deshalb weiß er: Die Einzigen, die Charlie helfen können, sind die Zuckermeister. Doch auf der Suche nach diesen lauern Gefahren.

Band 1
272 Seiten • Gebunden
ISBN 978-3-401-60533-3
Beide Bände als E-Book und als Hörbuch bei Arena audio erhältlich

Die Zuckermeister
Die verlorene Rezeptur

Kurz vor seiner Prüfung geht Robins magisches Werkzeug kaputt. Der Süßigkeitenwerker Herr Schnotter weiß, wo sie Hilfe finden können, und führt Elina, Charlie und Robin in die Bittersüße Allee. Doch nach dem Besuch in der Allee ist der alte Mann verschwunden. Zeitgleich versetzen Gerüchte von der Rückkehr der Anderwärts-Gesellschaft die Welt der Süßigkeitenwerker in Aufruhr. Die Mitglieder der Anderwärts-Gesellschaft wollen sich über die talentlosen Menschen erheben, aber dafür brauchen sie die verlorenen Seiten aus Madame Picots Chronik.

Band 2
296 Seiten • Gebunden
ISBN 978-3-401-60534-0
www.arena-verlag.de

yes!
Best FRIENDS
Wau Wau
OLAF GO!!
Grins
Ella
Ahhhhhh
FLYING HOT DOGS
sooo sweet
No kicks
ANTI ALKOHOLISCHE WHISKY COLA
RIP
love
vorbei
Meinhorn
BLING BLING QUEENS
PFUUUH
Eau de StINK